陳紅彥　主編

北京大學出版社
PEKING UNIVERSITY PRESS

清芬閣小草

鮑蘋香撰。清光緒間稿本。二册。

鮑蘋香（約一八五〇—一九〇一以後），字幼蓉，歷陽（今安徽和縣）人。此書共收詩、詞各一卷，卷端分别題《清芬閣小草》《清芬閣詞餘》。詩前有清光緒十九年（一八九三）《清芬閣未定草自叙》，序中稱「幼承庭訓，庚戌在提抱」，可推知其生於道光三十年庚戌（一八五〇）年之前。其父鮑源深（一八一一—一八八四），字華潭，號穆堂，道光二十七年進士，廷試獲第三名，鄉人尊稱鮑探花。歷任編修、貴州學政、大理寺少卿、都察院左副都御史、順天學政、江南監臨官、山西巡撫等職。其夫名何子瞻，生平不詳，官至知府。

鮑氏自幼隨父母宦游黔、粤、三吴各地，同治四年（一八六五）出嫁，又隨夫家宦游江右、粤東、北平各地，「邊徼之風土人情，勝地之衣冠文物，皆得縱觀」，志趣日益高遠，襟懷愈加開拓。自謂「數十年中境遇坎坷，世情險巇，抑鬱誰語，惟託之於詩詞」，故作詩、詞各一卷，多寫景言情，或旖旎纏綿，或寄意遥深，頗有大家風範。

詩一卷始作於同治二年癸亥，詞一卷始作於同治十三年甲戌，皆至光緒二十七年辛丑爲止，與其數十年隨侍宦游相始終。卷前皆有光緒十九年自敘，内容相同，蓋當時欲刊行，因故未果，嗣後續有作品編入。詩詞皆注明干支年月。是書完稿後曾請其夫之好友嚴家讓、張麟玉、涂福奎等閲覽，各有回信及和詩，粘於册内。鈐印「蘋香」「幼蓉」「詩書滋味長」等印。

（樊长远）

清芬閣詩草

清芬閣未定草自叙

夫華國端重文章婦職不兼絃誦而列女傳中古今淑媛又往往以詞章著何也非以所遭之遇與所感之懷有不得已於言者在耶 蘋自幼承庭訓庚戌在提挹 先嚴慈挈之入都數年即迭隨督學任之黔中粵中吳中邊徼之風土人情勝地之衣冠文物皆得縱觀至撫軍山右五年則僅趨省而不獲隨侍矣蓋從 父母宦游者十餘年乙丑歲賦于歸 舅氏時以翰林視學江右尋次第拔士於東粵

北平間関跋涉周歷凡数萬程蓋從舅姑宦游者十餘年外子始随任京邸繼随任学幕髫齡捷童子軍始合卺食餼後七度槐黃挑謄録官者一堂備者二薦卷者三以官卷額隘不獲售棘闈困頓初觀政戎部繼畋秩河員非其志也長安珠桂大不易居聽鼓南来益無聊賴而撫子女疾苦计米鹽瑣屑孱軀由是憊矣至壬辰外子莅撿盱任境始稍〻蘇蓋從夫南北游者又十餘年此数十年中境遇坎坷世情險巇抑鬱誰語一惟托之于詩词溯自班姬

謝女代有傳人遞及近世隨園弟子卉容中國自維愚昧萬弗敢仰企前徽曾何詩詞之足云然而言為心声板屋婦人猶留篇什漢南游女亦著謳吟誠以婦女所遭之境所感之懷有為鬚眉不及知不能述者其不容已于言也固已敝帚自珍手錄而誌其簡端如此

光緒十有九年歲次癸巳夏月皖江清芬閣女士幼蓉鮑蘋香自述

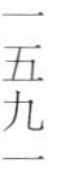

拜讀
清芬閣大著氣秀骨華情深思遠正三
唐之律潤六朝之腴詩格已見渾成詞
華尤徵清勁律裁巾幗愧煞鬚眉謹
勒數言以誌欽佩并題七律二首即希
子瞻仁兄大人代呈
清芬閣粲政　愚弟涂福金鐵珊甫拜撰

敬題 清芬閣詩鈔録塵
郢改
興來珠玉任揮毫學富陶篇振雅騷系
出參軍原俊逸吟成水部益清高漫言
妙手裁雲錦饒有雄風挾海濤壓艷
班左徒韻事要從閨閣振詩豪
鐵珊瀛福奎未是草

敬題

外姑大人清芬閣詩草恭呈

誨正

原是簪纓世族本來詩禮傳家才比解圍咏
絮况無白雪紅花
剛健更含婀娜流穌亦雜端莊不必刻紅描
翠居然壓艷[illegible]矣
桃紅復含宿雨柳綠更帶朝烟敬取昔賢名

句轉以貽贈斯編
雅擅拈毫染黛妙參嚼徵含商為向东林贅
婿可容列拜门墻

子婿孫多鑫謹呈

前夕枉顧，暢談快甚。承讀清夢閣諸冊，繡口錦心，

清才韻福，不禁欣佩，識爲

閣下眾淑也。勉成俚句六章，聊以擬之，物不足道，萬一未

免貽笑巾幗中人也。俟詩

成呈以博一粲。此請

子瞻仁世兄大人旅安。　弟家讓頓　十九日

集中有一二筆誤，當已用紅筆識出，即祈

核覽

蘭閨春暖日遲遲，幾度吟成幼婦詞。花外流鶯千百囀，清和（平）如和大家詩。

閱歷閱河數十程，好山好水總怡情。鍊成詩骨天然秀，滿紙煙雲筆底生。（集中多詠名勝之作）

幅幅珠璣玉屑霏，蕙心蘭質鬥芳菲。譜花詠絮才清絕，好把家聲繼令暉。

迴文錦字織湘羅，繡罷鴛鴦按譜歌。莫許左芬詩律細，鯉庭趨侍異聞多。（夫人為吾鄉先師華潭先生女）

傅粉郎君記少年，並頭花好各爭妍。敬宗怡紋

生香筆，眉譜描成又鬥箋。戲調子曕

天寒短景孰安排，奉到瑤華喜色開。好是浣

薇剛讀罷，梅花透香透綺窗來。

奉題

清芬閣詩艸 印呈

幼蓉世妹夫人 吟壇 繩正

姻世侍生嚴宗譞禮卿氏呵凍初稿

姪壻江福權敬過

清芬閣小草

歷陽幼蓉鮑蘋香著

癸亥

元旦

斗轉星移曙色朦。庭餘積雪待春融。聲聲爆竹催殘臘。點點梅花門曉風。門貼宜春呵凍寫。爐留宿火隔年紅。漫稽新歷看神向。萬事由天造化工。

元宵

彈指光陰半月終。帝城今夕九門通。笙歌一例來天上。燈

火千家閙市中雲影衣香春旖旎洒酣人醉月玲瓏卻将
何物酬佳節輕拂鸞箋句未工

清明

幾陣瀟瀟雨瑤階草色鮮梨花飛白雪榆柳散新烟粉蝶川
鬚含潤流鶯舌未圓倚欄閒眺望春水綠楊天

秋夜

碧紗人靜候蓮漏已三更半壁蟲聲急一庭花影橫推窗
邀月伴掩卷看雲行欲卧難成夢簷前鐵馬鳴

雨後望月

一様團圞月偏宜雨後看雲光迷草樹花影上蘭[闌]干玉鏡
清輝迥冰輪夜色寒空庭涼似水小坐怯更殘

臨帖

靜對蘭亭帖展初安排筆硯繡窗餘裁來蕉葉和烟寫折
到蓮花帶雨書畫鐵鈎銀防腕弱摹雲鏤雪本心虛笑他
小婢渾多事也學拈毫傍綺疏

卧房題壁

半作書齋半繡房　左懸粧鏡右安床　雕窓（闌）日永春長在　寶〻
鼎爐溫夜有香　百囀鶯聲催夢醒　一輪蟾魄映窓涼　餘人
豈識知音樂　題遍銀箋又粉墻

甲子

春曉

鳥語驚殘夢　湘簾上玉鉤　花含（朝）露重　柳帶曉烟稠　蝶影依〻
人舞　鶯聲助客愁　嫩寒欺病骨　不敢倚高樓

梨

冷艷輕盈不染塵　淡粧西子是前身　滿枝碎積玲瓏玉　一文

片香浮爛熳春曲檻花飛春漸晚[簾不捲]瑤堦月色上初匀最憐

雨後低垂態似笑如啼倍可人

木筆

文神一夜降吾家賜我千頭筆有華濃墨揮殘三徑雨錦十

箋書破半天霞枝橫管細初齊作飲吐苞肥欲放花寄語

詩人加護惜江郎好夢不須誇

玉蘭

馬跡山中舊有名龍葱芳樹影縱橫風清庭畔花初放高[illegible]

捲簾朧月正明。淡淡粧成珠帶露。亭亭玉立珮無聲。冰盤滿折輕拖粉。一種幽香齒頰生。

○○桂

雨過西風送晚寒。堦前老樹吐新丹。十分秋色枝頭滿。萬卅點黄金葉底攢。影淡月中仙露冷。香飄雲外鴈聲殘。嫦娥若許深閨折。好(把)芳名仔細看。

○茉莉

玉盆珍重護瓊姿。小朶輕盈爛熳(漫)枝。暑氣漸消新雨後。幽卅

香頻送夕陽時金針穿上佳人鬢冰雪裁成幼婦詞洗淨杈

鉛華空色界月光淡淡漏遲遲

白繡毬

積雪盈枝樹欲寒垂垂素影壓欄干攢成梅蕊香千片洗打

就玲瓏玉一團天女抛来明月魄花神戲出寶珠盤莫教

風起輕飄去好把金針繡譜看

鳳仙

小樹叢叢繞曲廊幾生修得到仙鄉染成銀甲愁深淺搗扎

碎金盆夜短長彩翼跨來仙子駕塵心透出女兒妝瑤堦
飛舞因風起何用吹簫引鳳凰

石竹

石竹依依秀可餐凝烟含露繞欄干千層翠葉臨風舞幾於
點丹花帶雨看最喜陽和肥土種不愁盛暑日摧殘孤標
獨立誰為侶閑倚斜陽耐晚寒

鷄冠

無心無蒂自玲瓏獨立金階氣象雄不向籠中啼夜月卻於

来窓下鬪秋風。唐宮絳幘名相稱。錦里烏巾製未工。翠羽凝烟飛欲去。墻陰砌脚啄鳴蟲。

向日葵

仙袂飄飄體態輕。鵝黃衫子淡粧成。千層綠葉隨風舞。一枝片丹心向日傾。獨立玉階秋有質。低垂金盞悄無聲。何須妙筆圖成幅。疎影横窓别樣清。

木芙蓉

蜀中帝主最繁華。錦繡城邊萬樹花。秋艷春酣三變態。白 廿

雲紅雨半天斜風前弄影調香粉霜後新妝麗晚霞笑臉（靨）
盈盈嬌欲語鴛鴦帳底浣輕紗

蘆花

瑟瑟西風動客愁亂翻絮雪曲江頭眠鷗夢斷三更月飛
鴈銜殘兩岸秋漁笛傳聲紅葉渡孤舟穩宿白蘋洲懷人
寂寞難成寐無限相思近畫樓

蓮

冉冉亭亭綠映紅西施遺跡館娃宮清美人心計玲瓏似

君子丰標淨直同鴛鴦夢未酣連夜雨魚花亂吐芰荷風鏡
湖三百繁華地畫槳輕搖笑語中

紫薇

珍重芳名護絳紗紫雲籠拂帝王家玉堂香暖撐仙骨粉作
署春濃洗舊芽草木有情同技癢絲綸到處借詞華鳳池
風景星垣樹吉慶人栽吉慶花

水仙

玉骨冰肌縞袂仙人間貶謫不知年靈根一點消塵劫弱狀

水三千悟宿緣顧影生寒情脈脈淩波欲去意綿綿青燈
夜雨書窓畔金盞低垂翠帶翩

桃

金谷園中幾樹斜栽綃剪錦鬭繁華微風細雨無雙艷夾[illegible]
岸成蹊第一枝別有天香藏野塢誰移春色到山家去年
人面知何處依舊前村笑晚霞

登攬翠臺 臺在桂林學署翹秀園

清風幾陣怯衣單攬翠臺高晝倚欄滿樹夭桃臨水岸一[illegible]

株分作兩株看

夏日閒情

憑欄小立向橋邊，翠袖迎風唱採蓮。鐘、送、黃、昏、花、弄、影，拋書、人、倚、竹、床眠。

新秋

乞巧穿針向女牛，園名翹秀獨登樓。半堦梧(桐)影消餘暑，四壁蟲聲起暮愁。楊柳未殘千葉綠，菊花先報一枝秋。晚涼初覺羅衣薄，畫扇新捐尚未收。

8

乙丑

秋日晚眺

殘暑全消雨乍收，黄昏閑倚藕香樓。（桂林督學署翹秀園樓名）半窗涼露滋枝紅葉，萬頃晴波泛白鷗。菊影邀來千里月，砧聲搗（碎）一天愁。遥看近岸燈明處，衰柳依依繫釣舟。

春晚回文和閨友李玉君步原韻

春窗晚上月鈎斜，竹徑狂風戰落花。人獨倚欄朱曲曲，樹卅深亂噪鵲喳喳。鄰東舞（語）燕来巢壘，院北遊蜂去敗衙。新柳翠遮樓隱隱，匀天碧映半紅霞。

偶成

輕風剪剪透窗紗，閒倚雕闌數落花。無數亂鴉歸欲盡，夕陽紅映半天霞。

夏日吟和閨友李玉君步原韻

困人天氣日初長，閒捲湘簾待夕陽。嫩綠池塘風送爽，深紅庭院雨添涼。瀟瀟竹葉搖清影，隱隱蓮叢度暗香。獨倚流觴亭（翹秀園內亭名）畔立，簫聲吹處隔鄰牆。

白荷花二律

幾陣清風渡野塘。西湖十里玉生香。波光洗出亭亭影。素質妝成淡淡粧。越女歌殘明月夜。吳娃夢斷白雲鄉。鷗藏鷺伏休相妒。姑射仙人縞袂涼。

約約亭亭綻滿池。風清影淡月明時。塵心已淨仙源水。色相空留碧玉枝。縞袂神姬歸洛浦。素妝青女下瑤池。六郎也傅何郎粉。無語凌波有所思。

○夏日吟疊前韻

中庭寂寂柳絲長。隔院簫聲送夕陽。滿徑花飛朝雨霽。半

階竹弄午風涼。凭欄袖奪芙蓉艷。倚檻裙沾芍藥香。捲起
珠簾消碧篆。一雙雛燕過東墻。

月夜

碧天如水片雲輕。花影重重月正明。獨倚橋欄閒立久。風
吹蓮漏已三更。

秋夜坐雨二絶寄玉君

風聲颯颯雨瀟瀟。剔盡銀缸夜寂寥。欲寫秋心還又懶。綠
窓人靜漏迢迢。

繡幙低垂夢未成，繞廊蟋蟀助秋聲。撩人幾點芭蕉雨，一卅三
夜窗前滴到明。

冬日偶成

呵手吟寒（忍凍孤吟）歲暮時，紛紛白雪壓梅枝。圍爐鎮日閑無事，坐卅文
向南窗改舊詩。

别閨友李玉君

浮沉世事不堪提，纔得相逢又别離。風月一天亭上酒，什
雲山千里客中詩。早知今日傷心處，反悔當年識面時。記

取魚書休久滯。莫教梅放繫儂思。

口占别趙秀園

生雲洞北藕香樓。攬翠臺高展倦眸。曲折橋欄通竹徑。隔花池水一灣秋。

三年小住爽神思。春佪（杏）秋葵覓句過。今日隨親輕别去。重遊趙秀是何時。

夭桃含露柳含顰。恰似依依念故人。更有多情枝上鳥。數聲啼處不成春。

桂子蕉花手自栽。羣芳滿徑日徘徊。後来星使如風雅。好
向新人著意開。

舟行口占 由桂林回京

青山淡淡夕陽斜。閒倚船窗數暮鴉。一片忽見波光搖不定。晚
風輕蹴浪生花。

過長沙

倚山城郭擁千家。緑樹煙籠日正斜。高下樓臺俱入畫。扁
舟一葉過長沙。

洞庭湖望月

月滿一輪秋湖心夜泊舟影涵湘浦濶光湧洞庭流雲盡（淨）
天和（如）洗波平岸似浮君山何處是擬向廣寒遊

湘江懷古

颯ゝ悲鳴雨岸風當年帝女泣途窮淚餘湘竹痕猶在悒
琴解絃曲早終柔櫓半搖江水碧輕帆低閃夕陽紅古今
無限興亡感盡在蒼茫一望中

舟中遇雨 五言八韻

刮耳風聲急停舟古渡前一溪紅杏雨兩岸綠陽烟水暈紋
開仍合珠跳斷復連電光飛遠樹雲氣暗前川嶺色含新
碧魚簑罷釣船驟敲蘆葉碎細灑浪花圓客夢驚（難）就鄉心
思悄然牧童遙指處沉醉酒家眠

夜渡湘江

蘆花瑟瑟秋風起片帆輕掛湘江裏宦海隨親萬里遊枯竹
腸飽潤湘江水湘江日日復悠悠意空餘明月照東流昔
年帝子今何在世事浮沉無盡頭無盡頭空悲坑萬古江興

此同一轍。在昔娥皇與女英。曾向湘江慘離別。竹上千秋淚血斑。湘江之水今猶碧。我今一葉渡湘江。夜聽流泉眠不得。推蓬四望悄無聲。惟見江心秋月白。風清月白夜沉沉。水聲猶似人嗚咽。

舟中書即事寄王君二律

獨倚船窗夜不眠。一輪皓魄向人圓。盈盈湘水平如鏡。隱約隱春山淡若烟。幾度鐘聲何處寺。數星燈火隔溪船。無邊清景添惆悵。惟向天涯寄短篇。

二

湘江流水日茫茫都作懷人九曲腸兩岸山高猿嘯雨一洲
天風定鴈成行倚窗獨眺烟波晚按笛誰吹夜漏長瘦窄
裙腰寬退鈿支離病骨減容光

感懷

山自青青水自流關河迢遞棹歸舟黃鶯啼盡春三月飛洲
鴈聲中又一秋舊事思来成幻夢新詩讀罷反添愁天涯遠隔
知音侶悶看征鴻寄白頭

玉君寄有白頭知否能重見猶剔青燈憶昔時之句

岳陽阻風

滾滾波濤起忽傾。輕舟正泊岳陽城。無邊水色連天色。一派
片風聲助浪聲。出沒青山飛雪似。浮沉世事等雲輕。撩人
最是黃昏候。杜宇枝頭切徹耳鳴。

舟行偶成

水光月色兩相涵。獨倚船窗酒半酣。一片鄉心隨鴈落。白好
雲紅樹鎖江南。

西江別母二絶

拜別高堂掩淚痕。劬勞未報一絲恩。從今膝下惟兄妹。顧孔

與来生作子孫

傷心空長女兒枝一炷清香别祖祠願祝雙親松柏健更於

無他語淚偷垂

丙寅

于歸後寄玉君四絶

别君將一載佳句鴈傳遲寸心如線繫休更寄相思 於

月斜人靜倚坐卧兩無聊猶憶東籬畔相携弄玉簫 效

别君心似醉何堪又别家月明魂夢裏飛不到天涯 叶

初學羹湯手抛書未一年與君離别日回首轉淒然 叫

哭閨友王月仙四絶

折柳長亭記昔年。豈知緣盡在離筵。依〻小别成長别。何
日招魂哭墓前。
東風瑟〻雨絲〻。别後情懷祇自知。從此不堪成永訣。青
燈坐對憶當時。
沉〻庭院近黄昏。正坐思君掩淚痕。萬里音書傳噩耗。茫〻
何處賦招魂。
獨坐窗前淚暗流。撫今追昔不勝憂。香魂應入三更夢。共

話相思數載愁

中秋感懷憶玉君

聚散無憑水上流鄉心常逐水東流一輪明月寒逾淨幾比點疎星濬不收蝶夢驚回關塞笛雁行書破海天秋也知世事空惆悵對景淒然易動愁

集唐八首

烏衣巷口夕陽斜西望長安不見家獨坐黃昏誰是伴閒比敲棋子落燈花

劉禹錫

李白

白居易

司馬光

山外青山樓外樓。白雲紅葉兩悠悠。魚書欲寄何由達。滿

眼蓬蒿共一坵。林洪　程顥　晏殊　黃庭堅

閒向春風倒酒瓶。杜陵寒食草青青。同来玩月人何在。舊

事淒涼不可聽。張籍　韋應物　趙嘏　竇叔寶

何用浮名絆此身。數家烟火自為鄰。白蘋風起樓船暮。閒

步長短[堤]不見人。杜甫　朱灣　溫庭筠　杜牧

休憐柳葉雙眉翠。自是神仙未解愁。謝卻海棠飛盡絮。不

知春色去難留。張祜　劉基　朱淑真　王紋

玉露雕彫傷楓樹林○月明遥聽遠村砧○行人莫問當年事○霄
漢長懸捧日心○　杜甫　劉滄　許渾　錢起
欲捲珠簾春恨長◎桃花歷亂李花香◎樓臺深鎖無人到◎海
燕雙棲玳瑁梁◎　王昌齡　賈至　許渾　沈佺期
芙蓉不及美人妝○侍女新添五夜香○明月自來還自去○天以
涯一望斷人腸○　王昌齡　李頎　崔魯　孟浩然

雪

落〻飛〻整復斜○村前難認路三叉○長空不夜月千里◎造

物無私玉萬家。漠漠雲低籠遠岫。飄飄風起舞梨花。瓊樓十二平如抹。雛婢圍爐解煮茶。

感懷六絕

堂上牽衣未一年。世情轉眼不如前。傷心欲寫無情事。冷雨淒風暗自憐。

富貴繁華本是空。回頭往事付東風。紅塵總結（屬）黃梁夢。萬念齊灰五夜鐘。

杏花滿樹倚雲開。何故移根別處栽。重霧濃陰遮白日。狂

風苦雨一時來

妾本蓬山散淡仙塵寰一刼幾多年碧闌干外焚香拜願紋

把前因細問天

休向山頭覓舊遊不堪愁處也堪愁妾心一片清涼水苦糾

海茫〻空自流

一寸柔腸萬種愁朝〻暮〻幾時休梵鐘敲醒山僧夢雲糾

自幽閑水流自

除夕偶成

紛紛絮雪壓闌干回首光陰一歲殘爆竹聲聲催臘起梅訊
花幾點報春寒

丁卯

春日即事六絕

低垂繡幔晝遲遲暗換韶光病未知小婢捲簾含笑道梅訊
花開滿向南枝
流年如水復如梭綠鬢朱顏奈老何當此春光能有幾暫縱
開懷抱莫蹉跎
西園嫩草翠鋪階細柳凝烟葉未開散步獨行幽徑裏一[illegible]

雙燕子帶春來

惜春心事只春知小徑留連日暮時花柳似憐多病體遮紅

風如慢寄交枝

青〻一帶遠峰橫雨後山光映晚晴四面樓窗三面水綠絲

楊深處數聲鶯

雨雨風風斷復連春寒峭（料）未成眼（眠）拈毫不問愁深淺欲學絲

吴娃唱採蓮

賦得春草碧色 得妍字五言八韻

嫩草碧於烟。春來古岸前。堦前[傍]苔共緑。窓下柳同妍。土宛紋

上苑迎香輦。荒山接楚天。亂抽青節瘦。輕襯落花圓。補砌

形宜細。穿簾色更鮮。參差芳徑裏。淒切戍城邊。別恨途中

觸。詩情夢裏牽。王孫歸也未。衰盛自年年。

夏日吟再疊前韻

半捲湘簾夏日長。新蟬幾樹噪斜陽。紅蓮開處千重錦。緑竹

竹深留一徑涼。團扇自裁明月影。紗窓輕透芰荷香。眼前

何物能消暑。陣陣清風過短墻。

夏夜喜雨

倚枕不成寐○徊徘夜氣清○一庭風送雨（疎雨過）8四壁草虫鳴8残暑刈全消盡（輕簾䙞8）新涼半臂生8來宵（朝）池畔看○蓮葉萬珠明○

感懷

深院沉沉日又斜○青絲雨鬓感年華○雲山鴈斷音書杳○（久未接親書）湘水魚來新詠佳○（時接玉君賀午節詩）萬種離懷添地府（府）三更魂夢繞天涯○（時接八姊去世之信 時小嫁大姊在長安二親在京都）寸腸無限傷心事○休向東風怨落花○

夜坐回文二首疊韻

紗窗晚映月痕涼○靜夜(永)香添坐漏長○花結燭殘燈蕊落○鴉刘
啼亂樹一庭霜○
紗櫥(廚)碧透晚風涼○裊〻香粉(焚)夜漏長○花落滿庭春寂〻○鴉奴
鳴樹映月痕霜○

冬夜作家書偶成

銀燈燭剔夜窗寒○香盡金爐漏未殘○欲寫家書先滴淚○天边
涯千里寄親看○

戊辰

元夜感偶成

纔見花枝發。回頭又一春。年華如水去。老了客中人。

春日雜詠四絕

春風如剪雨如絲。閒倚雕闌倦不支。燕子豈知人意懶。落紅深處話多時。

草滿池塘花滿枝。春光滿目助新詩。奈他愁思無端起。那有閒情詠柳絲。

杜鵑聲裏雨初晴。草帶餘烟蝶翅輕。閒立柳陰最深處。笑拈紅豆打流鶯。

簾櫳寂寂漏遲遲。倦繡凭欄獨立時。滿地落紅春不管。攜佰

鋤欲學葬胭脂。

春柳

三眠三起舞腰柔。幾樹籠烟隱畫樓。野店鶯聲留醉客。紅副

橋雨細送行舟。堤前易動蕭郎恨。陌上新添少婦愁。祇恐

春光生別思。花飛如雪撲簾鈎。

病起

困人天氣倦人時。病起淹淹力不支。簾外花香兼鳥語。凭百刪
欄且唱惜春詞。

遊百花洲外步原韻

百花洲似小蓬萊。好景幽然倦眼開。子羽墓前松歷落（洲後有前賢澹臺子羽墓洲西長堤盡）。蘇百刪
翁亭外水瀠洄（處為蘇翁亭李處士蘇識君祀）。日殘鴉背餘紅閃。山遠螺鬟送碧來。到此
塵心皆洗淨。願隨飛鳥脫凡胎。
綠陰濃處採蓮船。船内吴娃態欲仙。四面荷喧簾外雨。半百刪
池萍掩水中天。西（城西四十里為西山王勃序滕王閣云珠簾暮捲西山雨即指此也東為）来山色延朝爽。東去湖光接晚烟。曲檻

東湖綠波掩映樓閣參差為南新諸生講學地

深紅虛室白。清涼世界足留連。

偶成

香雲渺渺散晴空。一首新詩一扇風。深院黃昏人似醉。數聲杜宇月玲瓏。

白蓮二絕

一樣清香色不同。開來萬朶小園東。此中只合觀音坐。縞袂高臨白玉宮。

不染污泥不染塵。幽閒美質自生成。亭亭玉立秋江上。月夜傳来洛水神。

〻題壁

世事真如一局棋，未曾動子要三思。請君退步須當早，一(夢)醒〻(覺)被黃粱有幾時。

〻秋夜

蘭窓深夜一燈紅，似覺衣單怯晚風。簾外蕭〻飛落葉，月明人靜聽歸鴻。

題四美人條幅四絶

史湘雲醉眠芍藥

○滿身香霧醉東風◎人面花光掩映紅◎蝴蝶應隨春夢化◎翩[illegible]

翩飛入百（眾）芳叢◎

林黛玉塟花埋恨

妒花風雨太無情（攬殘春）○強起攜鋤病後身○留得一坯香土◎在塟[illegible]

花人是惜花人◎

薛寶琴白雪紅梅

滿山香雪不知寒○慢踏瓊瑤珮玉珊○祇恐春光難耐久◎一[illegible]

枝移向畫中看。

林黛玉瀟湘琴韻

閑庭寂寞鎖春光。

春寒料峭怯凭闌一曲瑤琴强自寬寄恨長。無限傷心無限淚。數[illegible]

竿綠竹掩瀟湘。

己己

暮春偶作

春殘滿徑飛花片。乍晴乍雨愁人院。冰心一寸訴誰知。捲[illegible]

簾坐對呢喃燕。

綠窗春靜晝遲遲。燕語鶯啼雨過時。三月蘭閨瀟灑甚。半[illegible]

臨妝鏡半題詩○

海棠

輕紅淺白自芬芳○第一嬌姿是海棠○恰似美人新病起○淡[illegible]妝無力傍東墻○

梨花

困倚西（東）風倦不支○朦朧月色捲簾時○梨雲滿院春如海○青[illegible]女丰神恰（畫裏）倩詩○

玉蘭

玉立亭亭不染塵。霜娥知否是前身。春來瓊樹香生雪。縞[illegible]袂誰傳月夜神。

秋夜

冷露無聲月轉廊。鄉思耿耿九迴腸。嫦娥不解人心事。故[illegible]把清輝照夜長。

天空雲淨月輪高。樓外江風吼怒濤。銀燭燒殘人不寐。碧[illegible]紗窗下讀離騷。

庚午

隨舅氏宦遊粵東過十八灘作 由京赴粵

疊疊狂（驚）濤雪浪霏○片帆高掛午風微○山雄水溜（急）人踪少○一（酬）
葉輕舟快似飛8
樹色山光映水寒○長空鴈渡（度）夕陽殘○廿年遊遍天涯路○又（酬）
過虔州十八灘○

途中即景

山松萬樹綠撐天○茅屋無多三（絕）五（俗）間（緣）○野徑雲封藏古寺8荒（酬）
菴日午絕（裊）炊烟8一溪流水人爭渡8兩岸垂楊客繫船8欲買
丹青圖妙境○好移清景畫堂前○

舟行口占

斜陽影裏棹輕舟○一路猿啼聲未休○兩岸綠陰深霧[濃樹]裏○四酌

圍山色望中收◎

野泊

波濤滾滾水東流○一片孤帆滿目秋○紅葉染成千點淚◎蘆酌

花飛起半天愁◎寒砧斷續聞村岸◎漁火高低隔遠洲◎多少

離懷新舊事○夜深無寐上心頭◎

過南陽湖

湖上水連天。秋深此放船。波光平入畫。山色淡迷於烟。雨潤酬く
蘆花濕。風揺荇帶牽。滕滕文遺政杳。規畫仰前賢。

舟中偶成集句

鳥弄歌聲雜管絃。蘇頲 百壺那送酒如泉。杜甫 寒衣處く酬く
催刀尺。杜甫 獨樹臨江夜泊船。劉長卿
晚風侵浪月侵舷。韋莊 岸葦無窮接楚天。李頻 萬里悲秋酬く
常作客。杜甫 江楓漁火對愁眠。張繼
西望長安不見家。杜牧 烟籠寒水月籠沙。夜来留得江湖酬文

夢唐彦謙　一夜扁舟宿葦花温庭筠

汀洲無浪復無烟劉長卿　遲日徐看錦纜牽杜甫　零落梅花過殘臘　鶯啼燕語報新年韋應物（是年舟中度歲）

辛未

夢覺思親偶成

星稀月朗水連天　寂寞孤舟又一年　夢裏家山容易覺　鏡中人貌不如前　心隨飛鴈歸鄉井　身似飄蓬不繫船　回首音容空悵望　白雲遙隔路三千

舟行晚眺

帆掛微風裏○舟行夕照邊○水流思婦淚◎山結野僧緣◎月暗

燈星雜◎村遙鷄犬喧◎篷窗閒眺望○更盡不知眠○百卅〢

送春

柳飛花謝一春愁○鎮日珠簾嬾上鈎○最是（惟有）無（多）情天際月○團

團依舊照妝樓○百卅三

綠陰滿目蝶依〻○衹恐春歸春又歸◎歲月無情留不住◎一

庭紅雨落花飛◎百卅〤

空階寂〻獨徘徊○滿徑殘香萋綠苔○繞樹流鶯啼不住◎春

百卅〥

光底事喚難回
送春無計把春留一别春光又一秋何不年年不歸去免砒
教歲歲動離愁

七夕憶令芝四妹

去年今日牽牛渡滿地桐陰夜色幽乞巧相携同拜月穿砒
針含笑共登樓回頭往事人千里轉眼韶光又一秋莫向
雙星訴離恨迢迢銀漢不勝愁

秋夜即事

紙帳梅花夢。香回一枕風。燈搖秋影裏。葉落雨聲中。地迥 酬汇

霜鋪白。爐溫火漾紅。推窗天欲曙。曉霧滿空濛。

賦得露似珍珠月似弓 得宵字五言六韻

露滴珍珠似。當頭月可邀。桐陰清此夕。桂樹濕今宵。鶴警 酬汉

閨中夜。蟬[蟾]光激[激]九霄。潤含紅蓼岸。影淡綠楊橋。圓素[潔]形難

繪。彎環象孔昭。更宜沽酒至。相賞樂逍遙。

壬申

思親

日影半窗斜。輕寒透薄紗。風來花解舞。雨過草抽芽。春水 䀌

無情碧雲山何處家，烏猶知反哺，自恨不如鴉。

詠蕉

碧玉亭亭畫不如，濃陰滿地映清虛。
雲迷夢境真耶幻，雨〔刪〕滴愁心卷未舒。
翠袖恨添春去後，綠天涼暈月來初。
錦箋何用金錢買，十幅詩成帶露書。

對蕉

惟愛陰濃夏亦寒，粧樓鎮日捲簾看。
願同綠竹為三友，莫〔刪〕共飛花落畫欄。

環碧園四景 粤東學署園名

環碧園中一樹梅。衝寒昨夜幾枝開。重重門户皆關鎖。不識春從何處來。 梅

緑鬟朱顔自入時。怕愁貪睡晚妝遲。亭亭獨立瑶堦下。恰似臨風有所思。 美人蕉

垂烟垂雨一枝枝。三起三眠力不支。何處笛聲臨夜月。離人吹起故園思。 柳

東風昨夜放奇葩。一色玲瓏映絳紗。應是高堂多瑞氣。故

癸酉

教鐵樹也生花○鐵樹花

賦得紅樹青山好放船 得舟字五言八韻

紅樹千株艷○青山雨岸幽○此時邀饒逸興○正好放扁舟○夕照耿〻糢糊映◎烟雲黯淡收◎漁歌聞浦外○樵笛聽峰頭○杏蕊輸春色○霞光燦晚秋○微風半帆掛○細雨一窓留○極目江天遠○縱懷身世浮○小爐新煖酒○沉醉不知愁○

環碧園即景

半畝芳塘曲折開○竹林深處獨徘徊○一庭明月無人問◎只耿〻

有梅花知去來

蕉花如火草如烟（九園有石山名九曜石）
曜石玲瓏倚聽泉
佳景天然春富貴
滿堦榆莢擲青錢

朱闌曲曲繞庭堦
乳燕飛鶯落玉釵
細數青梅閒立久
苔痕濕透鳳頭鞋

石橋斜對晚春軒
梅子黃時四月天
滿地欉（榕）陰人寂寂
竹林深處好（坐）參禪

送外金陵鄉試

文章千古筆通神○江北江南舊有名○仙桂花開香萬里8嫦百川
娥應贈少年人8
莫為深閨繫遠愁○鵬程萬里任君遊○此中無限逍遥處8直百川
上蓬瀛第一洲8
春草池塘緑映堤○杏花枝上早鶯啼○明年踏遍神京路○十[illegible]
里紅香趁馬蹄8
雨情脈〻復悠〻8强說無愁欲（卻）有愁8君自寬懷儂自解8一[illegible]
聲佳報展眉頭8

嶺南竹枝詞

郎家住在珠江頭，妾家住在珠江尾。若說無緣卻有緣，雙雙同飲珠江水。

荔枝灣上荔枝紅，郎摘雙珠贈阿儂。莫愛荔枝顏色好，從來好果不經冬。

郎採青梅妾採豆，妾採紅豆喂相思。相思有翼飛開去，只賸空籠掛樹枝。

山上清泉山下流，流入長（珠）江古渡頭。渡頭有船載郎去，郎

行十步九回頭

病中清明口占

佳節清明又一年斜風細雨養花天自憐老病增惆悵懶
把楊花插鬢邊

濕雲微雨養花天佳節清明又一年霧鬢不如池上柳春
来青翠可人憐

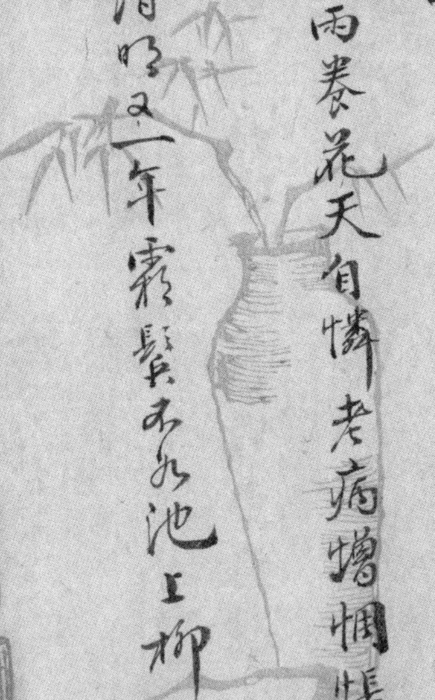

古歷陽幼蓉鮑氏未定之草

爐烟盡久無香悲来拔劍空餘恨醉後長歌興益狂天付

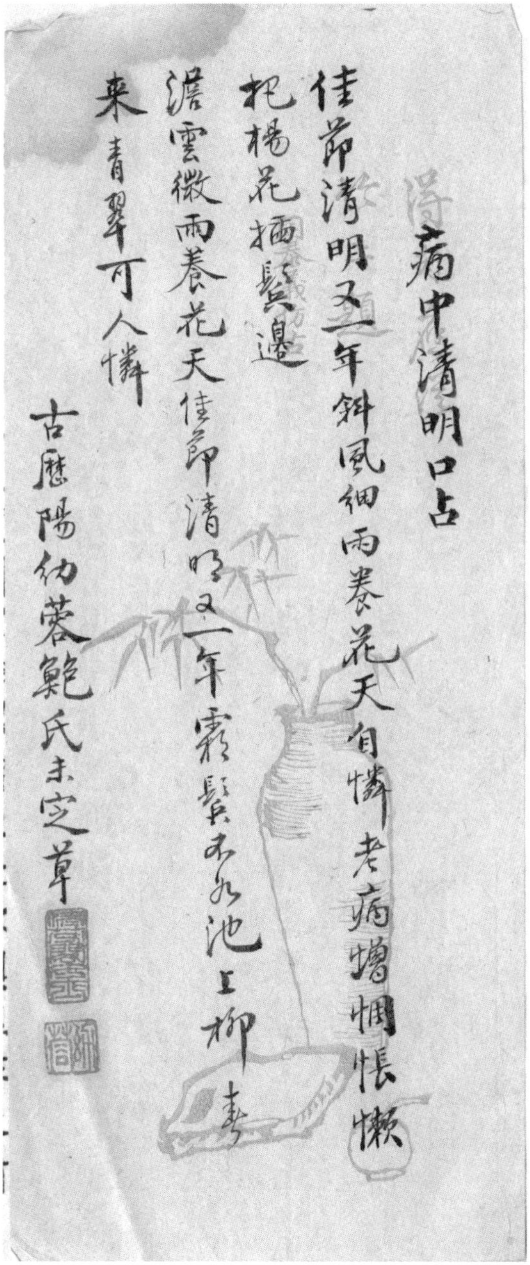

病中清明口占

佳節清明又一年斜風細雨養花天自憐老病增惆悵懶
把楊花插鬢邊
澹雲微雨養花天佳節清明又一年霧鬢不如池上柳春
來青翠可人憐

古歷陽幼蓉鮑氏未定之草

行十步九回頭。

感懷寄外

渺渺江河灝灝流。一輪明月送行舟。蓮心有恨空餘苦。柳亂線無情只繫愁。半壁燈光蟲唧唧。一庭露氣夜悠悠。春蠶結繭因絲死。不化飛蛾不出頭。

高樓獨坐九迴腸。不捲湘簾背月光。銀燭燒殘猶有淚。金刮爐烟盡久無香。悲來拔劍空餘恨。醉後長歌興益狂。天付窮愁磨傲骨。敢將因果問蒼蒼。

天風飄落寺鐘聲繫轂摩肩趁曉晴挨到山門
人若蟻相牽紅袖繞廊行
先進中宮謁象獅相隨已到上清時拈香嘿祝
三生幸平屬兒身半屬伊
春閨鎮日靜年芳針線初停愛急裝忽見雙飛
玉色蝶歸時繡作嫁衣裳
憔悴歸來力不支殘脂剩粉理多時逢人疊說
燒香事又與西隣話後期

消夏分詠

一夜東風柳絮飛綵〻新綠縮芳菲勞他幾許
鶯梭織繫住春光不放歸 柳綫
滿地青苔喜可知不須更借買山貲連朝春雨
苔痕長正是貧兒暴富時 苔錢
黃雲千疊覆東臯梅雨初晴萬籟號不是南風
來麥隴誰知平地有波濤 麥浪
萬頃芳田插已全新秧出水綠芊〻兒童錯認

天風飄落寺鐘聲，繫轂摩肩趁曉晴。換到山門
人若蟻，相牽紅袖繞廊行。
先進中宮謁象獅，相隨已到上清時。拈香嘿祝
三生幸，半屬兒身半屬伊。
春閨鎮日靜年芳，針線初停愛急裝。忽見雙飛
五色蝶，歸時繡作嫁衣裳。
憔悴歸來力不支，殘脂剩粉理多時。逢人疊說
燒香事，又與西隣話後期。

消夏分詠

一夜東風柳絮飛，緜緜新綠綰芳菲。勞他幾許
鶯梭織，繫住春光不放歸。柳綫
滿地青苔喜可知，不須更借買山貲。連朝春雨
苔痕長，正是貧兒暴富時。苔錢
黃雲千疊覆東臯，梅雨初晴萬籟號。不是南風
來麥隴，誰知平地有波濤。麥浪
萬頃芳田揷已全，新秧出水綠芊芊。兒童錯認

窺簾新月曲于鈎。骯髒情懷不自由。濁酒易消堯葉恨。利百川
刀難斷藕絲柔。無憑無據連宵夢。如醉如癡一段愁。也識
窮通皆有定。遣開眉上又心頭。

冷雨淒風夜不眠。一燈相對意茫然。愁如有脚渾難斷。人百川
到知希只自憐。敢把癡心輕鬥卜。每多恨事欲呼天。春歸
花落空惆悵。靜寫楞嚴懺宿緣。

墨蘭畫幅

空谷無人蓋自香。幽情一片託瀟湘。生憎桃李春風面。洗盡百人

鉛華作淡粧○

蘭

如美人兮○幽居空谷○翠帶翩翩○暮倚修竹○

秋夜

長夜停針處○青燈慰寂寥○未知何喜事○花結莫輕挑○

倚杖立庭前○病起脚無力○花影上闌干○秋蟲聲唧唧○

呼婢汲清泉○芽茶烹雀舌○深夜少柴薪○松枝親手折○

秋空月色寒○征鴻聲斷續○欲寄遠人書○先燃案頭燭○

憶外

綠窗寂寞夜寒生○鴈度空（長）階斷續鳴○獨對銀釭無限思◎暗
拈紅荳記行程◎
深情脈脈意懸懸○修到無愁即是仙◎百歲光陰能有幾○人
生多為利名牽○

擬古

獨坐北窗下○浣手調玉琴○一彈木葉落○再彈秋月明○欲自
遣愁心◎彈時愁更生◎誰是知音者◎淚下濕衣襟◎

徘徊看明月。明月照東樓。東樓有好女。挑燈按琴譜。絃〻（颯颯）[illegible]

清我心。悠〻長在耳。可知近鄰家。亦有知音者。

寄外

病骨懨〻瘦不支。終朝惡聽虎狼嘶。郎君若是多情者。即[illegible]

整歸鞭莫待遲。

對影誰憐只自憐。斷腸日月度如年。郎君若識深閨苦。莫[illegible]

念江南花月天。

萁豆相煎暗淚流。可憐多病又多愁。自憐梅蕚逢霜雪。一[illegible]

樹寒香已白頭
獨剔銀釭夜漏殘 羅衾不奈[耐]五更寒 天涯忽憶歸來客 野
店山橋行路難
富貴何須去强求 黃粱一夢幾春秋 名韁利鎖空惆悵 不
及漁樵得自由
猶憶盈〻十六時 雙親膝下最嬌痴 可憐歲月無情甚 一
別高堂鬢已絲
殘漏隨風斷復連 含愁倚枕不成眠 思親淚共窗前雨 一

夜枝頭化杜鵑

槐自縱橫柳自柔　任他風雨只低頭　蛾眉千古誰無恨　話一酣

到傷心有（例收場）（空）淚流

荒山落日鬼啾啾　薄霧濃雲四野愁　回首可憐歌舞地　許酣

多紅粉變枯（骷）髏

水中人影幻中身　幻影樓臺水底沉　是（試）問天宮（公）誰是幻　水酣

中人即岸中人

紅樓偶見人夫婦反目者有此作

紅樓有好女端居顏如玉盈〻十五年粧成眉黛綠嫁得百以
綠衣郎新婚慰心曲笑語兩相歡相憐情更篤樓上錦幃
幕幃中白玉床儂身有蘭麝不借龍涎香郎意如荀倩儂
心效孟光玩花同索句醉月共飛觴纏綿兩不已有誓中
心藏願為連樹（理）此世莫相忘一旦顏華減恩情敗厥終伯
勞之興燕（飛）飛走（鼓翼）各西東男兒重顏色何須苦熱中空樓人
寂〻豆火一燈紅春来江岸柳秋来江岸楓漠〻雲無色
瀟〻雨助風庭院木葉落夜靜聞歸鴻如此淒涼態幽情

向誰通。整衣强自寬。挑燈按琴譜。按到求凰曲。低頭淚如雨。

甲戌

過飛來寺 由粤回都

浮槎片葉破輕烟。草色青鋪兩岸氈。山樹迷適（離）雲霧裏。樓臺縹緲夕陽邊。仙桃花落隨流水。丹桂香飄到客船。一寺飛來千數（餘）里。多因（應）結得此山緣。

舟中晚眺

楊柳青青掩寺門。杜鵑聲裏月黃昏。猿啼斷續知何處。嶺

路高低接遠村○江水半流才子淚○好山多埜美人魂○漁翁
獨對清溪月○沽得香醪不待温○

舟行即景

香夢初回酒乍醒○櫓聲搖曳過前汀○山光含霧描眉碧○草
色迷烟入眼青○幾樹垂楊留畫舫○數家燈火隔疎欞○一聲
長笛人何處○吹起鄉思不忍聽○
梨花淡白柳絲黃○松葉青〻栢葉香○一帶山光瀠水色○萬
株紅杏隱斜陽○流泉聲送華年晚○杜宇啼殘歲月忙○十載

飄蓬無定足。白雲何處是家鄉。

偶見書中幼時戲夾蓮花有感成句

蓮葉蓮葉。不似舊時顏色。回憶碧池頭。嬌艷令人憐惜。一段

别一别。非是昔年風月。

蓮枝蓮枝。折来曾記當時。玉瓶深護惜。惟恐晚風吹。何事段

舊年今日。使人觸目生悲。

乙亥

半月

樂昌公主鏡。飛上白雲邊。一半知何處。波心别有天。段

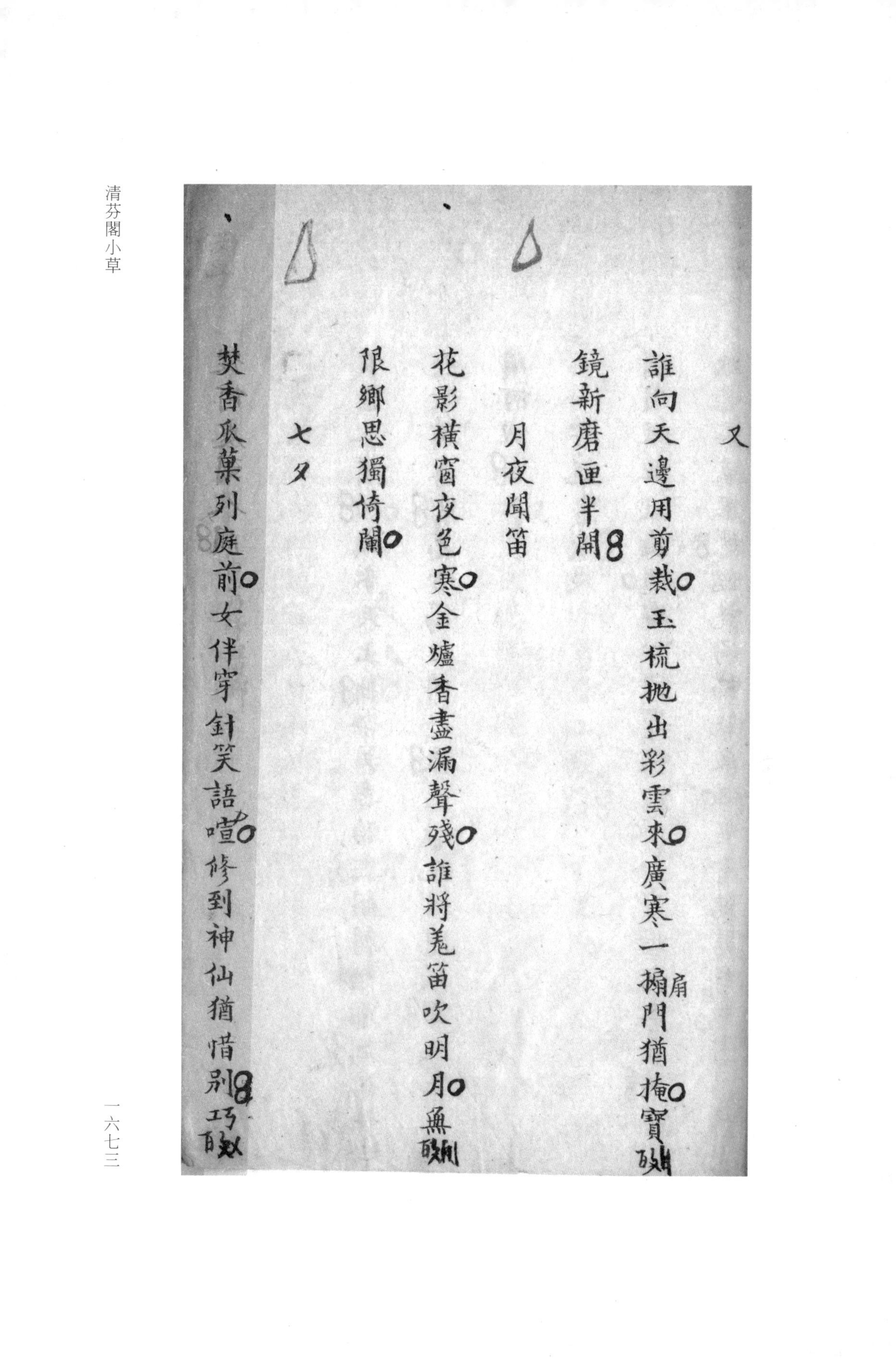

又

誰向天邊用剪裁。玉梳拋出彩雲來。廣寒一揙〔扇〕門猶掩。寶硃[illegible]鏡新磨匣半開◎

月夜聞笛

花影橫窗夜色寒。金爐香盡漏聲殘。誰將羌笛吹明月。無硃[illegible]限鄉思獨倚闌。

七夕

焚香瓜菓列庭前。女伴穿針笑語喧。修到神仙猶惜別◎巧硃[illegible]

從何處到人間。

○又

不乞人間巧。願求天上拙。今夕喜相逢。明朝愁離別。浮生破

聚散若浮雲。萬古傷心同一轍。生離死別總成空。天上人

間何切切。

寄親書感成

獨對銀釭淚暗流。鄉心欲寄恨悠悠。一宵燈火三更夢。片破

紙音書萬里愁。愧說烏鴉能反哺。羞看鴻雁解題秋。雲山望

斷親顏杳○寂寞欄干怕倚樓○

白駒過隙日如梭○堪嘆人生能幾何○酒醒方知身是夢◎花[illegible]

飛始覺艷空多◎繁華富貴山頭雪◎世態炎涼水上波◎自恨

不如歸去鳥○青天萬里任婆娑○

秋宵即事

一樹濃陰碧○寒蟬何處鳴○斜陽殘古渡◎疏柳助秋晴◎少婦[illegible]

三更夢○征夫五夜情○漏長眠不得◎蟋蟀作秋聲◎

丙子

途中寄姊由山西歸寍田都

雲山况是客中過。（用成句）別緒愁腸喚奈何。人到知心傷會散
少。酒逢感慨飲偏多。荒村寂寞憑誰寄。野店淒涼祇自歌。
猶憶昨宵同乞巧。笑看織女渡銀河。

獲鹿題壁

憔悴風塵强自支。十年瘦損舊腰肢。人心利似雙鋒劍。世[illegible]
事渾如一扃（局）棋。百歲匆匆愁裏度。浮生碌碌欲何為。黃粱
易熟人難醒。不遇神仙那得知。
休笑狂徒到女流。人生何必問沉浮。女兒自有男兒志。名[illegible]

士原無國士憂〇鏡裏朱顔愁白髮〇山頭紅粉嘆枯髏骷髏〇春花

秋月空悲喜〇貴賤同歸土一坵〇

〇途中即景題店壁

茅掩菴深樹裏8人影小橋邊8霜葉紅於火8山光淡若烟8石横川

灘去急8風起鳥飛旋8堪嘆奔奔波客〇何時可息肩〇

又疊前韻

寺渺雲霞外〇僧歸夕照邊〇山花滋曉露8溪柳織愁烟8何處川

風帆掛〇誰家水礶旋〇樵夫歸去晚〇松栢滿担肩〇

明月店和壁間蘭芬之（校書）作步原韻

如此才華如此志。堪憐流落在烟花。人間多少痴兒女。冬[illegible]
厭狐狸夏厭紗。

茫茫恨海有誰填。一度吟哦一可憐。我亦深閨為女子。兩[illegible]
行清淚也潸然。

弱絮隨風西復東。欲尋消息已無蹤。多情更有深閨客。萬[illegible]
種憐才嘆不逢。

半壁（兵燹）江南被賊（半壁）休。紅顏薄命古今愁。天涯飄泊知何處。誰[illegible]

渡慈航一葉舟

丁丑

○題月華集

東樓有女顏如玉。二八盈盈眉黛綠。學書學劍從阿爹。秋幃
月春花慰心曲。阿娘看似掌中珍。婉轉嬌癡隨所欲。長安
年少聞名久。欲覓良媒求佳偶。世情重富慣輕貧。空說文
光能射斗。姻緣今已不能成。愁見牽牛識（織）女星。暫向東鄰
謀作寓。安排雙耳聽簫聲。朱樓斜隔一墻紅。拂竹穿花有
徑通。池面盈盈清淺水。柳梢陣陣剪刀風。鎮日携琴曲徑

頭。不彈別調只彈愁。春風似有憐人意。吹入玲瓏白玉樓。
樓前忽見神仙侶。脈脈含情不得語。心有靈犀一點通。從
今識破相思緒。弓鞋立遍畫欄干。抱得銀箏不忍彈。對月
每成腸斷句。看花怕看並頭蘭。金爐烟盡不添香。寶鏡塵封
嬾理妝。枕上夢魂憐寂寞。窗前風雨助淒涼。愁病懨懨年
復年。春慵無力上鞦韆。胸中多少傷心事。只羨鴛鴦不羨
仙。蝶使蜂媒不自持。花前私語兩心知。願求明月長為証。
只有團圓無缺時。山盟海誓對天稱。繫就紅絲未結婚。聾

鼓驚天烽火起○江南半壁賊平吞○日[旌旗]色無光白日暮○滿目
黃沙飛似霧○入耳維聞戰馬嘶○夫妻父子誰能顧○家亡國
破歸何計○繡履[履]無根顏色敝○道傍荒草血猶腥◎隻身零落
空流涕◎鳳拆鸞飛無所去◎盈盈弱質隨風絮○母弟難尋骨
肉分○天涯飄泊知何處○可憐流水咽聲哀◎九曲柔腸寸寸
灰◎欲待偷生偷不得◎何須展轉再徘徊◎豈知妾命薄如雲◎
斷絕塵環[寰]永別君◎白骨沉埋溪水冷◎有誰三尺塋孤魂◎

贈李艷陶嬌兩女戲[伶]仔

濃桃艷李鬬精神○一段風流畫不成○百褶裙拖湘水綠○雙[illegible]
彎眉掃遠山春○暈生笑靨脂痕膩◎媚入橫波粉黛匀◎低首
含嚬嬌不語◎香肩微嚲最憐人◎

戊寅

立秋感懷

香消金鼎扇抛蒲○秋報庭階一葉梧○夫婿遠離兒女幼○親[illegible]
朋遥隔客星孤○夢回珊枕時溶(融)淚○病倚牙床嬾誠(問)巫○挑盡
殘燈針線減◎新涼吹到客邊無◎

秋宵雨意

悄驚秋人更遇秋陰。寒氣侵簾雨意深。四野烟迷紅樹暗。半[illegible]

空雲湧碧天沉。瀟瀟庭院千竿竹。寂寂江村一帶砧。助我

畫樓添畫思。評章擱筆費沉吟。

詠美人蕉

紅艷嬌無延匹。楊妃醉裏粧。釵横珠露重。葉遜玉簪香。展轉[illegible]

芳心細。翩翻躚翠帶長。亭亭庭畔立。風雨不勝涼。

己卯

閨外落第感成

莫道文章可立身。滿懷心事向誰論。青雲負我胸中志。白[illegible]

眼看他世上人。吴市簫聲傳漂母。函關落第嘆蘇秦。風流

羨（不）及黄粱夢。一枕公侯四十春。

和外遵化寄章（詩）步原韻

（聊）椽成數語達君家。莫笑深閨句不華。斷（竹）識（簡）殘（芸）編久抛却。拈㤄（拟）

毫羞詠合歡花。

小雨初晴草色滋。微風輕送晚涼時。傳来一紙平安字。聆㣄

（到）道歸期未有期。

（寂）寄寞幽情寄素羅。淚痕更比墨痕多。知君自有英雄志。豈㣄

為離愁喚奈何8

草木多沾春雨滋○桂花秋放未為遲○香風入吹青雲裏○定[illegible]
折蟾宮第一枝○

庚辰八

宰官風箏

微
是物全憑造化工○烏紗約象面簡繡袍紅○一綫纔出兒童手○萬[illegible]
里飛騰上碧空○浩〻雲光迎貴客○飄〻大袖舞春風○時人
仰面皆相羡8自笑功名片紙同8

夏日即事寄外

紈扇輕摇（裁）皓魄（月）圓竹床斜倚晚風前雙眉未許和愁掃常[illegible]
引嬌兒笑語喧
疏簾半捲玉斜鈎蝶舞蜂狂鬧午衙檻外清風香陣陣一[illegible]
缸新放白荷花
（烈）葵日炎炎二伏天簟紋新展竹花圓蹋穿茉莉簪雲鬢引[illegible]
得狂蜂繞鬢旋
一枕迷離午夢長玉簪花送鬢邊香嬌兒不解低聲喚手[illegible]
舞鮮桃笑語忙

憶外

一夜瀟瀟雨高樓怯曉寒陌頭楊柳色不敢倚闌看

寄語梁間燕天涯客未歸繡屏人獨卧不許作雙飛

簾捲秋風裏征鴻過畫樓一聲關塞唳旅客動邊愁

遠客歸何日寒衣製未成殷勤燈下做數盡短長更

玉堦多蟋蟀一片作秋聲那管人腸斷淒淒不住鳴

記得君行處依依半綠苔至今猶未掃留以待君回

辛己

詠白梅花

滿樹瓊葩燦玉堂○蘆簾紙帳夢初長○孤山伴結三更月○庾
嶺寒融十里香○素質自珍高士品○縞衣恰稱美人粧○嫣紅
姹紫羞同伍○獨抱清芬冠衆芳○

哭小兒鈌柱感成

身如飛燕寄雕梁○嘆我浮生空自忙○一現曇花何處覓○誰
家丹桂五枝芳○
○天性聰明解順親○粉粧玉琢一團春○每持書卷喃喃讀○譜
語猶聞上大人○

○

三年調攝費心神○懷抱何曾刻離身○白草黃沙誰護惜○夜[illegible]
臺能不覓雙親○

傳語凶神起禍端○童男三百忍摧殘○好生天德今無驗○一[illegible]
片哀聲袖手看○是年津門天花大行，染者十無一生，有傳痘神選童之說，附近一帶呼兒哭女，慘心觸目，痛已傷人，不堪回首而

十六年來喪五雛○問心惡孽此生無○蒼天冥冥知何意○亦一[illegible]
任人間淚眼枯○

運蹇時乖二十年○此生此世是何緣○前生果報今生孽○敢[illegible]
把因由細問天○

餘衣玩物任斕斑○躅（觸）目傷心淚自潸○恨不開棺重報（抱）起○黃
泉有路覓兒還◎

終朝嬉戲阿娘邊○覓棗呼梨笑語連○回首不堪成永訣○牽
衣無復慰親前○

孤燈照影雨霏霏○寂寞空閨冷翠幃○夢醒忽忘兒已去◎床
頭猶拂舊時衣◎

杜鵑聲裏又黃昏○寂寂空庭獨閉門○幾陣鴉啼歸樹晚○更
從何處賦招魂○

幾度麻衣血淚斑○兩行今復為兒潸○窮愁苦病傷心事○未
得浮生半日閒○

三十餘年立足無○牛衣對泣竟何圖○癡心回憶當初事○恨
煞男兒不丈夫○

悲歡看破總成空○碌碌塵寰一夢中○今日傷心兩行淚○滿
腔熱血付東風○

而今壯志消除盡○百折千磨任此身○識得空空真道理○紅
塵瑣事復何詢○

世情看破真還假塵夢驚回是耶非多少興亡千古事悠悠
流水送斜暉
回首凄涼百不堪黃梁夢覺復何貪從今掃却浮生障靜
禮彌陀佛一龕

和廣平旅店女史題壁詩 步原韻

金爐篆裊輕烟碧紗窓花影揺明月暗將紅豆計歸程行
人今夜何方歇吁嗟呼一別殘冬又立春離懷愁鎖雙眉
結

樓頭柳色籠烟碧。捲簾怕見團圞月。惱煞西風太不情。吹叠
林敲竹無休歇。吁嗟呼、斜倚薰籠寄恨多。儂心應共郎心
結。前韻
鵝眉不讓春山碧。彎環恰似初三月。疊了閒愁掃不開。離叠
懷別緒何時歇。吁嗟呼、紅顔薄命古今同。蠶吐絲兮空自
結。前韻
落花紅襯苔痕碧。倚闌又是黃昏月。暗指紅豆打流鶯。柳叠
陰深處啼無歇。吁嗟呼、鳥自高飛人自愁。柔腸一日回千

結前韻

戚友招飲即席口號

香送芰荷風華堂燭影紅自慚生性直酬答未能工

題墨蘭条幅

翰墨香和花露清一枝一葉總精神拈來半幅江南絹寫出幽蘭便有情

壬午

舟中晚眺 以溪西雞齊啼為韻

櫓聲搖曳過前溪幾點歸鴉夕照西村野兒童竹騎馬雲

深遊客聽山鷄迢迢綠樹連洲遠靄靄紅霞接日齊春色
無邊風景好柳陰深處鷓鴣啼

詠竹簾

和風清送暗香回月影朦朧映碧苔好把玉鈎輕掛起讓
他雙燕早歸來

蘆花被

薄似輕雲輭似棉梅花紙帳結前緣半潭涼月三更夢十
里秋風一枕眠夜雨若聞聲瑟瑟曉寒愁擁意綿綿鴈飛

鷺宿無尋處，多少相思又隔年。

夢醒寄外

鏡花水月影依稀，夢裏消魂只自知。携手暗憐纖骨瘦，訴悃懷猶似别離時。疑真疑假三更雨，如醉如狂一段癡。何處征鴻天際唳，燈光明滅漏遲遲。

癸未

立春憶外

歸約秋花候，經冬復立春。舉頭看日色，側耳聽車聲。殘雪滴簷滴，狂風入牖鳴。停針無一語，多少别離情。

秋感

秋風黯淡秋雨涼秋色蕭疏秋葉黃耿耿秋燈人不寐秋蟲唧唧坐更長唧唧秋蟲鳴不住聲聲如泣復如訴對景淒涼傷我心秋月春花等閒度春花秋月易消磨過隙光陰急似梭莫把瑤琴彈古調知音不遇奈琴何綠水青山依舊好朱顏半向愁中老銷瘦形骸鏡影中鬢毛漸白容枯槁一生潦倒命多慳不問因緣祇問天底事生人忍磨折泌泌孽海苦牽纏梧桐葉落西風冷畫屏銀燭搖秋影

燭易成灰淚未乾秋思歷亂難爲整倚闌無語情蕭索我自傷心人自樂生不逢辰死便休癡魂化作雲中鶴化鶴飄〻去不歸青天碧海任翻飛從今斷絕塵寰事不問落（滄）桑是耶非

舟行即景

九月江南草未摧野花歷亂菜花開望兒老叟倚門立牧豎犢村童橫背回黃葉亂隨楓葉下晴雲時雜雨雲來蓬窗獨酌添詩興一度吟哦酒一杯

秦淮曲

小住秦淮水上樓畫船簫鼓鬬風流一輪明月圓如鏡只照[illegible]
歡娛只不照愁
一帶紗窓臨水開美人含笑倚楼臺鍾山清景誰能賞祇[illegible]
向笙歌鬧處來
溪水澄清碧似油波光如鏡照梳頭美人粧罷黃昏近兩[illegible]
岸珠簾盡上鉤
鄰家少婦倚新妝畫得雙眉細更長壓鬢自穿鮮茉莉中[illegible]

心幾朶夜来香○

人影燈光碧水隈○忽聞齊道畫船来○金樽檀板誰家子○八背

扇船窓面〻開○

綺筵徹夜敞銀屏○買笑追歡醉不醒○返璞歸真誰氏子○寒[illegible]

山風雨課黃庭○

湘蘭

空谷無人益自香○幽情一片託蕭湘○生憎桃李春風面○洗背

畫鉛華作淡粧○

詠客舟

年々離緒兩悠々無數垂楊不任（繫舟）留世上只因多此物添
他少婦十分愁

甲申

偶集成句

馮邑龍堆路幾千春愁黯々獨成眠熏籠玉枕無顏色月
落烏啼霜滿天
獨上江樓思悄然心隨明月到胡天茂陵不見封侯印身
外浮名好是閑

纔喜新春又暮春○風光別我苦吟身○眼看春色如流水○莫
厭傷多酒入唇○

藥圃茶園為産業○一庭新竹繞闌干○且看欲盡花經眼○老
去悲秋强自寬○

清秋燕子故飛飛○來歲如今歸未歸○世事浮雲何足問○人
生七十古來稀○

蝴蝶雙雙過粉墻○隔簾微雨杏花香○侍兒扶起嬌無力○十
二樓中盡曉粧○

菊花枕

莫共茱萸入錦囊，粧成繡枕置蘭房。霜痕半斂秋無跡，露氣猶留夢亦香。不作鴛鴦休著色，偶來蝴蝶尚尋芳。羅幃伴我青燈夜，可似東籬意味長。

乙酉

問月

閒凭曲檻問嬋娟，照遍興衰事幾千。何處樓臺名士酒，誰家車馬別離筵。嫦娥是否曾偷藥，羿后當年可作仙。碧海清天無一語，蟾光胡不永團圓。

詠風箏

造化粧成豈偶然竹床紙帳結前緣平生自有凌雲志此皆

日逍遥不羨仙一綫絲摇晴輕霧裏數聲音韻落霞邊時

人莫作尋常看轉眼飛騰上九天

丙戌

拳不倒

圖領烏紗態自矜宰官衣缽世相承身雖老去心雄在想皆

我低頭萬不能

感懷寄外

幾陣歸鴉度遠村。一天風雨又黃昏。朱顏半向愁中老。白髮新添鬓上痕。萬里家山蝴蝶夢。三更明月杜鵑魂。茫茫何處埋憂地。寂寞空庭獨閉門。

不羨長生不學禪。千秋薄命總淒然。一生事業空餘恨。兩字因緣最可憐。碌碌塵寰消刼運。悠悠逝水誤華年。滿懷愁緒憑誰訴。風雨幽齋夜不眠。

題採藥採花二美人條幅

霧鬓風鬟臉暈霞。白雲深處是兒家。携鋤笑指青山裏。採藥歸來日未斜。採芝日半始歸來，女伴相逢笑靨開。不喜繁花喜萱草，忘憂最好對妝臺。

蘭花

蘭生空谷裏，素質自輕盈。不供（共羣）凡花伍，仙山獨占春。

竹枝詞

荷葉羅裙藕色衫（裳），畫槳雙搖入藕塘。勸郎莫食青蓮子，蓮心苦味儂曾嘗。

詠鯉

門前碧水溪中有雙金鯉何日化龍飛直入青雲裏

旨刪

心花

全憑方寸好培栽一點靈根種胚胎爛熳天真無限好春風一笑自然開

旨[illegible]

鏡花

琉璃世界幻中身色相原空假即真泡影虛花相對處嫣然一笑悟前因

旨[illegible]

○筆花

多少英賢絕世才○靈芽一點自天栽○文章千古通神筆○獨
向江郎夢裏開○

○浪花

萬點搖殘桃葉渡○一江斜映夕陽紅○採蓮歸去無人折○撩
亂蘆花淺水中○

為玉蓮校書題蓮花畫扇

顧影自生憐○臨波情默默○誰知污泥中○有此好顏色○

桃花條幅題春夏秋冬四条幅繪贈

周氏女新婚之喜二詩二詞

春風一夜綻桃夭。粉萼盈盈帶露嬌。人自宜家花自媚。更[illegible]添蘭夢寫生綃。

荷花條幅

荷衣荇帶玉為膚。淨質亭亭水一隅。仙子風姿君子品。並[illegible]頭合繪愛蓮圖。

題自畫墨蘭橫幅

不買胭脂畫牡丹。自磨澹墨寫幽蘭。碧闌干外叢叢影。明[illegible]

月移来作譜看○

畫蘭

慢展生綃向畫堂○含葩半吐葉飛揚○三春高格臨風寫○九[illegible]

畹名花挹露芳○雅淡最宜君子配○清幽恰稱美人妝○書成

一紙千金價○空谷傳神翰墨香○

寄外

寒梅香裏送行鞍○鋒烽火關山書至難○芳草一庭縈別緒○楊[illegible]

花數點報春殘○夢回孤枕燈滅明○瘦損裙胥問罷寬○萬種相

思何處達○鸞箋尺幅寄君看○

丁亥

薄命曲

儂薄命○落花同○一春能得幾時榮○芳菲滿地無人問◎多情故奴

燕子薄情風◎

儂薄命○柳工愁○烟籠霧鎖幾時休○誰惜離亭攀折苦◎未到故奴

春殘白了頭◎

儂薄命○藕絲長○亭亭出水艷生香○結成蓮子心終苦◎誰憐故奴

十箇九空房◎

儂薄命天上月一年一度中秋節風期雨夕事難憑一日[illegible]

圓兮十日缺

海棠

一枝紅艶醉春光(映朝陽)別樣精神冠衆芳銀燭高燒嬌(春)睡足脂[illegible]

痕粉暈鬬新妝

芍藥

花開恰值暮春時帶雨含烟別有姿閒濡(吮)纖毫摹(摹)艷質獨[illegible]

嫌名號是將離

荼蘼

笑靨初開半面妝。長條細蕊殿春光。輕陣，風陣田廊外。一數（百）架荼蘼滿院香。

賦得久雨不妨農　得農字　五言八韻

久雨天無際（難霽）。村人事事（意興）濃。漫愁耕種務（占年期大有）。卻喜不妨農。（重）凝霧洦常遮塔。狂風亂入松。採桑披笠去。揷麥著蓑從。（野）慰聽田歌遍。膏含地脉鬆。晚涼鳩語鬧。晝寂燕歸慵。新綠山山滿。秧聲處處逢。望晴應有日。雲退見青峯。

沅湘風景繫人思。月映寒江夜泊時。一縷清香簾乍捲。幽[illegible]

蘭花放客先知。　題湘蘭条幅

春日即事回文

虹貫碧空天掛彩。雨滋春色草籠烟。風飄柳縷千絲綠。日[illegible]

映花枝幾朵鮮。東閣畫闌朱曲曲。北亭新竹翠娟娟。工詩

喜詠璇璣錦。巧句詞文宛轉連。

夏日即事回文

臺高倚石繞濤。渌

[illegible]永晝閒吟記短箋。苔襯落花紅豔豔。水[illegible]

鋪蓮葉翠田〻。雷鳴野徑風搖竹。雨過湖光波漾烟。槐樹
一蟬新噪晚。杯斟酒碧絳桃鮮。

○余幼從　雙親宦京師　先君次第督學黔粵撫軍
山右星軺所及皆隨侍焉　于歸後復隨　舅尊使節
歷充百粵雙江三輔星使十餘年來　嚴慈舅姑皆
已謝世而夫子浮沉郎署鬱〻居長安近以假滿
同赴都門棖觸于懷　率成四絕丁亥十月望後題
俞家園郭家店壁

浪跡萍踪四十秋。征途歷碌幾時休。邯鄲一夢終須醒。懶何先生借枕頭。

南北隨親作宦遊。繁華隊裏度春秋。而今恰似歸來燕。何處雕梁舊畫樓。

滄蒼海桑田異昔時。青山如舊笑人癡。畫眉今古誰無恨。就裏幽懷祇自知。

昔年聞友半凋零。萬里飄蓬剩一身。閲歷悵觸世情增添感慨。人間何處覓知音。

戊子

題自畫墨蘭條幅四章贈麗軒婿

庭隙留餘地。幽香手自裁。芬芳花並茂。蘭蕙一齊開。[illegible]

倚石疎花放。流泉照影清。低頭無一語。多少別離情。[illegible]

年年空谷自枯榮。竟體幽香徹骨清。不向人間求富貴。珍[illegible]
珠何必誤芳名。

粧罷無言翠帶飄。湘娥品格自清超。孤高不入時人眼。多[illegible]
事狂風作舞腰。

踏青

春風拂〻柳依〻杏罷苑殘李正肥閒踏蒼苔留足印草[illegible]

頭驚起蝶雙飛

有感

萬里江山千古恨前人田地後人收古今多少興亡事付[illegible]

與優伶作唱酬

登場傀儡本非真堪羨丘尼福慧清石白松青心似水無[illegible]

牽無掛一身輕

兩字聰明誤此身一生境遇不如人年來嚐遍真滋味苦[illegible]

辣酸甜攪不勻。

人生全美事難尋，月有虧圓日易沉。連理枝交根各一，並頭花好不同心。

蘭

翠葉因風舞，繁花抱露開。孤芳惟自賞，蜂蝶莫相猜。

白菊

繁華每自笑羣芳，那及高人雅淡粧。三徑未荒霜有迹，九秋纔到玉生香。白衣送酒宜彭澤，羅襪淩波憶窅娘。草木

也知珍晚節獨將素質逞清光

牡丹畫幅

多少胭脂染精神冠衆芳世情欣富貴艷說是花王

出都有感

北風凜〻膚欲裂橫空亂舞鵝毛雪轔〻車馬出都門久
住長安腸轉熱憶昔隨親作宦遊三年燕京轍裘馬紛〻
爭送迎高堂日〻華筵設姊妹圍爐笑語忻斑衣舞得雙
親悅雪深三尺不知寒為愛梅花親手折丁丑津門送母

歸。誰知從此成終別。遼倒京華十數秋。蔴衣幾度啼紅血。
弟兄姊妹各西東。兵火年年信不通。默默幽懷誰與訴。淒
風冷雨泣途窮。山青水碧渾如昨。廿年歷盡人情惡。昔時
親友不相逢。趑趄又待新台閣。今隨夫婿作長行。景物依
依動別情。兩岸悲風鳴古木。數聲啼鳥送行程。黃沙漠漠
天無色。季冬將盡年相逼。宦海風波何日休。風塵落魄無
人識。君不見拔山蓋世重瞳子。烏江不渡英雄死。又不見
吳市吹簫乞丐兒。鞭仇泄恨消前耻。世間富貴若浮雲。人

生得失難定指◎沽來杯酒且澆愁◎莫問明朝行與止◎

己丑

續鳥音

劉麥捙禾○晴着笠◎雨披蓑◎韶光不能待◎農務莫蹉跎◎少年[illegible]
不努力◎人生奈老何◎劉麥捙禾○

得過且過○布服可遮寒◎粗粟亦解餓◎富貴任天公◎立身須[illegible]
正大◎萬卷詩書消盡愁◎無榮無辱隨時過◎鳳凰不如我○

行不得也哥〻○東設網○西張羅○人情多（易）反覆◎世道多坎坷◎山[illegible]
行防虎豹◎水路怕風波◎勸君速回首◎行不得也哥〻◎

不如歸去。不如歸去。泛泛四海誰為侶。朝投秦，暮投楚，鎮日勞勞無定處，家有妻，室有女，園蔬倉粟無憂慮，不如歸去。

寶鏡

寶鏡絕纖塵。團團皎如月。相對北窗下。光明鑒毫髮。憶昔趁庭時。為言出異國。贈尔作嫁資。長伴粧台側。莫作尋常看。應知難再得。紅羅綉為袱。紅（蜀）錦製為帘。沉香雕作架。碧玉洗為檐。畫眉看曲曲。掠鬟視尖尖。粉添香頰膩。花愛並

頭拈○相伴形隨影◎終朝幾顧瞻○一旦賦遠遊○遂作經年別○
塵霾漸相侵◎銹綠斑斑結◎閉置深閨中◎忽焉精氣竭◎或有
妖狐照◎清光為所滅◎良由染垢汚◎寶鑑幾虛設◎昔日百鍊
精◎良為人世重◎一旦被妖氛◎棄之無所用◎嗟呼希世珍◎昏
昏誰復顧◎視鏡傷我心◎嗟今更惜故◎安得磨鏡人◎提攜出
塵土◎一磨烟塵清◎再磨光芒吐◎相看如日月◎清輝澈千古◎

古意

池上採芙蓉○蒂並心相別○同蒂不同心◎徘徊無意折◎

生為並蒂花，蒂並心難並。世事本難全，敢言妾薄命。

願托同枝木，休開姊妹花。同枝長聚首，姊妹各天涯。

生作同根樹，莫作連理枝。根同性亦同，痛癢兩心知。

庚寅

容春外子改官袁江，余遂携眷偕來。仲夏奉撤辦車邏厘局，適逢歉歲，捐務蕭疏，頗形賠累。冬仲調辦眾興，兩月之間，公私悉臻平善。今聞無故被撤，感賦絶句八章以紀其事

春日遲遲百感生，繁華過眼轉淒清。人情更比秋雲薄，世

路崎嶇不可行◎

金釵八寶鷫鸘裘○換酒歸來欲解愁○酒未沾唇心已醉◎無[illegible]

枝歸鳥更何投○

燕棲畫棟鶴巢松○飛鴈長征無定蹤○安樂不知飄泊苦◎蘆[illegible]

花風冷曉霜濃◎

難分皂白暗徘徊○蒼狗人情豈易猜○試問絲絲堤畔柳○春[illegible]

来青眼為誰開◎

携琴何處覓知音○三匝無枝繞樹禽○搔首問天天不語◎陰[illegible]

雲黯〻晝沉〻◎

春花秋月總堪憂○鬱〻胸懷不自由○對影自憐還自嘆◎一[illegible]

生經得幾多愁◎

運蹇時乖秪自憐○悲歌空寫斷腸箋○茫〻四海内誰知己◎閱[illegible]

歷關河四十年◎

恨海愁城歷刼來◎天公生我忍相摧◎半生泣盡窮途淚◎一[illegible]

轉柔腸一寸灰◎

感懷

霧鬟風鬢四十年。粧台羞對鏡光圓。年來更比梅花瘦。冷[illegible]
淡心情懶學仙。

憶昔嬌痴二八時。深閨從未解愁思。無端添得傷心症。瘦[illegible]
損腰圍不自知。

隻影菱花比鶴癯。而今清減舊肌膚。拈毫欲寫當年貌。恐[illegible]
帶愁思入畫圖。

為愛孤芳澈骨清。寒窗雪夜總關情。三更夢斷羅浮月。修[illegible]
到梅花是幾生。

春日偶成

日長睡起懶梳頭。默默深情獨倚楼。
笑煞桃花眠煞柳。為誰歡喜為誰愁。

蘭花

碧玉裝成品自清。珊珊環珮淨無聲。
幽姿不用添妝飾。何必珍珠誤小名。
嫣紅姹紫鬭芬芳。不及幽蘭自在香。
獨抱素心空谷裏。笑他桃李倚門粧。

辛卯乙

元月五日吳漱芳大妹壽筵詩以祝之

栢頌椒銘後華堂啓壽筵主賓同欵洽眷屬是神仙樽泛兕鵝兒酒歌傳燕子箋君家曾伐桂羅藥好延年

詠爆竹

最憐一束小身材徑寸芳心未肯灰報到家門添喜慶萬人頭上聽春雷

續夢中詠殘月

一彎斜掛碧雲端斗轉參橫夜欲闌直待曉風吹去後不留

6

纖影在人間後二句梦中作

月夜不寐書寄小蓉大姊叠前韻

徒傷老大感華年回首蘭閨梦不圓青女素娥猶耐冷敢
將人事傲天仙
深閑重門夜靜時誰家玉笛動鄉思幽情默默無人識祇
有窗前明月知
竹影蕭疏菊影癯峻峻傲骨瘦肌膚而今證得前生果欲
寫黃花入畫圖

簾捲西風夜氣清照人明月太多情似憐繡閣相思苦素[illegible]

影團〻澥上生

夏日偶成

柴門恰好近池塘短袖輕衫納晚涼雨濕流螢飛不起蓮[illegible]

叢閃〻映波光

採蓮曲

採蓮復採蓮花綻溪邊臉莫言污泥深心無一塵染[illegible]

採蓮復採蓮雙槳清波上忽聞笑語聲隔花頻眺望[illegible]

浮萍一道開打槳人纔去遙看花傾側便是舟停處

荷葉映羅裙荷花映人面無語入花叢花香人不見

郎自採蓮花妾摘青蓮子莫嫌是苦心妾心亦如此

儂心蓮不知蓮心儂能識同是苦心人相看情默〻

小艇蕩清風隔浦聞吹笛聞聲不見人花深無處覓

女伴採蓮回擲我青蓮子含笑打蜻蜓驚得鴛鴦起

日落夕陽紅反照前溪水心事藕絲同歷亂難為理

藕絲裊妾愁藕花妬妾面惟恐秋風生花飛人不見

昔日管娃宮風流稱絶代蓮花依舊紅西施今何在[illegible]川百

花落有開時青春難再得安得人與花並駐好顏色

堤居夜月歌答外

碧空雲淨天如洗皎皎圓靈鏡初啓倒影澄波入水寒萬里[illegible]川百

青天作江底江水悠悠流不住隔江忽聽人呼渡兩三星

火滅還明便是東門堤上路東門堤上行人道寒蛩唧唧

鳴秋草秋草枯時春復青朱顏能有幾時好百歲光陰不

我留以試問誰人能不老拔釵沽酒助君歡人生行樂須

及早贈君良言君應聽榮枯離合皆前定風清月白夜難
逢對酒高歌當盡興當盡興同一醉勸君莫為癡情累今
宵此處共杯觴明年此會知何地憶昔嬌癡膝下時堂前
共舞斑衣戲姊妹團圞一室中不解人間離別思鹿車一
旦入君門枕邊時有思鄉淚歡娛苦短離別長相思惟倩
書傳意書傳意何時見催老韶光急如箭君心莫似妾心
癡舉頭羨煞雙飛燕

壬辰 ○ 落花

春来共喜花開早春歸花落無人掃春去明年依舊来愁似昔花似不今年好花落花開能幾時鶯愁蝶怨傷春老雨妬風摧片〻飛不及青〻堤上草野草青〻傍水隈不到秋深總不摧那管春光容易去凝烟抱露綠成堆亂紅幾陣隨風謝枝頭一夜鵑魂化零落胭脂委綠苔癡情儘把東風罵拾得殘花痴立久惜花願與花長守為花憔悴替花愁拈花試問花知否

陳園四景

佳景園林好風光到眼新亭臺三面水花木四時春啼鳥以川百

頻驚夢游魚解背避人徘徊芳徑裏細草綠鋪茵

宜晴亦宜雨小閣建池心雲起天堆石風來竹鼓琴藕花出川百

香冉冉蓮葉碧森森坐久渾忘暑流螢拂短襟

西風吹暑去秋色不輸春三徑黃花淡一林紅葉新馬啼嘶巡咎

深巷客犬吠隔籬人明月河橋立渾疑世外身

天公故弄巧一夜鬭繁華有地皆鋪玉無枝不放花別閞開文川百

新眼界何處舊人家暮倚高樓望炊烟幾縷斜

感事

塡胸百感叩蒼〻翹首銀河夜未央賦性孤高甘守黑世對
情顛倒任雌黃事逢熱極情翻冷人到知稀興轉狂莫怪
女流存傲骨深閨原不解炎涼

落花流水總成空過眼繁華一夢中宦海風波增感慨窮途對
雨雪困英雄士逢知己神能合詩為多愁句易工臘炬成
灰心漸冷更無熱淚灑西風

新秋

蟋蟀三两声梧桐一葉落残暑未全収羅葛依然着明月 訓旨

破雲來清光照高閣病起倚闌干猶嫌晉脚弱深院静無

人風動鞦韆索

絮

輕薄飛難定隨波化作萍柳絲千萬縷空繫別離情 綱旨

又

點〻迎风飛似雪紛〻着水細于棉痴心惟恐魚吞月化 叙旨

作浮萍容護天

晴雲

雲本無心出岫因風吹上青天舒捲非關雨意逍遥不染此

塵緣

除夕

青烟一縷紅燭雙輝彩仗迎年黃羊祀竈声〻爆竹

催得春來點〻銅壺送將臘去寒窗獨坐一天風雪

空助人愁綉幕低垂萬種鄉思時縈客夢人生有幾

歡場不敵愁場世事無憑今日未知明日腸回九轉

意緒千条良夜悠〻余懷耿〻偶憶唐人有高堂明鏡悲白髮朝如青絲暮成雪句悲從中來感成二律書以寄外時在高郵寓

爆竹聲中百感生催殘餘臘短長更去年人在舟中度今日春從客裏迎青鬢不堪明鏡照屠蘇懶向玉杯傾幽齋獨坐無聊甚隔院笙歌徹耳鳴

臘盡春回又一年良辰美景奈何天愁如野草刪難盡人似黃花瘦可憐老大怕逢新歲月離情維付舊詩箋連宵

雨雪添淒楚斜倚銀屏嬾去眠

癸巳

聞虫聲

聞階多秋草秋虫聒耳鳴唧唧復唧唧入耳感幽情吁嗟此此微物非為名利縈渴為驚(徒以感)秋氣羣焉發厥声胡乃(爲)人乎(在)世寂寂等虛生德功未足道文章無可名較量人与物輕重迷權衡持此与虫語虫声自輕清孤灯半明滅花影亂縱橫不寐披衣起開簾月正明

陳氏花园月夜賞雪

天邊一輪月地上三尺雪〻月交（两）輝玲瓏光皎潔好景不收
易逢百年幾（能）日欲卧復徘徊瞻玩興不竭夜氣逼人寒面
瘦（皴）膚欲裂庭前老梅樹幹古枝横鐵星霜近百載新条猶
怒發斜卧風雪中含葩綻猩血昔年種樹時知為誰氏宅
昔日種梅者死生安可决我今居此園亦是萍踪客舉手
折梅花含情暗嗚咽採酒奠花根人生不如物

偶成

過隙駒光疾（急）若馳華年不駐鬢邊絲每思往事渾如夢回

憶前情覺癡花到開時將落候月逢圓處是虧時而今壯志消磨盡況味平生只自知

靜裏光陰意轉深年來世事聽升沉胸中魔障沾泥絮眼底牽纏脫線針凍水不流魚入蟄寒山無語鳥歸林莊周蝴蝶何須辨滄海桑田任古今

甲午

立春

絕過殘冬又立春幾番寒暑若催人浮沉世事何須問安心性安閒不厭貧古鼎焚香消永晝茅亭種竹養清貞刪除

俗慮無牽繞且自銷磨老病身

題蘭花条幅

小謫紅塵不記年瑤臺回首梦难圓自從譜入離騷後水

佩風裳一散仙

比梅蘊藉比蓮癯檀是心兮玉是膚借得湘江三寸管描

成一幅美人圖

每憶瀟湘二月時春光到處繫人思無言悄立東風裏一

片閒心付竹枝

孤芳雅淡獨超塵習〻幽香竟体清悟徹本来真面目青川

心花是素心人

又

九畹名香絕俗塵湘江秋水碧於春瀟疏散淡天然態空[illegible]

谷誰言少美人

霧鬢風鬟不入時幽居空谷少人知輸他花李春風面獨[illegible]

抱孤芳冰雪姿

山林隱跡背避囂塵水月松風舊主賓獨怪世人多事甚吴[illegible]

綾尺幅為傳真

瀟湘露冷夜沉沉何處春風一曲琴莫道知音塵世少高[illegible]

山流水有同心

蘭

有美人兮絕塵俗秋水為神玉為骨霧鬟風鬟出世姿含情

情默默居空谷烟波渺渺五湖空露冷湘江九畹蔌自有

奇香能蓋世不隨凡卉伍（舞）春風無言悄立東風裏一片幽

思寄湘水瀟湘水碧楚烟青三春落盡閒花李

畫蘭

霏〻細雨清明侯綠窓無計消長晝忽起池塘春草思淋刪
漓滿紙幽蘭茂點染靈根護綠苔抱露含次烟第開為愛
孤芳脫塵俗清于秋菊韻于梅離騷寫出纖毫冷墨痕狼
藉凝秋影秋蕙春蘭各有神分明一幅瀟湘景

松樹

蒼〻一松樹斜倚古墻東若種深山裏何愁不化龍　刪

憶蘭

耿〻離懷繫素心美人香草久無音三春高格誰家放九畝

畹名花何處尋遙憶沅江情默每（默）每思空谷意沈沈幾時

相對南窗下兩袖清風抱膝吟

夢蘭

梅花紙帳俗塵空雲水瀟湘片刻中一數（縷）魂驚香國雨幾畝

番夢逐楚江風美人芳草渾难辮（辨）蝴蝶莊周境不同忽被

小嬛輕喚醒猶疑身在蕙蘭叢

種蘭

覓得幽〻異種來庭留餘地好培栽細鋤淨土删閒草自皆
汲清瀑泉洗碧苔且喜名花三徑種莫辭蘭蕙一齊開茅簷
我縱無金屋臭味相關同不用猜

問蘭

寂〻深閨春晝長含情抄手問幽蘭湘江露冷因何放空皆
谷風清為底香可許素心同臭味應容綠竹伴芬芳靈均
去後誰知已解語無防訴曲腸

紙鳶

春風蕩漾綠楊烟萬里雲霄一線牽不學鴛鴦棲碧沼扶[illegible]
搖直上大羅天

美人風箏

非琴非瑟亦非笙三尺蒲弓片紙輕疑是仙姬雲外奏天[illegible]
風吹下步虛聲
春衫搖漾月明中繡帶飃飃乘晚風應是嫦娥愁寂寞輕[illegible]
身步出廣寒宮
淡掃蛾眉半面粧天風吹處五銖涼音書一紙憑誰寄句[illegible]

起情絲百丈長

風鬟霧鬢態玲瓏誰把丹青點綴工好為風姨傳小照𢅥（珊）刪音

珊環珮白雲中

玉珮明璫品格高絲綸閣下笑兒曹莫言牓達男兒事儂刪音

也乘風上九霄

春閨

況〻署鼓送斜暉小院無嘩晝掩扉夜雨畫屏人獨坐曉[illegible]音

風簾幕燕雙飛蕭疏鬢髮慵規（窺）鏡憔悴形骸懶試衣九十

春光今半逝深情默〻惜芳菲

秋夜舟中雜詠

四望天連水長空月一鈎兩行征鴈影穿破碧江秋

夜氣清如許江天四望遥不知何處寺惟聽數(達)鐘敲

薄霧迷江樹孤帆片影斜陽林聞犬吠深處有人家

(習)瀏〻秋風起蕭〻芦荻(荻)花長空天接水疑放(泛)斗牛槎

乙未

偶成

二月春分放杏花○珠簾初上玉鈎斜○一庭生意無人問○桃

綻新紅柳吐芽○

呢喃雙燕語雕梁○壘得新巢泥未乾○拂柳穿花來復去○一春

春空自為花忙○

暮春即景

春陰漠〻雨霏〻○粒〻（歷落）枝頭杏子肥○深巷馬嘶人作反○柴春

門犬吠客初歸○一庭細草苔爭碧○滿徑楊花蝶亂飛○似此

韶光能有幾○暫時相賞莫相違○

病起

6

裙胥寬退帶圍鬆○憔悴形骸鏡影中○欲試牙梳猶力怯○無[illegible]

言黙〻倚薰籠○

皮衣乍換薄棉裳[衣]○小婢催添半背[臂]妝○欲起更時還又懶○金[illegible]

爐無語撥心香○

月

滿似菱花細似眉○淡妝濃抹總相宜○世人只識團圓好○不[illegible]

解團圓是缺時○○○○○○

碧海青天不記秋○鵝[蛾]眉千古為誰修○人間多少痴兒女○只[祇][illegible]

丙申

解歡娛祇（不）解愁

赴楊州舟次

滿堤茅（荒）草亂（綠）成堆碧水滄（蒼）茫一鷺飛楊柳陰中數茅屋繞

籬開遍荳花肥

清風習丶（習習）順波流十幅蒲帆片葉舟山色湖光圖畫裏黃

花一路送人愁

病中雜詠

身似蠶絲將盡氣如蟬老聲低病久無心服藥人間難覓

神醫。

伴我藥爐茶竈。憐人明月清風。長夜悠ゝ無寐。多情照入

房中。

病体忽眠忽起。心情如醉如癡。腸斷不堪深夜。一燈明滅對

之時。

蝴蝶已醒春夢。流鶯莫喚紗窗。掃除從前魔障。心中頓覺豁

清涼。

病起逸興

懶向窗前刺繡。倦來枕上觀書。多少新愁舊恨。此時一概都忭

删除。

喜畫幽蘭幀幀。偶臨蛺蝶雙雙。心靜懶呼小婢。寨頭獨自都作

焚香。

酒盡三杯綠蟻。燈挑一點花紅。莫道坐無佳客。滿庭明月都收

清風。

風掃落花堆砌。月移樹影臨窗。如許清涼好景。莫呌閑熬都臥

闌干。

偶成

素紙裁成八寸寬。窗前幅〻寫幽蘭。石痕蒼老苔痕潤。腕[illegible]
若還（弱）謙（嫌）翠葉長。

焚香靜坐北窗前。夜景清幽嬾去眠。明（月）一輪圓似鏡。寒月[illegible]
光照澈大羅天。

題涂鉄珊詩集

淋世経綸軼世才。新詞都自性靈來。分明一管生花筆。又[illegible]
向先生夢裏開。

丁酉

戊戌

前身合是李青蓮。斗酒吟成詩百篇。占得淮陰靈秀氣。縱[illegible]
橫滿紙起雲烟。

擬古四絶 集成句

明妃

長安不見浮雲隔。寒山一帶傷心碧。明妃初出漢宫時。上[illegible]
馬即知無反日。

羅敷

秦楼有女字羅敷。攀枝折葉城南隅。日晚蠶飢欲歸去。使[illegible]

君五馬立踟躕

桃源

漁舟逐水愛山春行入桃源最深處飛花亂落如雨紅人[illegible]面不知何處去

巫山

美人娟〻隔秋水明月樓高愁獨倚丹峰碧障深重〻樓[illegible]閣玲瓏玉雲起

渡高郵湖偶成

湖水平如鏡波光翠似油無邊青草色一片蓼花秋

落日半天霞晴空閃暮鴉泊舟烟柳岸茅屋兩三家

雨夜偶成

不喜堦前雨蕭蕭直到明催詩無好句攪夢有餘聲曙色
侵窻牖燈光暗短檠曉来風更急倚枕聽蛙鳴

對鏡

宝鏡依然好朱顏異昔時愁心千萬縷化作鬢邊絲

古意

莫羨比翼鳥，不比不能飛。比翼不比心，哀鳴空自悲。

生為比肩民，不比不能行。比肩休言好，無奈各生心。

題畫

澄潭渡鶴影，明月淡蘆花。一片秋光裏，有人夜泛槎。

題惜花春起早愛月夜眠遲橫幅

夜雨瀟瀟夢未安，起來曙色乍侵窗。未臨妝鏡梳雲髻，先向庭前看牡丹。

月到天心分外明，清輝似伴倚樓人。小環催道三更盡，猶

己亥

自憑闌不忍行

擬古

憶年十四五膝下最嬌癡梳頭勞阿母課學父師爲朝臨[illegible]百
三百字暮讀八章詩午未申何事南窗刺繡時姊長妹年
稚掌珠不我遺父母常嘆惜生不作男兒十七深閨裏眉
痕未解愁惜花嗔雨急愛月恨雲留撲蝶輕移步穿針笑
倚樓呼鬟閒鬭草知樂不知憂十八爲君婦齊眉效孟光
願同比翼鳥莫學野鴛鴦男兒無長性一旦變初衷金屋

添新寵○青樓覓舊踪○相看如陌路○相對馬牛風○回頭思往事○淚滴鮫綃紅○

揚州見小蓉大姊

別離二十載○相見淚同傾○世事今非昔○江山似舊形○婢奴眷

親故主子○姪背生人○多少興亡感○挑燈話夜深○

哭三女炳琨

膝下依依十七年○于歸深得舅姑憐○相莊叔（承歡菽）水能和順○鴻眷

素相莊學古賢○寬我心懷無遠慮○傷兒命薄早歸泉○招魂

幾度魂来否〇空何江天泣暮猿〇

惜別秋江淚欲垂〇無端小别不勝悲〇慰兒路近休思念〇約[illegible]

我春歸聚有期〇不道因緣從此絕〇那堪老境轉淒〇其可憐

一夜西風急〇拆盡庭前姊妹枝〇（正初接揚州信三女于去臘廿六日旋接津信大女于冬月三十日先後去世）

遠遊夫婿未歸来〇膝下無男更可哀〇幼女伶丁誰寄託〇百[illegible]

年事業盡成灰〇江山依舊人何在〇風雨淒涼土一杯〇莫向

望鄉臺上望〇黃泉姊妹好相隈〇

懶向人間覓立錐〇蒼天生我果何為〇消磨歲月空餘恨〇閲[illegible]

歷冰霜卻爲誰。卅載辛勤兒女債。半生潦倒友朋嗤。蕭蕭
白髮添雙鬢。腸斷悲兒亦自悲。

庚子

平山堂弔古

六一堂前野草深。讀書人去久寂無音。文章經濟功名富貴歸何處。留[illegible]
得平山說到今。
平山日暮雨淒淒。曲徑幽深亂鳥啼。游罷徒增今昔感。[illegible]白[illegible]
雲空伴老僧棲。

揚州回浦舟中曉望

殘月猶在天蓬窗漸覺曉凭闌四望遥曙色分林表帆飽又外首

一舟輕霧退衆山小征鴈唳長空鄉思知多少

感懷

生作女兒身此怨和誰訴回思阿母前嬌癡朝復暮未食又外首

恐兒飢欲卧恐兒濕祇要兒心喜不惜珊瑚樹盈了十六

年嬌花猶帶露無價掌中珍託媒覓佳婿一取好才華二

取高門第珍重名不虛方許紅絲繫舉案兩心同事無分

巨細琴瑟樂餘有富貴何難繼憶昔別雙親欲語不成句

忍淚辭高堂。再至難如故。晨昏託兄嫂。妾嫁他人去。一自入君門。婦道惟恐誤。如臨深淵。心如履薄氷。路兢〻十餘年。多少吁嗟處。奈儂命不長。始識人難作。夫婿薄情郎。游嬉學不囿。文君白頭吟。司馬長門賦。碎儂一寸心。勸君千萬語。君意不回頭。妾心空自苦。孤燈照人愁。長夜聽秋雨。啼雁繞空林。涼風逼人体。腸斷奈愁何。界面淚如洗。

辛丑

雜題

畫蘭偶成

折得幽蘭如美人。美人應因即是前身。緑窗相對渾忘倦。滿紃

又百

室清芬絶俗塵。

苔痕淡淡石蒼蒼。習習幽芬夜露涼。讀罷離騷江月上。引人清夢到瀟湘。

千里湘臯入夢遙。清香拂拂水迢迢。援琴欲按猗蘭操。何處知音慰寂寥。

愛蘭人每喚蘭癡。嗅味相投不自知。時向窗前摹畫本。好從楚畹寄相思。

海内憑誰論素心。濡烟潑墨寄情深。美人香草王孫怨。分付與高山一曲琴。

筆花飛處墨花香。越國春深草自芳。一片離愁無着處。抵〔祇〕百〔於〕將幽託瀟湘怨。

風花雨葉總天然。結得清芬翰墨緣。讀罷離騷還着〔酌〕酒。恍百〔般〕然悟徹畫中禪。

信手書成一段春。花花葉葉悟前身。世人莫笑瀟〔蕭〕疏態。霧百〔許〕鬢風自寫真鬟。

又

翠葉因風舞，幽姿如美人。奇香能蓋世，素質淨無塵。疎影一輪月，芳（繁）花九畹春。年年湘草綠，魂斷楚江濱。

青桐吟

青桐青且（以）翠，獨立無傍枝。花放清明候（後），葉落秋風時。況能知歲閏，葉出十三歧。外質（高標）無弓（勁且直）曲，中心理不疵。亭亭四五丈，清陰拂我墀。是（試）問仕途中，如君能（復）有誰。憶昔種樹日，一粒桐子耳。愛之不忍棄，撥土（植）種庭西。種罷更相祝，生作出塵姿。願爾百年久，長得（沾）雨露滋。伴我近十載，心愛不忍離。

偶因舜故宅○樹大根難移○閒置空庭中○知音識者稀○可（何）期

逢俗子（士）借為（入此室中）數月居○不解青桐貴○但言風水宜○巨斧伐尔

○根利刀削尔皮○相截（為）十數段○欲作庖廚炊○童僕走走相告○

急報來已遲○傷哉青桐樹○命薄何如斯○吁嗟呼（乎）○厚德能載

福○草木何興衰○慈善致吉祥○瑞芝安用哉○（翻）悔不當年種致

使今日危○何（胡）不種高山○自有鳳凰棲○何（胡）不生宮院○猶得近

朝儀○今（乃以）因我之誤（突）○遇被刀斧施○欲（擬）作三尺琴○短小不可為○

哀哉棟樑質○使我心傷悲○

短歌行

去日之日不可留○今日之日空煩憂○前有千古後萬古○千古萬古空悠〻○中間忽生我○生我何爲爾○何不生作文金武備一男兒○治國齊家全終始○烈〻轟〻天地間○贏得清名垂青史○不又生作僧與道○四大皆空無所好○芒鞋踏破嶺頭雲○降龍伏虎居蓬島○上者不可望○下者亦何辭○又不生作漁樵蠢且癡○世事茫〻總不知○得魚沽酒載明月○一葉扁舟任所之○吁嗟呼○不幸生身爲女子○雌伏深閨何日已○一

生苦樂總由人。芝蘭埋沒蓬蒿裏。枯草青時蘭亦生。青草
枯時草蘭亦死。蘭兮蘭兮有國香。生不逢辰尚如此。

未放風箏

莫道功名片紙輕也須天付命逢辰幾多前輩皆升
達獨我泥途困此身
雖飛雀亂日紛紛獨立茅簷自不羣待得明春三二
月看儂平步上青雲

白芍藥

芍藥庭邊芍藥欄凝煙凝露殿春殘花神祇恐韶光晚現出玲瓏白玉盤

黃芍藥

元黃冠子道裝成採藥名山品自清不與牡丹爭富貴束腰何必帶圍金

紅芍藥

開到名花第幾枝籠烟含露暮春時西施醉舞嬌無力斜倚雕闌不自支

紫芍藥

殿春花放豔陽天斜倚東風醉欲眠好是雕闌新雨後楊

妃含笑出溫泉

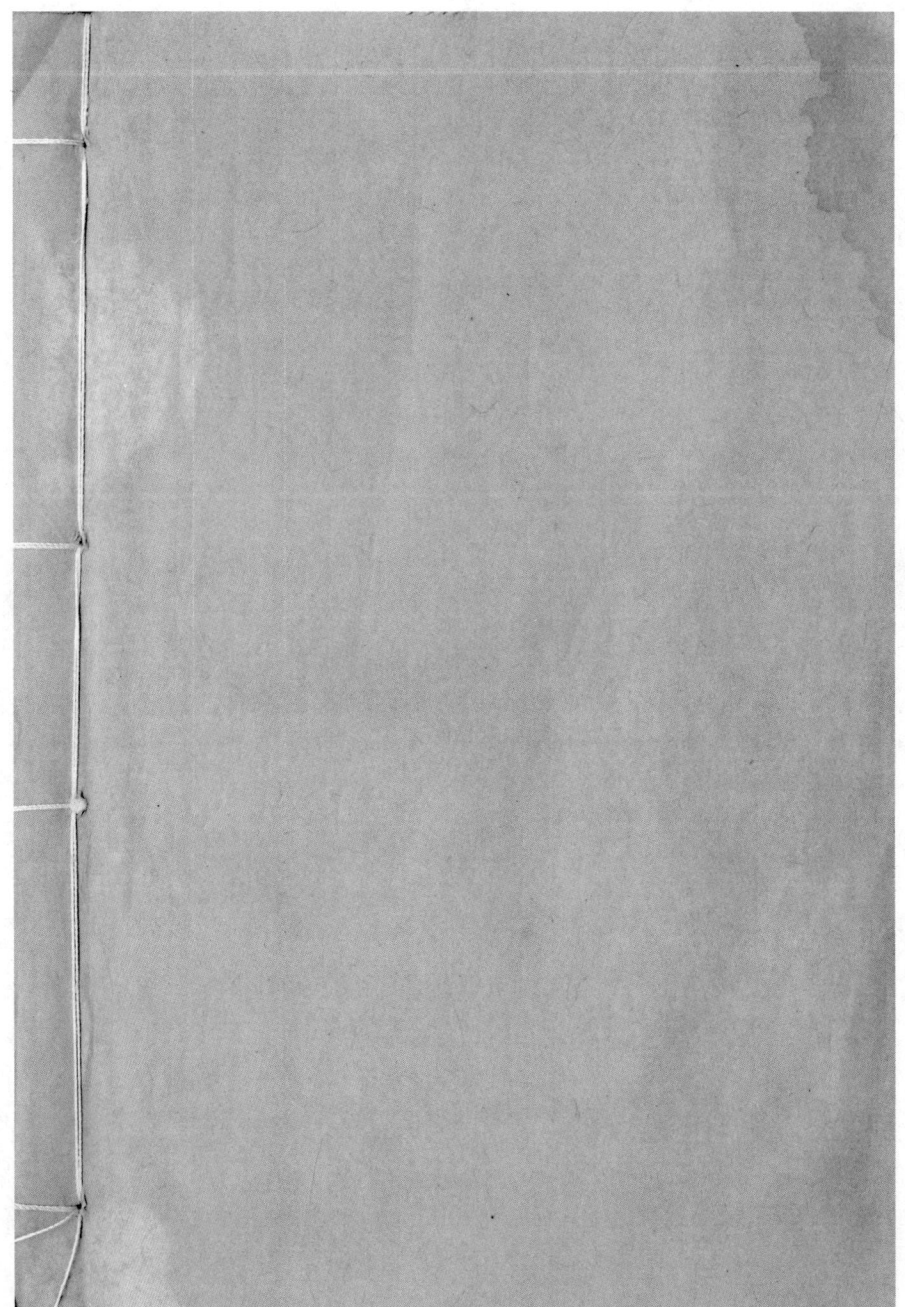

清芬閣詩詞集乃吾鄉魏華濟中丞淑媛何梓膳太守德配幼蘅恭人所作也首隸趙庭之孫生有咏絮之才又隨宦歷游黔粵三吳山川文物風土人情志趣益高襟懷益拓而才思益進比逮歸太守內治修潔三黨咸欽暇則作畫敲詩供蘭閨清課由是而女學日馳太守尊人樗珊司空觀學江右之粵東之北平時得隨侍足跡半天下故詩多寫景

之情雖我搞的尋章翦紅刻翠如寢饋
詩名大家而自具根柢詞尤綺旎纏綿怨歌
哉晚拈律有宋元人精嚴我於黃墨誦讀黃
卷畫筆寫意克有此深情誦之之欽佩無任余
與中郎司空為年家子記前歲掌戚太守稱冀
蓬亥太守航海入 覲茅人僅來出大集鳴觀
理撰俚句藉就教益萌以詩大方家珠玉在
前未敢率爾操觚即濫廁藝林更難想形

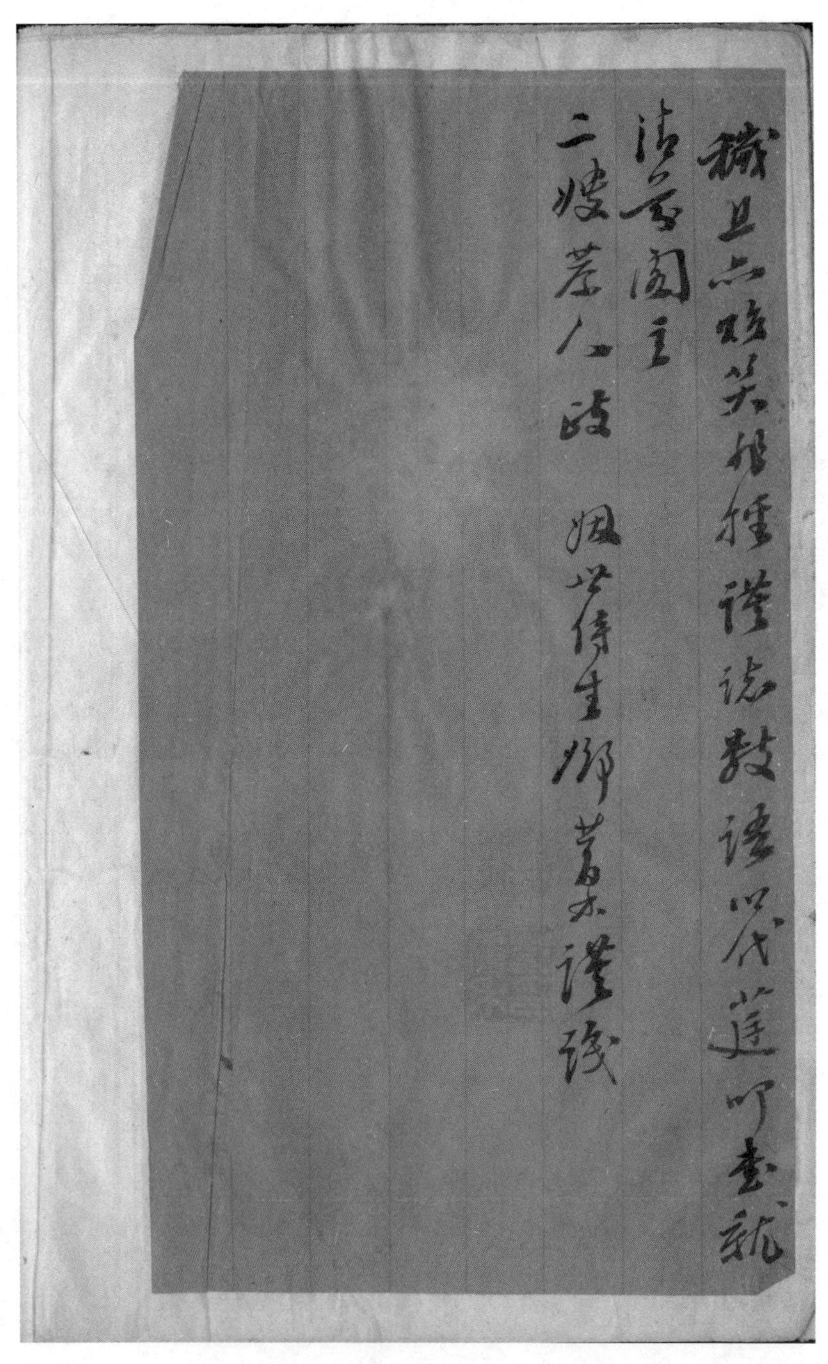

清芬閣詞鈔自叙

夫華國端重文章婦職不兼絃誦而列女傳中古今淑媛又往往以詞章著何也非以所遭之遇與所感之懷有不得已於言者在耶蘋香幼承庭訓庚戌在提抱 先嚴慈挈之入都數年即疊隨督學任之黔中粵中吳中邊徼之風土人情勝地之衣冠文物皆得縱觀至撫軍山右五年則僅趨省而不獲久侍矣蓋從 父母宦游者十餘年乙丑歲賦于歸 舅氏時以翰林視學江右尋次第校士於東粵

北平閶闔跋涉周歷凡數萬程蓋從　舅姑宦游者十餘年
外子始隨任京邸繼隨任學署髫齡捷童子軍始合巹食
餼後七度槐黄挑謄錄官者一堂備者二薦卷者三以官
卷額隘取而復黜棘闈久困初觀政戎部繼改秩河員非
其志也長安珠桂大不易居聽鼓南來益無聊賴而撫子
女疾苦計米鹽瑣屑孱軀由是憊矣至壬辰外子蒞堰盱
任境始稍稍蘇蓋從夫南北游者又十餘年此數十年中
境遇坎坷世情險巇抑鬱誰語一惟託之於詩詞溯自班

姬謝女代有傳人遞及近世隨園弟子並容巾幗自維愚昧萬弗敢仰繼前徽曾何詩詞之足云然而言為心聲板屋婦人猶留篇什漢南游女亦著謳吟誠以婦女所遭之境所感之懷有為鬚眉不及知不能述者其不容已於言也固已敝帚自珍手錄而誌其簡端如此

光緒十有九年歲次癸巳夏月皖江清芬閣女士幼蓉鮑蘋香自述於蔣壩鎮堰盱官廨

敬題 清芬閣詩餘錄屋

郢政

蘭心蕙質本清奇，造就生花筆一枝。
道韞風懷當世重，左芬才調少人知。
得垂兒女英雄氣，譜出銅琶鐵板詞。
試問鬚眉屋從古，誰堪巾幗淺良師。

鐵珊孫福奎未是草

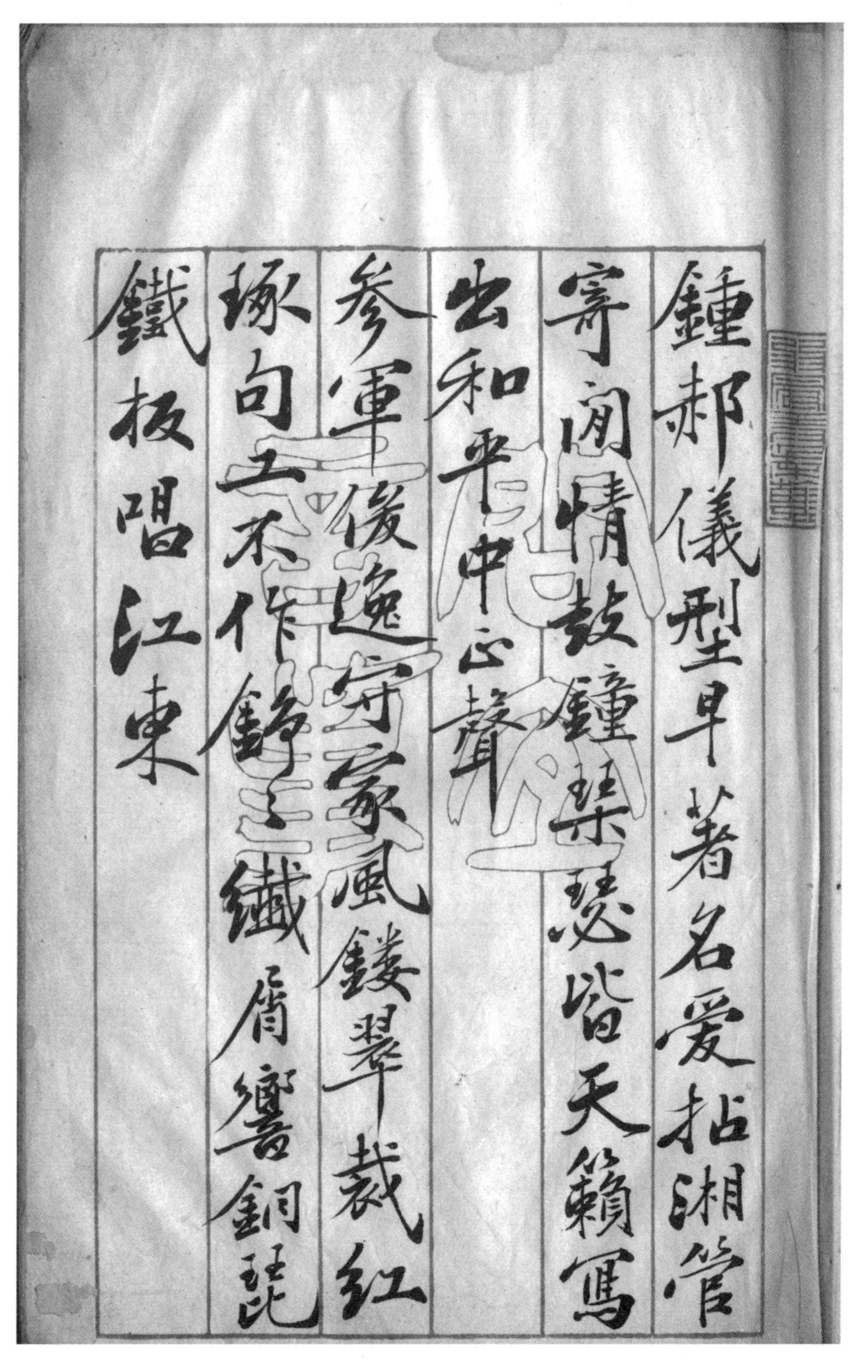

鍾郝儀型早著名愛拈湘管
寄閒情鼓鐘琴瑟皆天籟寫
出和平中正聲
參軍後逸守家風鏤翠裁紅
琢句工不作錚々纖屑響銅琵
鐵板唱江東

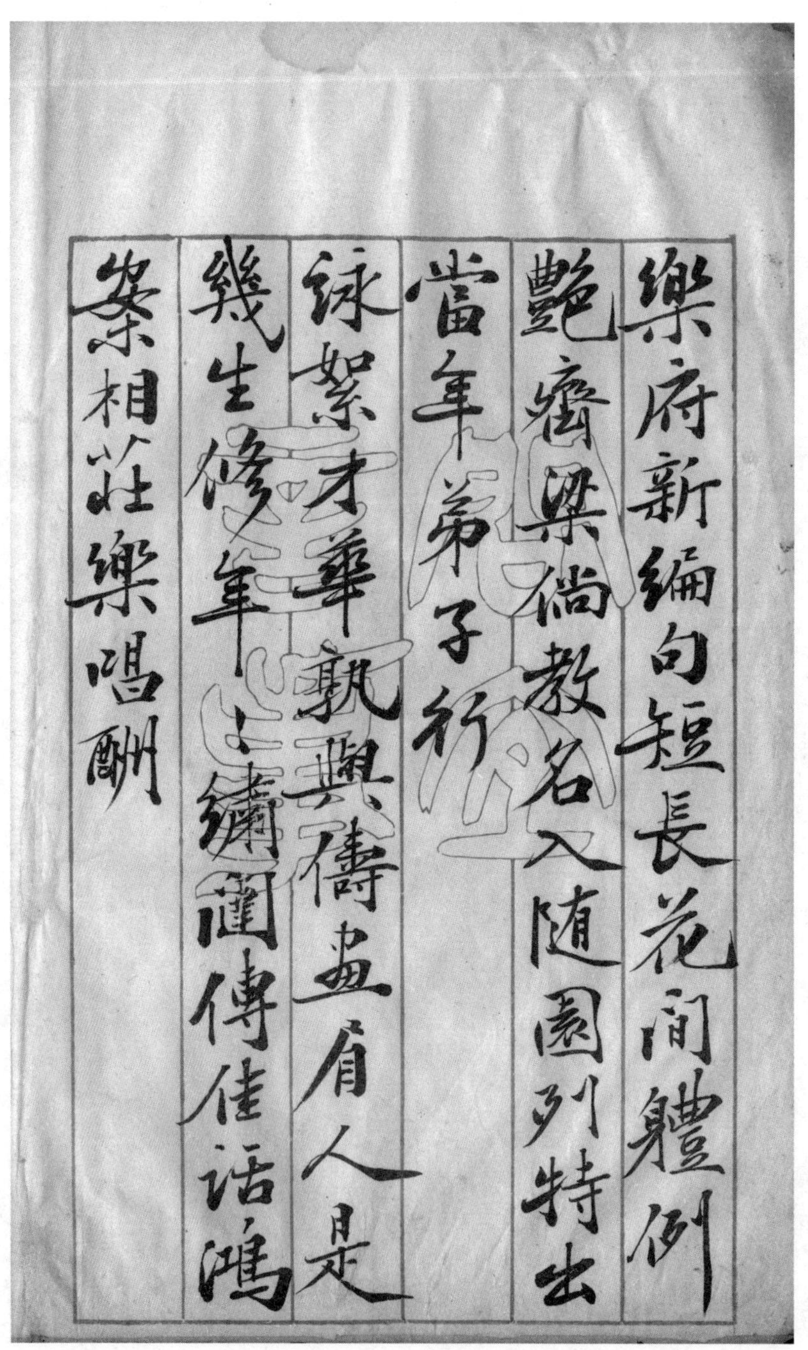

樂府新編句短長花間體例
艷齊梁尚教名入隨園列特出
當年弟子行
詠絮才華孰與儔畫眉人是
幾生修年年繡閣傳佳話鴻
案相莊樂唱酬

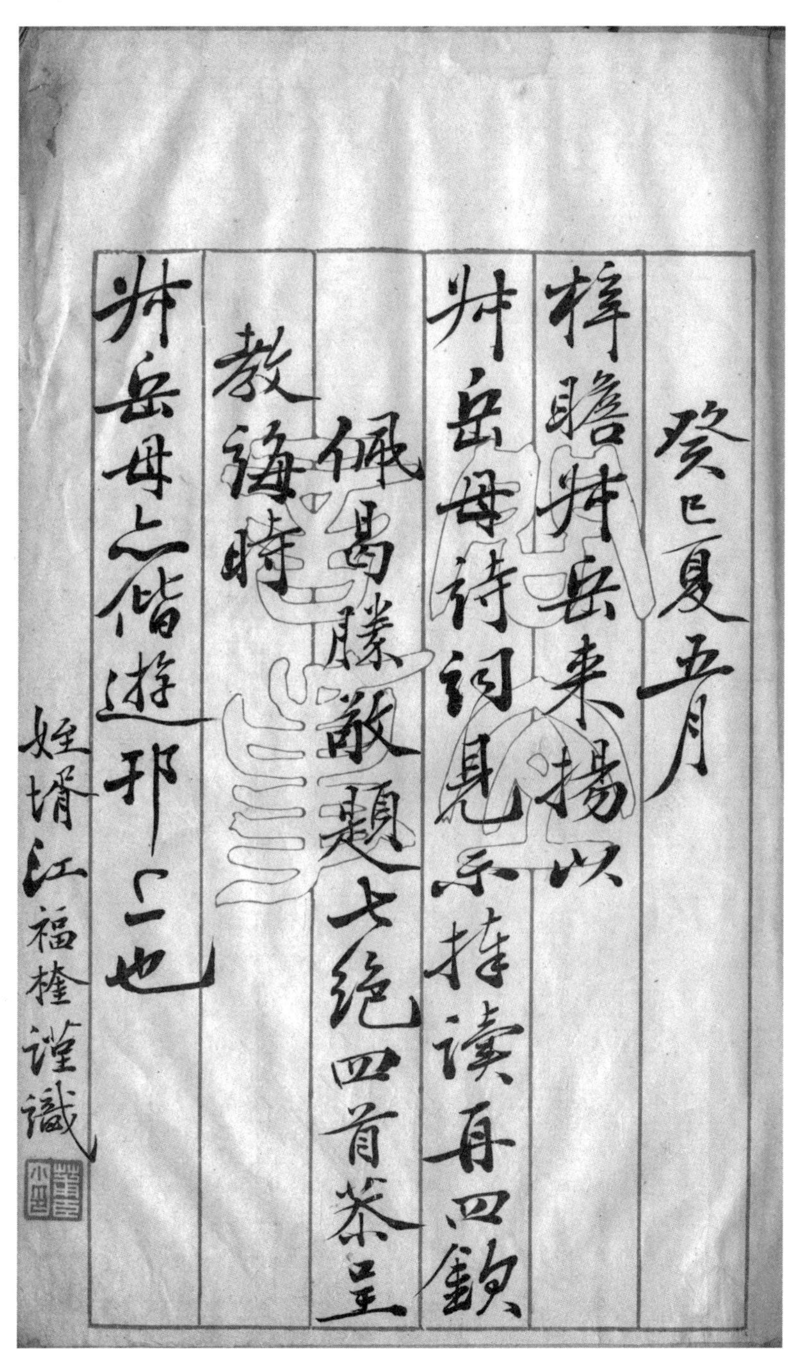

癸巳夏五月
梓臨姊岳来揚以
姊岳母詩詞見示捧讀再四欽
佩曷勝敬題七絶四首荼呈
教誨時
姊岳母之偕遊邗上也
姪壻江福楏謹識

蓋聞星名織女原近文昌氏號媧皇能通聲律非其人則神爲物滯精其學則籟與天通色雕雲霞畫工遜巧香噴蘭蕙迷迭輸芬散烟墨於香奩韻叶秦箏燕筑拾鉛華於彤管詞兼宋豔班香則有如清芬閣詩餘者廼

子旃何大司馬德配

幼蓉鮑夫人所作也尔其工傳三絶韻辨九宮室家和平琴瑟靜好粉添平叔徵文字於坦腹郎君茗

賦令暉紹家聲於掃眉才子倡予和女咏寄盤中鬬角鉤心文迴錦上辭達乎意表言發爲心聲至若念切瞻依寫恨而懷愴上谷情深手足緘淚而書索大雷懷姊娣於璇閨託黃绢寫流波之思憶友朋於畫閣藉烏絲舒結轖之心感懷則慷慨悲歌豈巾幗短英雄之氣賦物則芬芳悱惻羨心思爭造化之工若徒觀吐石含金引商刻羽猶覺僅成皮相未罄心藏也倘其夜來善繡但號針神

大家知書徒歎陰敎風低鏡檻不聞意蕊晨飛月墜紡磚莫見心珠夜炳將何以傲謝家之道韞追晉代之左芬耶然而谷蠡不足以測海井蛙不足以語天非羅邱壑於胸中奚幻烟雲於腕底而乃渡黔溪之水踰秦嶺之雲登桂林之山遊松門之峤尋幽翠閣隨星槎更渡螺江侍節金臺居 帝里長瞻 鳳闕採奇選勝潤古雕今摟萬里之山川都供筆墨落九天之咳唾盡是珠璣識多而胸竹

横攄學積而心花怒發於是寫音辨韵莫訛雎
霓之呼落紙揮毫不數雄風之賦也已且又燈
影機絲繡銘自著墨花薇露畫譜新翻愛姹
紫嫣紅花羅姊妹闌青囊丹訣藥識君臣標
新而詞叶宫商風簫試弄博古而编探金石贋
鼎能分多藝多材亦貞亦静是蓋才因德重福
與慧兼旦懔雞鳴仰高柔之有賢婦丸和熊
膽羨柳母之課匪兒欽儉德之風女次洗金銀

之氣滌麗情之集房中賡觽佩之歌金井微行從無亂步玉臺新詠競羨風華要皆本德性以發爲詞章身爲度而聲爲律知雅韻必本乎節奏宮爲君而角爲民探原本於四聲得權興於六季勘南調北調之外辨换字换韻之差緑意红情依舊疎影暗香之製曉風殘月何如銅琶鐵板之音響必辨乎孰抑孰揚陋不沿乎可平可仄斯則聲音之道通以性情向

讀之分諧乎律呂然非序不能誌蘭亭之勝無
詩不能傳金谷之華戞玉敲金恍若聞衣羽裳
霓之曲芸薰薇盥敬代闡陽春白雪之章
序呈
子旃尊丈仁大人 鈞誨即希 代呈
清芬閣詞壇 哂正并乞 指謬
光緒己丑年季秋上浣序
教小弟張麟玉紱齋氏拜撰

連日俗務冗雜未得趨候為悵頃蒙　鉤諭苦妹下降
道張為辦粧奩素枉膳廷多時瞻紈粧膳易～歡媵未得陳沒
珠為悵反　清蒼閣詩絕摹傍一過其愜怅愜悲歡有英
離肝膽其綢繆行難有見有思輾之余今豔更過一抬
晚汲蓋才力多情更宜裁剖翠羽錦幻也曉余風昔書清來翰
經權之頓待菑乙此行　東家漢
子頃任覺古人撫身
外之路上茶點二匣即祈　哂納名班

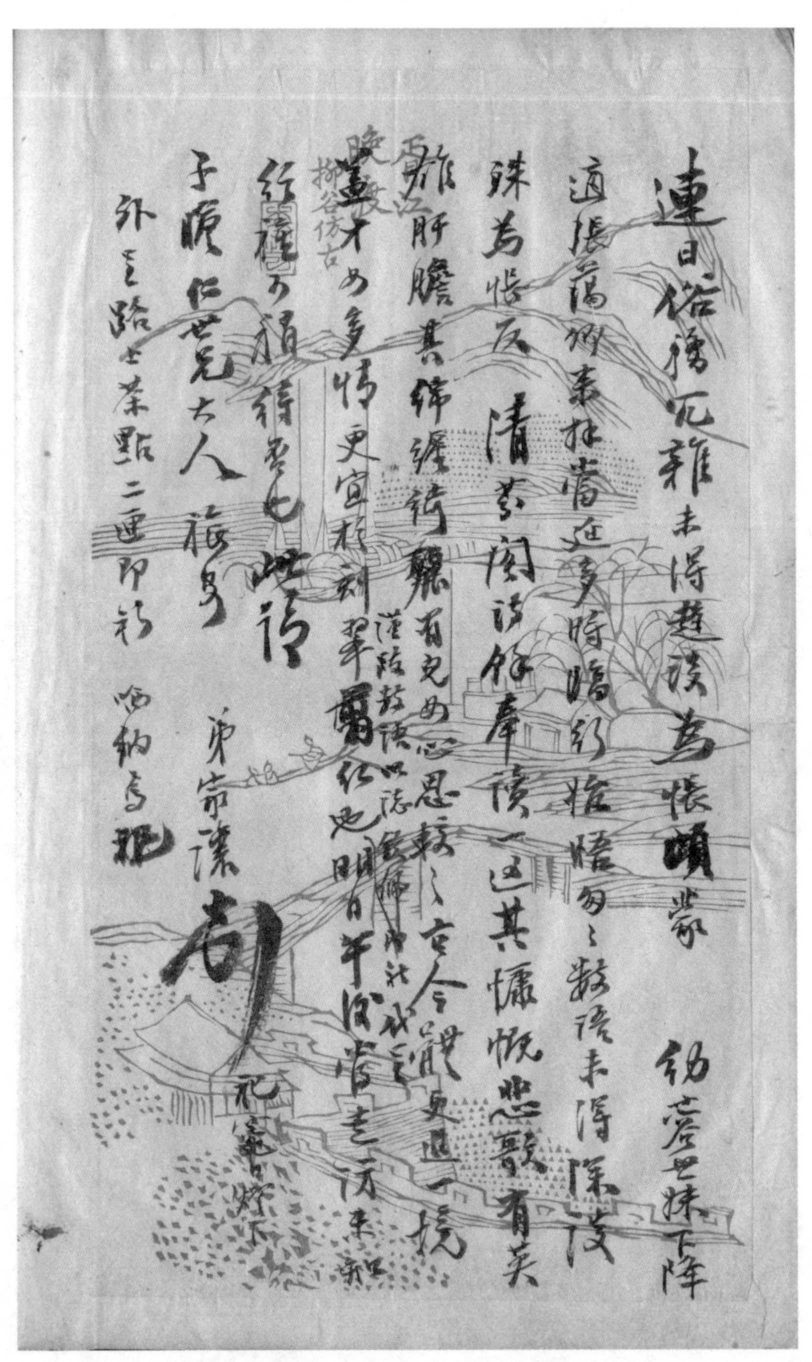

少時嘗讀吳穀人先生春陰等詞愛其清微隽永愚竊奉
為楷模奈筆情蹇澁終慊婢學夫人 頃讀
清芬閣諸闋不禁欽佩蓋氣力之雄渾有如香象渡河局度
之安詳方諸驊騮之開道而其芬芳悱惻之情惜翠憐紅之意尤
令人讀之真覺齒頰間香留三日喜吾鄉山川靈淑之氣鍾於才女
而晏素貞韓六姑堪比 夫人之才尚遜 夫人之福也本擬學譜一闋
藉請 正拙以行期甚迫容俟他時此請
仂蓉世妹夫人詞壇 釐福
嚴家讓禮卿氏頓首
祀竈日燈下

清新俊逸之中間有雄壯語閨閣中誠不
多見　丁亥秋日兄祿拜讀

姪壻江福棨敬讀一過

清芬閣詩餘

歷陽幼蓉鮑蘋香著

甲戌

十六字令

春。紫燕雙雙入杏林。穿花去。飛過綠楊陰。

夏。月明樓上殘粧卸。藕風清。獨立迴廊下。

秋。穿針樓上月如鈎。闌干倚。含笑看牽牛。

冬。玉宇瓊樓一望中。凝瑞雪。人在蕊珠宮。

祝英臺近　影

生字

漏初殘，人未卧，對影帶愁坐。默默衷腸，訴與阿誰可。一輪皓月當頭，隨來隨去，是何處、癡魂一箇。真無那。縱然暗許同心，無語究何作。百樣憐卿，卿不解憐我。叫儂欲近難前，欲離難躲。怎把這、疑團猜破。

乙亥

廿字

唐多令

無語思悠悠，新愁復舊愁。漫傷心、逝水東流。萬事不堪回首憶，情極處、反成仇。身世任沉浮，因緣難自由。問天公、何喜何憂。過眼空花須速醒，忙退步、快回頭。

浪淘沙

奴字

懶去卜金錢。鎮日癡眠。一生心事付秋蟬。滿院斜陽天欲乚

晚。何處歸船。愁緒嘆無邊。說甚因緣。千籌萬算總徒然。

願把世情皆撒手。任爾年〻。

前調

小院鎖春風。往事無蹤。淚痕不似舊時濃。兩字聰明終我〻

誤。怕捲簾櫳。花落水流空。薄命皆同。愁時明月醒時鐘。

一寸柔腸千萬轉。長在心中。

丙子

蝶戀花　題世嫂陳綠珊夫人詩畫遺冊

字　巾幗清才高八斗一面緣慳兩地相思久欲獻巴詞難抗文
手無由得締蘭閨友展讀遺編香滿口況是春風畫筆
天然秀千古才媛名不朽曇花一現空回首

菩薩蠻　憶別

字　送行記得春三月而今過了蕤花節底事不歸來教人着十
意猜音書無一字知子羈何地鎮日卜金錢愁心只自
憐

一剪梅 由山西歸寧回京村野停車有遇戲題店壁

叶字 村野停車日未斜。忽見飛車。遥望来車。偶停雙轍索香茶。卜

瞥見如花。貌果如花。皓齒明眸兩鬢鴉。簾捲青紗。袖挽紅紗。伯勞飛燕各天涯。何處尋他。怎樣忘他。

丁丑

虞美人 津門送母

外字 胸中離恨知多少。風雨關山道。迢迢千里棹歸舟。滿目淒に涼情景況深秋。

含悲不敢親前坐。恐。淚。隨。聲。墮暗將羅袖掩啼痕。說到而今去也更消魂。

長相思　憶外

風連宵○雨連宵○窗○裏○愁○人○窗○外○蕉○更○長○夜○寂○寥○　山迢迢○　仁
水迢迢○望斷天邊鴈影遙○癡、心、空、自、焦○
起無聊○坐無聊○香○盡○金○爐○夜○不○燒○殘○燈○懶○去○挑○　更迢迢○　以
漏迢迢○偏向離人耳畔敲○愁○心○無○處○描○
病懨懨○悶懨懨○瘦○損○纖○腰○祗○自○憐○閒情寄短箋○　過一天○　仿
又一天○數到歸期魂暗牽○月○圓○人○未○圓○

卅字

虞美人 寄外

紅字 華年流水催人老離恨何時了暗拈紅豆記相思未識君 儿
心可似妾心癡 愁懷萬種腸千結默默和誰說搔頭無
語背銀釭又是一輪明月上紗窗

菩薩蠻 送小姑于歸戲贈

双字 芙蓉帳外燒紅燭繡幃雙坐人如玉相見定相憐天邊月 仁
正圓 胸中無限語欲吐羞難吐偷眼看檀郎含情背燭

素娥○瑤臺人似玉○莫作陽關曲○花氣襲衣香○天空夜色

涼○吹簫美人

登樓一望乾坤白○長空幾點飛鴉黑○捲起繡簾櫳○金鈎襯作

袖○紅○邊○關○征○戰急○欲問無消息○心事訴誰知○一彎新月○

遲○捲簾美人

夢江南　新秋

作字

深院靜○珠溜上銀鈎○明月一庭天似水○嫩寒初到畫樓頭○以

桐葉報新秋○

前調　秋夜

秋夜永○無語倚粧樓○半、壁、青、燈、聞、鴈、唳○怕、秋、深、處、又、經、秋○　怡

寂寞不勝愁○

秋夜永○花影半堦斜○閒、煞、一、輪、天、際、月○無、端、深、夜、入、人、家○　收

寂〻上窗紗○

西江月　感懷

己卯○

卄字窗外狂風似吼○燈前獨坐如癡○雄○心○壯○志○笑○當○時○鎮○日○勞○　忙

〻○何○事○　卅載依然故我○鏡中雙鬓將絲○千○磨○百○折○强○支○

持翻悟蜉蝣天地

轉眼塵緣易散田頭萬事成空是非冷煖任天公離合悲忻

歡一夢　昨日不知今日忻中便是愁中酸甜苦辣一般

同更問虛名何用

病体懨懨無力柔腸寸寸成灰忠誠古直世相違醒眼安收

舐學醉　滄海桑田易變紅顏白髮相催縱然悟徹又何

爲俗骨凡胎是累

漫道參禪不易体言佛力無邊縱然修到大羅天安得無　廿

愁無怨　最好杯中美酒陳摶一醉千年何須更結醒時
緣蝴蝶莊周莫辨
識得空了道理此心何喜何悲何須著意費猜疑百歲光
陰有幾　前世知誰是我他年我又為誰浮生如寄死如
歸參透人間况味
幾處歌臺舞榭數番刼火刀兵昔年富貴又凋零覆雨翻
雲難定　子孝臣忠有幾夫恩妻愛無憑登場傀儡總非
真後果前因莫問

王謝堂前雙燕。而今棲向誰家。炎、涼、世、態、實堪嗟。名、利、關、非、、頭可怕。

聲勢轟〻烈〻。紅袍象簡烏紗。戰。塲。白。骨。亂。如。麻。裹。草。斜。陽。鬼。話。

庚辰

非字

一半兒詞

柳密花繁隱畫樓。日長睡起懶梳頭。笑、看、雙、燕、語、啾〻。破、收、春愁。、、一、半、兒、簾、垂、一、半、兒、鈎。

、、短〻、、輕、綃、薄〻、羅。妝成池上看新荷。游魚戲浪漾清波。水。非紋。多。一。半。兒。跳。珠〻。一。半。兒。渦。

梧桐一葉報新秋○氣爽天空獨倚樓○堪羡輕鷗水上浮○不知愁○一半兒隨波一半兒留○

日光初上雪初晴○玉宇瓊樓照眼明○芽茶親向小爐烹○最關情○一半兒濃香一半兒清○

辛巳

虞美人 哭母

當年泣別長亭地○誰識終相棄○一番風雨一番寒○脈ゝ傷心飛夢到鄉關○麻衣泣盡雙睛血○安得回生訣○終天抱恨幾時休○多少淒涼空對月如鉤○

夢江南 送春

春去也○惆悵畫闌傍○滿目綠陰縈別緒○一庭紅雨惱人腸○收

春去太匆忙○

春光好○一別又經秋○明、歲、來、時、休、復、去○免、教、歲〻、動、離、愁○忖

是否、肯、長、留○

賣花聲 題賈月華斷腸集

賈月華嶺南士人女也幼失怙恃依兄嫂以居兄
緣家計迫嘗餬口四方女與嫂及姪圭竇蓬門安
貧守分而小家碧玉丰韻天然性聰慧解吟詠初
父母為之字鄭氏壻名小香即女姑之子也與女

同庚以居相近幼常共塾兩小無猜素稔婚姻之約花間覓句月下飛觴相得非一日矣迨女年十五小香以其父選浙江某縣尉將隨行贈女玉珮一枚為後來之驗女亦以詩十章答之灑淚而別別年餘值粵匪陽秀清竄擾浙境音書隔絕九載無確耗嫂惑於媒媼之言利厚貲竊為某太守妾迎娶有日矣女知之作絕命詞六十四首繫其搢所贈玉珮閉門自經詩曰斷腸集云

奴字詩卷月華陳○薇鑑芸薰○一番展讀一傷神○錦、繡、文、章、千、古、人

恨○無、限、啼、痕○十載守清真○白壁無塵○春、花、秋、月、總、消、魂○多、少、愁、懷、皆、付、與○三、尺、孤、墳○

前調惜別

壬午

怎樣解離憂耿〻心頭淚珠不敢向君流檢點行裝魂欲刈
斷無計留　折柳又今秋風雨江洲一帆飛度路悠〻
怪煞扁舟輕似葉不載人愁

憶秦娥

北字　情切〻倚闌望斷天邊月天邊月風〻雨〻幾回圓缺刈
人間最苦生離別相思兩地腸千結腸千結陌頭楊柳遠
堤春色

江南好為校書玉蓮作

作字　章臺柳○眉、葉、鎖、輕烟○三起三眠春日麗○千絲千縷倩人憐○

斜倚晚風前○

章臺柳○青眼為誰開○輕、薄、花、飛、三、月、暮○迎、風、送、雨、幾、多、回○

秋、景、實、堪、哀○

菩薩蠻　憶別

萋〻芳草長亭路○扁舟載得行人去○流、水、對、斜、暉○孤、帆、一、片飛○

花開君不見○花落空愁怨○愁○怨○更○誰○知○閑○階○月○上○

時○

癸未

如夢令 清明

燕語鶯啼三月。又是清明時節。竟夜雨瀟瀟。滿樹梨花如雪。堪折堪折。驚起一雙蝴蝶。

南唐浣溪沙 感病

久病懨懨睡起遲。綠窗慵懶去畫雙眉。背立銀屏無一語怯風吹。寶鼎香消烟篆冷。金鈎不掛繡簾垂。更有多情明月影暗來窺。

清平樂

外字

畫闌閒凭深院沉沉靜風颭落花飛不定吹盡幾枝紅杏效

賞心樂事誰家笙歌笑語喧譁何故一春遊蕩教人怨

煞楊花

甲申

前調 即席觀戲有索詞者以此應之

人生百歲幾度同歡會有酒莫辭須盡醉況是知心相對酎

令行擊鼓催花清歌妙舞堪誇愧我巴詞草草定教笑

倒方家

浣溪沙 春閨

刈字　寶鴨微溫春晝長○荼蘼花放一庭香○綠○窗○無○意○繡○鴛○鴦○　引

戲○折○柳○枝○彎○作○弩○笑○拈○紅○豆○打○鶯○黃○晝○闌○深○處○自○潛○藏○

○

南鄉子　感舊

紅字　流水落花浮○草綠裙腰憶舊遊○着○得○鳳○頭○鞋○子○窄○雙○鈎○笑○　別

踏○蒼○苔○底○印○留○　回首幾經秋○姊妹花開兩地愁物是人

非無限思悠○悠○寂、寞、闌、干、怕、倚、樓○

虞美人　重陽

消愁無計如何好○佳節重陽到○滿○城○風○雨○欲○黃○昏○人○對○秋○　別

花不語暗銷魂　弟兄姊妹關山別懶把茱萸折螯肥酒
煖且高歌堪惜一年佳景已無多

乙酉

減字木蘭花　冬月入都途中題壁

以字
小鬟睡飽報道雞鳴天欲曉殘月猶明細聽梆敲末五更奴
梳頭早起嚴寒對鏡妝慵理草〻完成歷碌驅車又一
程

搗練子　閨怨

此字
情脈〻意懸〻聽絕譙樓五鼓天遊客未歸成獨坐青燈伴

照、影、暗、生、憐○
心耿〻○恨漫〻○獨倚闌干强自寬○不○及○天○邊○歸○去○烏○雙○飛○紅
雙○宿○倦○知○還○
春寂〻○漏遲〻○百歲光陰有幾時○不○及○堦○前○連○理○樹○千○年○紅
長○發○合○歡○枝○
香裊〻○晝沉〻○懶、對、菱、花、理、鬢雲○不○及○窓○前○明○月○鏡○團○圞○紅
長○伴○素○心○人○
星燦〻○月微〻○夜色濛〻冷浸幃○不○及○梁○間○雙○燕○子○朝○同○釵

飛。去。暮。同。歸。

鶯嚦〻。雀喳〻。幾陣荷香透綠紗。不。及。碧。波。池。上。藕。夏。時。猶。放。並。頭。花。

如夢令 對月

蟾魄一輪清潔。萬里青天澄澈。花。影。亂。縱。橫。移。上。粉。牆。重。疊。重疊重疊。不見廣寒宮闕。不見廣寒宮闕。安得雲梯能接。方士久無音。羨煞唐王遊月。遊月遊月。一片寒光凝結。

一片寒光凝結。生、自、何、年、何、月。天、上、豈、無、愁。也、有、陰、晴、圓、川
缺。圓缺圓缺。又送離亭人別。
又送離亭人別。多少傷心情節。樂、處、不、知、愁。夜、〻、笙、歌、不、以
絕。不絕不絕。同是一輪明月。

惜分飛

竹字
親印芸香消永晝。懶向窗前刺繡。風、雨、黃、昏、候。惱、人、情、緒、收
難、禁、受。　鏡。裏。暗。窺。人。影。瘦。怎。熨。眉。間。痕。皺。淚。點。拋。紅。豆。
重。〻。濕。透。羅。衫。袖。

丙戌

誤佳期

〤〨字

臨別歸期曾約。卜碎金錢無着。落、紅、滿、徑、不、歸、來。此、恨、和、

誰、說。

夢境不分明。風雨連宵作。舉杯遣悶轉生愁。酒厚

郎。情。薄。

比

長相思

〣〦字

風、聲、多。雨、聲、多。長、夜、離、人、喚、奈、何。輕。寒。透。薄。羅。

愁裏過。

比

病裏過。消。瘦。香。腮。雙。酒。渦。韶光急似梭。

憶秦娥 賞菊

北字

秋光晚。東籬一夜花皆展。花皆展。霜葩露蕊。緑深紅淺。

人生有酒斟須滿。持螯呼友擎杯賞。擎杯賞。花間醉倒。夢和香軟。

少年遊　惜別

引字

斜陽衰草。西風古道。把酒餞君行。夢逐征鞍。魂隨車轍。心碎馬鈴聲。

胸中多少叮嚀語。欲訴又旋停。千里關山。兩行清淚。無限別離情。

前調　舟中晚眺

四圍山色兩行飛鴈一片夕陽天水抱孤村鐘敲野寺妙[illegible]境絕塵寰廿餘載風鬟霧鬢付離合悲歡雁難字通魚書信杳雲樹鎖鄉關

南柯子 看梅

别字

高雅無雙品珊珊姑射仙極清極淡極天然破臘迎春獨[illegible]放百花前逸興詩千首含香雪幾攢滿身傲骨不知寒那怕江城五月笛吹殘

鷓鴣天 慰外落第

竹宇

華國文章莫救貧青衫淪落廿餘春恒言績學成名易只到恐時乖命不長　高潔性病愁身頻年歷碌走風塵書生未裕平戎策萬里封侯敢問津外有志從軍以此勸之

虞美人　寄外

人生事事難全好幾箇無煩惱郎才女貌不須誇占着些到兒遭遇豈能佳　紅顏薄命傳千古缺處終何補閒將造化細評論碌碌庸庸偏享上林春

藏珠抱璞由天命好自平心性各將傲骨細磨敲磨得一

以

毫不動始為高。眼前花月隨時樂，莫待花零落。逆來順受任天公，坦坦平平三字學愚蒙。

滿宮花　題三徑秋光條幅

月溶溶，花悄悄，又是重陽節到。丹楓林外傲霜枝，粉萼金英雙妙。鬪芬芳，秋正好，南圃東籬都早。稜稜晚節更生香，彭澤風流到老。

減字木蘭花　題暗香疎影條幅與上三徑秋光寫贈周氏女新婚之喜

香肌凝雪，橫斜疎影黃昏月。秀骨珊珊，管領羣芳不怕寒。

調、羹、預料○杏苑探花從此兆○姑射仙人○獨占瑤臺第一

春○

丁亥

前調 憶外

滿庭飛絮○三月春光容易去○何處停車○望斷天涯一紙書○以

金錢買卦傳來總是無憑話瘦影誰憐痴對菱花羨鏡

圓○

菩薩蠻 感事

無端風雨敲窗户○青燈一點搖難住○影也不能安秋風如以

許○狂○相○煎○何○太○急○萁○豆○同○根○粒○鎮日只低頭○傷心有淚

流○

一年能得幾時好○滿階遍種忘憂草○底事○不○忘○憂○朝○愁○復○紋

暮○愁○事多難預料○空被傍人笑○境遇總堪憐○癡○心○欲○問○

天○

南鄉子　題自畫墨蘭橫幅

北宋

秾、李、易、飄、零○惟、愛、幽、蘭、風、味、清○捲、起、簾、櫳、親、灌、露○輕、盈○幾、計

朵、含、葩、半、吐、英○何事可怡情○慢、展、冰、綃、學、寫、生○一幅描

成無俗艷分明移得春光入畫屏

西江月　蘭

素豔不求人識芳心千古含香豈隨紅紫鬪春光雅淡孤高自賞默默情深空谷亭亭影照瀟湘瑤琴一曲興偏長江上風清月朗

柳梢青　畫蘭

奴字

九畹凝香三春吐豔不染纖塵松竹林間湖山石上別有清芬好將潑墨磨勻向窗前細細摹神處士孤芳美人

幽、韻、筆、底、難、分○

菩薩蠻　梅

珊ミ玉佩來何處○仙姬謫向人間住○素、面、倚、東、風○羅、浮、有、夢、通○暗香浮夜月○驛信傳春雪○竹外影芬芳○清光照玉堂○

如夢令　題友人詹慶伯贈墨蘭条幅

新卜茅堂素壁○欲買丹青難覓○昨日友人來○贈我幽蘭數筆○妙極妙極○空谷傳神第一○

題自畫幽香澹月圖

校　柳梢青

慢展生綃輕磨澹墨細吮纖毫如美人兮風鬟霧鬢仙品叶高超湘江流水迢迢照影處明璫翠翹月鏡初圓晚粧纔罷繡帶長飄

小闌干　寄外書偶成

叶字　銀箋初展恨漫漫紙短訴情難欲寫還停恐傷郎意顛倒叶只平安河魚天鴈慇懃囑千里寄君看密密加封層層朱印點了淚痕斑

炇

早春怨 綠蕚梅条幅

綠蕚仙人。孤山眷屬。霧鬟風鬟。螺黛輕描。春衫乍換。翠羽訓衣單。無雙品格超然。漫寫入生綃細看。色映蒼苔。香浮夜月影照清潭。

秦樓月 入都宿張家灣店塗壁

ㄦ字

眠纔好。僕夫振道天將曉。天將曉。燭花頻剪。梳妝潦草。東方日色分林表。車輪馬足紅塵道。紅塵道。風波宦海。何時是了。

訖

叶

如夢令

烟篆香消金獸一點燈光如豆裁剪未成眠冷雨淒風時 叶
候時候時候何處笙歌猶奏

薄紙窗兒風透一線寒侵領袖針指為人忙數盡銅龍長 叶
漏長漏長漏繡到鴛鴦眉皺

憶真妃 寄姊

叶字

迢〻遠隔關河寄長歌一樣相思兩地問誰多 漏聲滴 叶
蟲聲急夜將過展轉寒衾不寐奈愁何

喝火令 病中度歲

竹字

案設齊眉燭香焚百合烟病容憔悴又經年爆竹家〻催絲

臘人擁繡衾眠市鬧笙歌沸庭聞兒女喧聲〻入耳轉

心煎越是消愁越是悶懨〻越是睡情未穩越是夢來纏

柳長春

戊子

絲字

春雨連綿春寒料峭懨〻春病慵懷抱垂幃獨伴藥爐眠紋

癡魔幻夢人難料流水年華浮雲世道衷腸默〻誰堪

告也知無益是閒愁遣開心上眉間到

前調

索寞心情昏沉日月悶懷直欲呼天說問天此意卻因何計

無端慣把人磨滅　兒女衷腸英雄志節千秋一例空啼

血欲揮利劍斷愁根憑空又出愁枝葉

鷓鴣天

紹宋

回憶深閨十八年幽閒蕭灑即神仙金針刺就鴛鴦譜彩刘

筆吟成鸚鵡編　思往事轉淒然幾番滄海復桑田虛花

泡影空原色不羨長生懶學禪

風光好 寄家書偶成

卅字

淚、痕、濃○墨、痕、濃○多、少、心、情、片、紙、中○容、加、封○　囑、咐、鴈、魚、休、刘

誤、送○須、珍、重○千○里○般○勤○訴○寸○衷○莫○教○空○

減字木蘭花 燕

穿、簾、飛、燕○歸、來、銜、得、桃、花、片○午○睡○纔○醒○梁○上○呢○喃○枕○上○聽○ 刘

綿〻絮語○似怨春光留不住○雙、宿、雙、棲○莫、學、無、情、易、別、

離○

琴調相思引 夏日即事

比字 團扇輕攜似月圓倚闌池上看新蓮田田荷葉水面擲青錢 最喜綠茵芳草地一雙蝴蝶可人憐纔停花上又過畫橋邊

行香子

比字 長漏遲遲木葉蕭蕭一聲聲何處鐘敲燈殘花落爐冷香消 正玉堦寒蟲語急月輪高 愁積眉稍淚濕鮫綃擁衾尋夢夢難招離情默默暗自魂銷更繡無心眠無寐坐無聊

踏莎行　舟中晚眺

紅樹撐天，黄花滿地，孤帆一片斜陽裏。山深不見有人家，遙看幾處炊烟起。柔櫓輕搖，蓬窗獨倚，西風回首家千里。眼前佳景轉消魂，頓教添作愁滋味。

滿江紅

恨海愁城，硬派作浮生事業。澆不化填胸磊塊，衷腸熱血。千古英雄同是夢，百年夫婦終須別。問癡人碌碌為誰忙，莊周蝶。青塚恨，蒼梧烈，秋風扇，長門月。嘆聰明才貌天

皆磨折三尺青鋒頭可斷一聲長嘯心先絕更不勞痛淚灑骷髏添嗚咽

前調　問影

多謝青燈輕把箇影兒送出伴長更隨来隨去慰儂岑寂妙底事含情無一語當年那處曾相識緑窗前正好訴衷腸何難白　感多情憐孤客知音少人難得念光陰百歲歡娱幾夕處世也知身是幻忘形漫道空原色問卿卿果否解吾言休默默

前調 觀史有感

歷代佳人有幾箇始終安逸輕送了昭君出塞丹青數筆致偏是玉環能媚主誓什麽長生七夕洗兒錢十萬誤蒼生親揖賊 望夫處身成石璇璣錦和愁織任紅顔薄命傷今悼昔大底聰明多不遇誰云天意憐才色問精英何苦萃人間添悲感

月當廳 閨怨

猶多情多恨身遠心偏近底事身心相左空使人愁悶 倚[illegible]

窓慵。整鬢。淚痕。消粉。暈。無限疑團難解。懶、去卜、金錢、問。

己丑

春光好

〤〡字 春光好。二月天。又今年。柳搖新綠倩人憐。午風前。 紅綻仁合

夭桃似笑。翠鋪細草如氈。獨、有、窮、愁無、着。長、在、眉邊。

轉應曲 春困

〡〢字 春、困、春、困。如、醉、如、癡、如、病。纖、腰、欲、起、還、慵。倚、枕、懨、懨、睡、濃。 仁合

濃、睡、濃、睡。夢、到、離、亭、別、淚。

巫山一段雲 惜別

學
淚共燈花落魂驚車轍聲不如堤上柳棉輕一路送郎行
千里心同繫三更月共明多愁多病總多情幾箇遂平
生

減字木蘭花 題翠竹紅桃畫幅

凌雲高節澹烟踈雨黄昏月滿樹桃夭竹外玲瓏掩映嬌
脂濃粉淡天然錦繡三春豔鬢綠顏朱一幅傳神仕女
圖

長相思 月季花

枝青蔥。葉玲瓏。淡粉濃脂畫不工。閒庭三兩叢。凝春雨。鬭秋風。肯把韶光便放鬆。花開月月紅。

菩薩蠻　題菀花条幅

武陵佳景誰傳就。脂痕粉暈天然秀。畫筆太玲瓏。春生掌握中。迎風含笑面。帶露無雙豔。流水隔朝霞。仙源第一花。

雙聲子　病中寄外信稿並存

君誠達士。立身宜致青雲。儂本癡人。洗面惟餘紅

淚。劇憐脆質。弱病懨〻。誰解幽懷。深情默〻。世情
百。變。悟。謫。仙。蜀。道。之。難。苦。境。半。生。抱。阮。籍。窮。途。之。
恨。故。鄉。渺〻。柳。絮。何。依。傲。骨。嶙〻。梅。花。同。瘦。呻吟
床褥。伴、人、惟、有、藥、爐。展玩篇章。知、已、只、餘、燈、檠。繫
情緣於一線。貫血淚以千條。自。憐。蓮。子。苦。心。生。是。
楊。花。薄。命。託、庚、郵、而、寄、怨。含、涕、成、書。憑、子、墨、以、陳、
情。長、歌、代、哭、爾。
川〻字　緣已了。緣已了。怨地　心離了。空煩惱。空煩惱。經得愁多少。砧

病、深、沉○藥難保○告催命鬼郎君知道○

情義好○情義好○自有箇人到○休煩惱○休煩惱○姻緣從此了○砝

天數盡○人難料○薄命婦你休縈懷抱○

牙牌令

情○天○恨○天○都○補○好○天對兩○地○相○思○一○筆○勾○銷○地對芙○蓉○帳○裏○人○收

雙○妙○人對蛾○眉○淡○畫○春○山○曉○鵝對又九〻消寒過了○九對九八角亭

前三弄江城調○八對曾○記○得○倚○闌○干○笑○指○雙○星○渡○鵲○橋○七對十○

分○恩○愛○怨○地○分○拋○五對叮嚀二四歸期早○猴對虎頭人願虎榜

名標○頭對虎 錦屏人愁錦屏獨靠○屏對錦 閒○地○關○天○開○此○恨○誰○

能○少○六對幺 紅到梅梢○紅到梅梢○五對幺 五夜更長○兩朵梅花

伴寂寥○五對長 盼得他金花斜插帽簷時○六 街遊到○五ゞ對長衣

錦歸來○永團圓雙ゞ偕老○二對長

江南好 竹

庭前竹○一帶綠森ゞ○裊ゞ○亭ゞ○無俗骨○枝ゞ○節ゞ○總虛心○ 上百

霜雪不能侵○

前調 栢

庭前栢枝古葉縱橫不怕天寒霜雪凍無凋無謝自長春
臭味最清芬

摸魚兒 落花

卜百字
又春殘落花時節無聊更與誰説東君不繫韶華駐腸斷
一庭風月鵑啼血嘆歷亂閒堦點點飛紅雪離愁疊疊騰
幾箇殘蜂數聲嘷鳥更雙雙蝴蝶　念人人事千千載榮榮枯枯一一
轍埋香何處尋窟隨波好共仙源水流入蓬萊宮闕須悟
徹寰宇內紅顏今古誰無缺游絲搖曳留不住春光終難

免此風姤雨摧折

少年遊第二體

半生傲骨，滿腔熱血，詩酒任疎狂。風雨新愁，關河舊恨，世味久經嘗。四十載萍飄梗泛，兩鬢漸成霜。一束琴書，三尺劍，念何處是家鄉。

滿江紅 寄外

一盞青燈，能消我幾多淒切。窗兒外秋聲四起，蕭蕭落葉。繞砌蟲鳴心欲碎，更添上半輪殘月。照寒閨長夜不成眠，

傷離別　念人事莊周蝶嘆功名螻蟻穴似浮雲富貴不須腸熱漫道文章能薄命休言將相生奇骨問千秋霸業在何方殘碑碣

北宋　十二時　憶別

連宵燈火連宵殘夢連宵愁緒離人正淒楚更連宵風雨早識相思如此苦悔當初不曾留住賸多少傷心付斷腸詩句

北　浣溪沙　春閨

慵整雲鬟懶畫眉。惜春心事只春知。懨懨倦態強支持。比百

小立銀屏嗔燕語。閒憑曲檻惱鶯啼。桃花無語笑人癡。

於　柳長春　柳

落絮成萍。垂條作線。鶯梭織就三春怨。長堤青眼為誰開。比百

眉痕慘淡離人面。風雨池塘。斜陽庭院。韶光到處牽愁。

慣悔教夫壻覓封侯。青青怕倚樓頭看。

夢江南

春日永。倚枕睡思濃。夢到江南多少事。小橋流水落花紅。比百

山○色○有○無○中

春日永○春草綠毿〻○多○少○春○愁○無○著○處○春○風○吹○上○兩○眉○尖○ 仁文百

春夢繞江南○

春光好 題落花飛蝶團扇 寫贈楊夫人

廿字春光好○雨初晴○晚霞明○蛺、蝶、紛、〻、飛、不、定○起○還○停○滿地 仁百

落花紅亂○一池芳草烟輕○寫出羅浮仙景○寄與君評○

滿江紅 風箏

鳥獸禽魚○塗林出許多幽意○碧天外、清風蕩漾○一絲搖曳○ 仁百

數點鴉飛雲影畔兩行鴈度斜陽裏問相逢可與結同羣
青雲内　好春光能有幾迷途恨誰爲指笑功名片紙渾
同遊戲淡薄人情無定局浮沉世事空悲喜嘆緜綿久已
付兒童收拾起

前調　看演難中福有感

生是閨娃敢說到忠君事業徒觸起滿懷幽忿從何發泄
安得化身成柱石橫空撑起青天缺嘆江南半壁錦江山
成灰劫　鍾山景秦淮月燈舫畫筵歌絕賸大江流水寒

濤嗚咽紅粉已隨胡虜散朱門半作豺狼窟恨不能飛劍

斷奸頭親飲血

轆轤金井　感事

刘字

蘭因絮果算前生孽債今生怎躲千磨百折淒涼煞箇我

如何是可性偏與世情相左逆耳忠言違時古道寒冰烈

火紅塵久已看破似虛花泡影草頭露顆登場傀儡總

任人顛簸心猿牢鎖把苦海滔〻輕過身若蜉蝣心同淨

水青蓮一朵

庚寅

早春怨

仄字 盼、、、到春來○春、、、寒春困○轉、、、覺無聊○黯々春愁○懨々春病○過了 以百

花朝○微風細雨連宵○滋養得尨嬌柳嬌○兩々鶯啼○雙々

蝶舞○那不魂消○

愁倚闌

刈字 春明媚○杏芳芬○草鋪茵○景物今年依舊好○鬢、、添新○怕登 以百

樓望遠人○一堤柳色最銷魂○多、少、愁、懷、無、著、處○兩、眉、顰○

傷春怨

〤〣字

花落庭前樹一夜風摧無數綠暗漸紅稀怎不見春歸路 [illegible]

問春何處住好送春愁去底事悄無言畢竟是無著愁

憶蘿月 閨怨

〤〦字

風聲似吼穿得窗兒透不念深閨人候久何處留連花柳 [illegible]

寒侵病骨難支小鬢沉睡多時幾度欲眠未穩黃花應

笑人癡

卜算子

〤〤字

心緒亂如麻展轉天將曉階前一夜雨兼風花落知多少 [illegible]

强起整雲鬟，對鏡粧潦草。自惜彎彎兩道眉，總是知愁掃。

垂楊碧

燦風不定，搖碎一簾花影。深院沉沉人乍靜，月明圓似鏡。悄向柳陰芳徑，綠綺初調新詠。流水高山聊遣興，知音誰竊聽。

辛卯

○春風第一枝 清明感懷

春晝沉沉，春陰漠漠，困人正此三月。游絲不繫，蘭橈空繫

佰字

離愁千疊，槐烟新散，早又是清明時節。最無聊、逝水韶光，鏡裏暗添白髮。花正好，能開幾日，經多少風擺雨折。香肌銷瘦，誰憐況是年年傷別。柔腸百結，只待向嫦娥細説。問蟾光照徹中天，何不長圓不缺。

○

前調 清明

槐、散、新、烟，柳、舒、淺、碧，清明又值三月。幾、番、微、雨、初、晴，正、是陌

養、花、時、節，東鄰女伴，道南陌踏青邀妾。只恐是難遣春愁，勾起離懷千疊。開遍了梨花似雪，忙煞了狂蜂浪蝶紛

紛飛去飛來不管人腸斷絕東風撲面吹不散眉間痕摺

問此情更有誰知都只向心頭結

月中行　海棠

校字

海棠嬌艷可憐紅春重淡香融自攜銀燭出簾櫳高照曲廊東賞花對月休無酒呼鬟捧到金鍾舉杯邀月醉花中花月兩玲瓏

蝶戀花

花滿園林如錦繡李白夭紅春為誰開透九十韶光難耐

久花前莫放擎杯手
惜花心事花知否多少癡情一半因花瘦花獨無言微點首風前幾陣香盈袖

前調 送春

花落花開何意趣迎得春來又不留春駐多少愁懷無着處春歸不帶春愁去
簾捲斜陽天欲暮漫踏蒼苔欲覓春歸路一徑東風飛柳絮聲聲杜宇無情緒

壬辰

後庭宴

廿字
春去難留春歸何迅空遺下一天愁悶倚欄無語暗消魂

更闌外落紅成陣。杜鵑泣血枝頭，似訴滿腔離恨幽情。

結筆無限情景

誰遣又是黃昏。近籐曲徑，蒼苔立遍弓鞋印。

江南好

天邊月，最好是初三。恰似玉環敲兩斷，半留天上半寒潭。雲罅一鉤銜。

天邊月，皎潔一輪秋。檀板金樽無限好，寂寥庭院不勝愁。莫倚最高樓。

有寄托

天邊月，照我晚妝殘。繞度柳陰穿曲徑，復移花影上闌干。

愁絶不能看

天邊月今夕為誰圓不念蘭閨人遠別團圓偏照畫樓前 叚旨

雁白歎仙

腸斷不成眠

天邊月一月一回圓不似浮雲容易變天荒地老總依然 以旨

今古使人憐

前調

堦前柳生不種河橋深鎖春光烟裊裊輕含細雨碧條條 以旨

眉葉翠難描

二雅絶倫

階前柳，萬縷與千條。不向河（堤）留畫舫，綠窗同度可憐憐宵。百刈

清減舊時腰。

聲律極細

階前柳，葉底有黃鸝。暗擲青（梅）輕打去，莫教枝上一聲啼。悄百刖

悄立畫檐西。

階前柳，飛絮逐成毬。作化（浮）萍隨水去，碧波深處任勾留。不百外

不管別離愁。

一剪梅 寄外補抄前稿

癸巳

廿字 一輪明月破雲看。花影闌干，人影闌干。中庭雨過怯春寒。百分

杏蕊初殘梅子初酸素娥無語自年年盼到緣圓恨不

何等超脫

長圓悠悠離緒奈何天欲訴君前懶訴君前

唱火令 寄外 感懷前稿補抄

心事無端觸憂懷暗裏添擁衾獨坐意綿綿一夜瀟瀟風

雨無可奈何天好夢醒來是易新愁遣去難寒鴉啼破

五更殘越是淒涼越是不成眠越是懨懨多病越是不心寬 以上

又同上

往事成春夢新愁若亂絲半生境遇少人知羸得淒涼情 以上

況交代斷腸詞　冷雨敲窗夜寒燈照影時擡頭無語為
誰癡越是多愁越是易尋思越是最無聊賴處越是漏遲〻

望江南　燕

銜泥燕借我畫梁棲撫得雛成秋復去繫人離思故飛〻　[illegible]
試問幾時歸
雙〻燕雙宿更雙飛故國風光春正好和風絲雨稻粱肥　[illegible]
不念舊烏衣
呢喃燕小巧一身輕帶雨翻風來復去銜花啄草總關情　[illegible]

絮語更無憑

梁間燕何處語啾啾一別經年歸也未空巢寂寂使人愁 例句

懶上綉簾鈎

喝火令 記梦

宿雨聲聲滴寒更轉轉遲鏡花水月影迷離梦到昔年粧 例句

閣風景似當時柳綠凝眉黛桃紅映臉臙脂春光綺麗繫

人思依舊朱扉依舊畫簾垂依舊鴛鴦綉枕依舊碧羅帷

前調 憶玉君

點點情誰遣悠悠恨轉深桂林一別到如今萬里關山鋒 百川 烽

尺片紙值千金 兩地看明月天涯淚共淋越思越想越

傷心半是思君半是愧難禁半同是閨門弱質何處問升沉

甲午

江南好 蘭楣

春光好正是養花時瘦石磷磷苔淡淡清風習習雨絲絲蘭放兩三枝

敘 百

浣溪沙 蘭楣

空谷攜來一段春烟姿雨態鬬精神靈根不許著纖塵

游 百

品格直超梅以上，幽芳長對素心人，吳綾尺幅為傳真。

如夢令　並蒂蓮房

道是同心不是，道是同枝不是。纖纖手折來時，結就蓮房並蒂。並蒂，並蒂，一把藕難絲理。

賀新涼　七夕

又是新秋矣，照庭階、二分明月，色夜涼如水。靈鵲填橋何處是，渺渺銀河天際。問此會、歡娛能幾。今夕相逢今夕別，諒仙宮、歲月非凡比。千百載，朝暮耳。　青天碧海長如此，豈

人間無憑恩朝歡暮已今古誰傳依果更說淚流成雨嘆

多少痴兒騃女笑煞年年空乞巧鬭蛛絲拜禱星光裏問

[illegible]事今成幾

卜算子　題落花啼鳥圖

閒煞一林花忙煞枝頭鳥花自無言鳥自啼似怨春光老[illegible]

鳥也不須啼花也休煩惱春去明年依舊來花似今年好

蝶戀花　題惜花春起早圖

一氣卷舒

乙未

一夜風聲直到曉風過園林花落知多少梳掠無心妝草[illegible]

草蒼苔露濕弓鞋小　烟霧泥泥若徑香李白桃紅依舊花

開好一夜懸懸心放了小鬟報道春寒早

蝴蝶兒

蝴蝶兒子初生青虫總退玉翼輕翩翩最有情　對對花

外字

閒宿風流總屬卿綠茵庭院晚霞明消魂雨乍晴

妙趣橫生

清平樂　畫蝶

翩翩蝶舞芳草池塘路幾度忙忙來復去輕伴落花飛絮

拈毫細細凝眸濃烟淡粉輕鈎寫出羅浮仙影和玉容別

樣○風○流○

卅

轉應曲 病起對鏡

鸞鏡鸞鏡○人面花光掩映○昔時笑有微渦窩○憔悴春來病多○多訓古

病多病○減了當年逸興○

人面人面○幾日粧台未見○玉容消瘦如斯○懶畫雙彎翠眉○百訓

翠眉翠○嘗遍春愁滋味○

何故何故○偏是朱顏難駐○今年花勝前○春莫被花○枝笑人○似百

老人老○輸與花枝長好○

生查子 尋春

仄字 但見柳梢青不見春來處桃李紛紛次第開春在花間住 叶古

踏碎碧苔痕細把花枝數不見春來罵落花花笑渾無

恢諸乃尔 語

江城梅花引 秋夜

仄字 庭堦雨過覺新涼坐花間飲霞觴底事花開花落送春光 叶古

維有一輪天際月寒逈淨逈清輝照夜長 桓長夜長卸

殘妝自焚香倚牙床睡也睡也怕睡入夢裏家鄉多少淒

涼舊事斷人腸廿載飃零歸未得何處是舊妝樓舊畫堂

阮郎歸 聞笛

一池秋水浸踈星雲散碧天青誰家吹徹玉簫聲愁人不喜聽 添別恨助離情長宵夢不成淒淒入耳轉分明擁衾百感生

丙申

滿庭芳

柳帶輕烟花含珠露一庭細雨霏霏困人天氣長晝掩香閨又是清明時節腸斷處芳草萋萋杜鵑啼聲聲泣血喚

得幾人歸　倚樓遥望處青山緑水何處帆飛怎輕舟一

去信斷音稀愧煞梁間燕子年〻雙去雙回猶解念故人

情重叙語呢〻

一剪梅

一片閒愁無計消春事蕭條花事蕭條紅稀緑暗雨瀟〻

鶯也無聊蝶也無聊　星〻殘絮任風飄落了夭桃紅了

櫻桃厭〻長晝可憐宵瘦眉纖腰寬退裙腰

一絡索　送春

又是一年春盡催人雙鬢送春明歲又春來衹落得添離恨滿院落紅成陣愁和誰論是何處不生愁我欲把青天問

江城梅花引 惜春

一堤烟柳雪花飛怕春歸又春歸是問年年來去卻因誰九十韶光能有幾更不堪一聲聲喚子規規子規子規莫相催展愁眉且擎杯留也留也留不住流水斜暉只有天邊明月不相違照我蘭閨形伴影長夜夜捲珠簾不忍垂

浣溪紗

風送荷香滿院清曲闌干外撲流螢綠窗寂寂夜涼生砌
草露深鞋鳳濕小池花落宿鴛驚一天雲散月華明

卜算子　題斜倚薰籠坐到明美人条

明月暗規簾有人身未臥無言默默倚薰籠手托香腮坐
不解意中緣似有淚痕墮欲待把因由問素娥心事因猜
破

丁酉

醉太平

寒燈一星。寒更一聲。夜長欲寐遍醒。添多少淒清。一天也

難明。風也無情。簷前鐵馬叮叮。更魂驚夢驚。

柳長春　病中作

雨滴空階。風搖簾幕。蘭閨寂寞誰為伴。口乾舌燥苦思茶。

小鬟癡睡渾難喚。病體強支。驚心難按。聲聲寒柝魂先將

斷。夜臺滋味諒如斯。一燈明滅孤幃畔。

一剪梅

無端風雨作春寒。亂打紗窗。亂捲湘簾。懨懨無力困人天。

戊戌

欲起還眠臥不成眠。藥爐茶灶伴人間。過了新年又是
春殘。無言默默倚欄干。自上連環自解連環。

浣溪沙　題帶根蘭條幅

踏遍瀟湘雨後山。和根覓得兩株還。風姿雨態總天然。具
味莫嫌知已少。孤芳相對可忘餐。玉盆珍重護嬋娟。

卜算子

春來愁亦來。春去愁應去。底事無言春自歸。撇下愁無數。
滿院落花風。一庭芳草地。時晴時雨困人天。没箇消愁計

5支

詞

一剪梅

閒庭雨過草抽芽。點〻楊花。片〻飛花。離懷默〻感年華。人去天涯。夢繞天涯。蜂蝶紛〻鬧午衙。欲捲窗紗。怕捲窗紗。簷前喜雀（鵲）亂喧嘩。猶未還家。是否還家。

小重山

雨〻風〻暮復朝。綉簾常不捲。最無聊。擁衾倚枕怯寒宵。腸欲斷。舊事夢難招。不寐越心焦。一聲〻寒柝耳邊敲。

起来獨坐一燈挑。多少恨。無語淚雙拋。

朝玉階

雲淨天空萬里秋。寒江明月上。送孤舟。順風一路到楊州。
微微薄霧裏。露城樓。風景依稀似舊游。韋衣人已去。淚空流。悠悠此恨幾時休。不堪回首處。咽心頭。

浣溪沙

長漏遲遲睡正濃。鶯啼驚起曉妝慵。日光初上畫簷紅。
雨過庭堦春寂寂。燕歸簾幕語喁喁。落花無力戰東風。

己亥

轉應曲

時節時節，華負春三二月。珠簾不上銀鈎，倚枕懨懨悶愁。愁悶愁悶，總是春來多病。

滿江紅　亡女粧閣題壁

燕去巢留，觸目處、肝腸欲裂。渾不似、明窗淨几，舊時清潔。蛛網承塵明鏡暗，鼠痕穿匣牙梳缺。問嬌兒、今夕在何方，陰陽隔。　十八載，勞心血。相依處，且空疼熱。恨無情舟揮催人離別。掌上明珠歸已逝，一棺未見心先絕。恨當年、所事

為人忙歸未得

江城梅花引　喜晴

一春雨雪苦無休，助人愁，為花愁。九十春光，辜負看花遊。鎮日繡簾垂不捲，閑煞了，掛簾籠，玉一鈎。一鈎一鈎月當樓。風加柔，雨初收。喜也喜也，喜滿庭，新綠迎眸。薄霧輕烟，夜景十分幽。助我新詞添逸興，待明朝，看紅日，照妝樓。

西江月　途中作

秋淨天空雲淡，荒林日落霞紅。一堤疏柳不勝風，兩岸青山如送。十幅輕帆鏡裏。雙搖柔櫓聲中。蓬窗高卧任西東。明月蘆花同梦。

前調 愁

乍雨乍晴天氣。多愁多病時光。招愁容易送愁難。底事愁心難放。我欲埋愁無地。欲尋消遣無方。可憐地久與天長。不離眉頭心上。

如梦令 送愁

記得昔時幼小。卿也不來相找。嬉戲阿娘前。不解爲愁顛

倒顛倒顛倒心境韶光總好
二九光陰易度伊便乘機相顧從此別椿萱贏離得愁無
數無數無數不解卿來何處
卅載勞卿相望不離眉頭心上藏卻舊時容受盡淒涼景
況景況景況今日送卿須諒
是問伊居何處急覓來時舊路歸去莫遲留杯酒餞卿速
去速去速去不敢再勞相顧

少年遊

庚子

寂〻深閨重〻簾幕。人臥藥爐烟。病爲愁侵。腸因誰熱。無可奈何天。

昨宵送得窮愁去。今日又新年。鏡裏容顏。胸中塊壘。總是不堪言。

清平樂

殘妝未整。薄醉酒初醒。捲起湘簾看日影。又是斜陽晚景。

能消幾箇黃昏。悲歡聚合難憑。雙鬢不如春草。年〻猶得重青。

不減六朝風味

又

穿簾日影小雨初晴景蜂蝶紛紛飛不定開了隔墻紅杏

柳陰囀囀鶯聲驚人午夢難成恨煞（愁）如春草年年　刪刪

盡還生

釵頭鳳

微雨定苔痕潤落紅滿地胭脂暈胭脂暈觸離恨千愁萬

緒總縈方寸悶悶悶　韶光迅春將盡三春好（景）偏多病偏

多病無心問行人一去久無音信忿忿忿

蘇幕遮第一體

辛丑

秋雲輕。秋月皎。秋色嬌嬈更比春花好。秋葉繞紅秋正早。秋雨秋風占得秋多少。繡簾垂。香篆裊。流水年華不管朱顏老。一帶寒烟迷塞草。繞樓幾點青山小。

宮中調笑第二体　題垂幙美人圖

妬煞雙飛燕。鎮日畫常不捲。天涯人去音書斷。寂寞繡幃誰伴。淚珠界破芙蓉面。何似。垂簾不見。

浣溪沙

長晝無心理繡針。芳園獨酌酒初斟。綠陰庭院漏沉沉。

曲徑竹多啼鳥亂小池水淺落花深滿園花鳥作知音

合觀諸作丰神獨秀雅韻欲流晚年尤勝所謂學與年俱進也至其詞意纏綿格高調古迥非時輩所能學步固由功邃亦本性靈不讓李清照獨美於前隨園諸

弟子更何從望其肩背

適家侍生廬陵高宗浣手拜讀

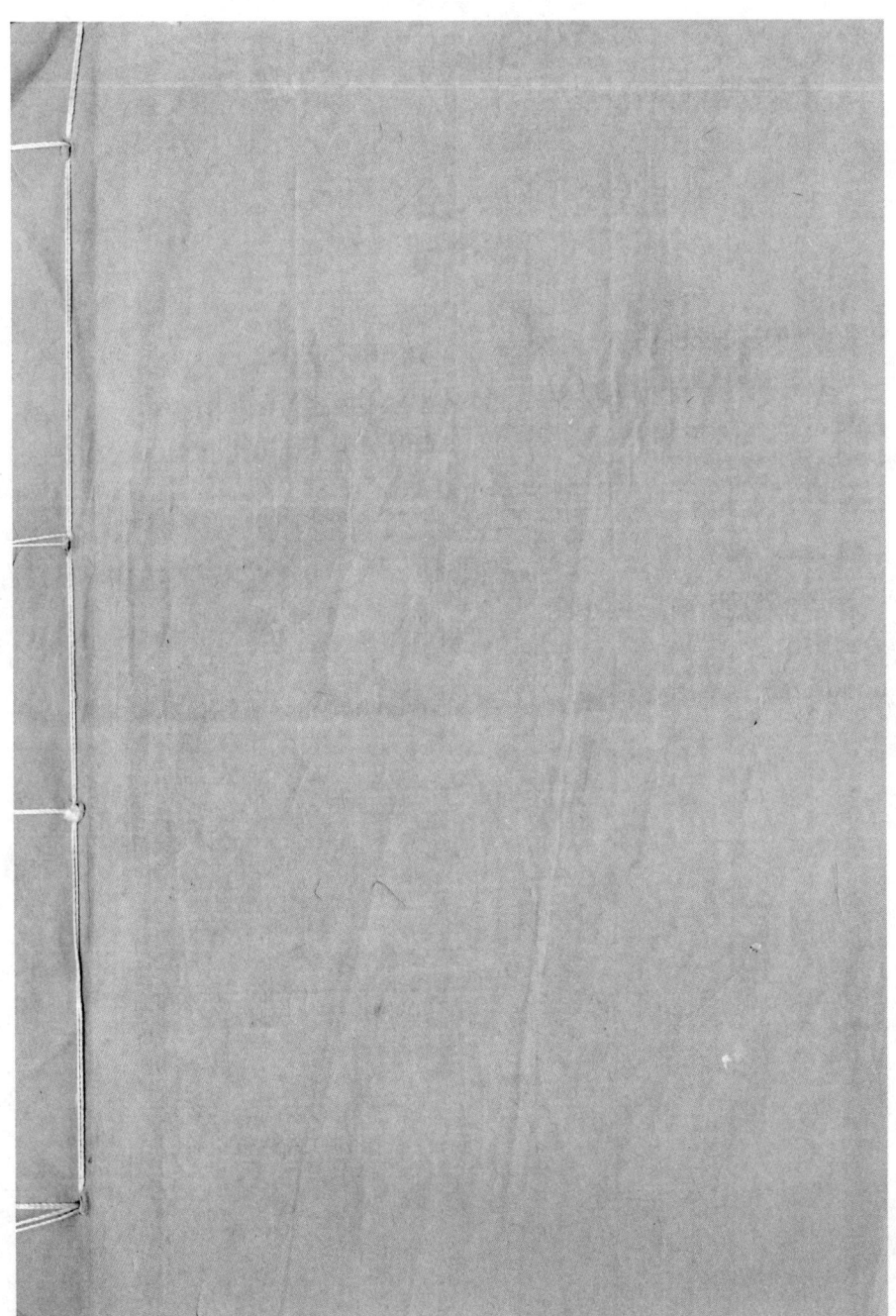

味古堂詩草

馬鍾琇撰。清光緒間（一八七五—一九〇八）稿本。一册。

馬鍾琇，生於一八七九年，卒年不詳。字仲瑩，號箸羲，河北安次（今屬廊坊市）人。清末曾任職於刑部山東司，爲法部制勘司主事。民國二年（一九一三），當選爲第一届國會衆議院議員、公府顧問。民國十四年辭任，閒居天津，爲天津城南詩社成員。好詩文曲賦，藏書甚富。纂修民國《安次縣志》，編著《古燕詩紀》《清詩徵》《曲學書目舉要》《馬氏文録》等。

此稿本有詩作九十餘首，多爲即景抒情之作。正文前有馬鍾琇自序云：「此廿三歲以前舊稿也，嫩字纇句，本不足存，然用以證學力之進退，則存之亦未嘗不可也。壬戌重陽前一日菊禪誌於味古堂，是年四十二歲矣。」則此爲馬鍾琇早年詩作。書中夾有散葉四葉，題《東溪草衣詩鈔》，馬竹溪著。有詩約二十首。觀散葉詩作，均録自稿本，偶有改動，或加注。當爲後期修改後重録的作品。散葉末題「乙亥荷月初四日，東溪草衣馬鍾琇自書於落花書屋。乙亥秋九月四日古益津韓君植觀於安次平樂軒」。

《清人別集總目》《清人詩文集總目提要》均未收録。

（尤海燕）

此廿三歲以前舊稿也嫩字韻句本不足存然因以證學力之進退則存之亦未嘗不可也

壬戌重陽前一日菊[illegible]誌於味古堂　是年四十二歲矣

馬鍾琇

味古堂詩艸

馬鍾琇著 義

己亥稾

月夜懷人

斜陽忽已沒。清月出高嶺。可人期不來。獨卧梧桐影。

春夜

夕照斂餘暉。明月挂庭樹。夜深清不眠。鶴警花間露。

夏日閒居

狂奴性與世疏疏。剩日日關門少送迎。午夢初回覓詩句。黃鸝相和一聲聲。

春暮

庭花啼鳥夢蘧蘧。林屋幽人卻自如。正是綠肥紅瘦際。芭蕉陰下獨攤書。

散步郊外偶成小詩

熟梅天氣半陰晴。斜日郊々看耦耕。偶過前林詩興動。綠楊深處有蟬鳴。

晚起

晚起茅々日。間々茂小窗。乾坤聊小隱。魚鳥自相親。誤國悲身士。長天笑抱人。手持一[illegible]卮酒。醉到太平春。

小園

小園寬半畝。結屋小如舟。窗下栽桐竹。簷前種海榴。閑門聊避俗。靜坐又消憂。讀史研經外。吾將何所求。

漫興

歸傲田園裏。光陰閱歷深。乾坤一棋局。世事任浮沈。松竹花々任。隆懷月半林。希賢兼樂道。以外不關心。

漫成

誅茅結屋竹編籬。閑々深々不息宜。多種芭蕉聽夜雨。不除

葳蕤療朝飢。醉中長覺乾坤小。靜裏偏疑歲月遲。有客問
余何所事。研經閒暇少栽詩。

○月夜泛舟

月明載酒放扁舟。剗彼心月共流。倚醉偶然三弄笛。驚飛
少岸夢中鷗。

新葺小齋初成率題一律

新葺茅齋八九椽。四圍修竹拂晴烟。龍衣換後添佳趣。燕屋
成時好宴眠。窗小僅容蕉葉覆。簷低不用女蘿牽。玉壺
酒(雨)焚香坐。便是人間自在仙。

○夏日

雨過蟬聲絕澗聞。山齋避暑少塵氛。書書長睡起(無)聊獨
松陰看白雲。

種竹

近寺山窗下新栽竹數竿。陰清堪避暑，葉密自生寒。師月尋詩易，籠烟入畫難。種花仁欄漫，爭及買琅玕。

月夜遂涼

斜日已西墜，披襟當晚風。夜來詩興動，涼月挂梧桐。

梨花初開既被狂風吹落惜而有作

不識封姨意，剎中園妙舞衣。吹殘花一樹，特共雪爭飛。

春暮園居

松下結茅廬，閒居趣有餘。雨中進茅屐，風過棗花疏。窗玉頻薩茗園甘懶荷鋤。莫嫌春色暮，款枕且攤書。

月夜

晚風初定晚烟飛，家去呼童掩竹扉。小小花間看新月，夜涼清露點人衣。

自述寫意

戢影青山裏，非關養和。無求思慮少，好事是非多。風月爲佳友，江天入醉哦。百年槐國夢，富貴竟如何。

自述

鯫生何所樂，閑閑獨吟詩。好將已成癖，愛書常若癡。怡情花滿徑，酌古酒盈巵。俗慮俱忘却，閑中理釣絲。

題畫

過雨青山翠色新，小花開處滿江濱。柳陰檢艸掀逢雨，垂綸獨坐人。

晚秋閒居

木落萬山出，江空一鴈鳴。碧天兼水淨，紅葉趁風輕。琴冷知音斷，門深過客稀。獨乘高爽氣，把卷對斜暉。

秋夜緩步庭中看月

雨霽雲收夜氣清，虫聲斷續夢難成。披衣倚立更人語，獨步秋庭看月明。

庚子稿

江村散步

日夕沙村喚手行。疎颸漸起葛衣輕。尋花蝴蝶閒飛舞，爭浴亂鴉時一鳴。風趁晚晴無定色，雨餘江樹有秋聲。烽烟滿眼何年靖。愁對湖山無限情。

感事

寰海烽烟滿，憂心不可禁。濟時無善策，和議是空圖。白骨連營壘，黃巾阻道途。干戈何日定，得見小民甦。

辛丑稿

春日書懷

破碎山河何日收，縱橫兵馬蹯神州。權臣甘獻和戎策，大將空懷禦敵謀。戰骨經年猶遍野，烽烟滿眼怕登樓。春風不管人惆悵，又到垂楊岸陌頭。

自君之出矣

自君之出矣，思君減容輝。未識君何意，久客尚不歸。

懷劉淋臣霈忠茂才 士城人，紫山先生次子

自别劉公幹，春花兩度妍。音書阻烽火，相思隔雲天。何日重逢面，開尊話昔年。遥知君憶我，應亦有詩篇。

天津

極目天津亦壯哉，黄昏燈火徧樓臺。歌筵又按霓裳舞，城地驚看馬路開。人雜島夷爭海市，天教時局委塵埃。傷心莫問川雲遊，回首悲風動地來。

春游雜詠

小橋西畔小樓東，芳草芊芊曲巷中。暫見碧桃花樹下，有人含笑倚春風。

絶句

雨過山光翠欲流江風颯颯爽於秋蕭齋睡起無伴獨抱青琴上小樓

○少年行

章臺街畔躍驊騮窄袖輕靴紫綺裘撲面楊花飛似雪日斜沽酒入倡樓

閨怨

殘夢忽驚起斷霞初滿天清弦當戶弄〻怨曲付絲傳

壬寅六月

○秋夜

積雨生夜涼雲開月漸上白露下瑤階陰蟲斷續響

山行

危崖松老挂蒼龍夾路幽花一萬重一路青山看不盡滿林

時聽一聲鐘

江行

斂灔晴波浸碧空，斷霞明滅領青楓。一聲歸雁寒烟外，萬頃殘蘆落照中。老樹飽嘗霜雪味，輕帆善趁往來風。隔溪漁船炊得早，遥見星星細火紅。

致香奩體

眉黛鎖來愁無言，獨倚樓窗入如有意。匿笑不勝羞，撣長鬢。釵横重鬢秋波瞻，流柔情向誰訴，倖整玉搔頭。

殘蟬抱樹鳴，青山之黄葉辭枝搖有聲，風靜潮生江岸帆，歸趁夕陽明。

郊外散步

散步村前風力微，新苗嫩長綠侵衣。勸來偃臥長林下，掛面風花趁蝶飛。

雨後眺望

亂雲深々樹雨欲隱々前林桂落暉試問新篇添幾許不知

欲沒釣魚磯

秋江眺望

濛々蘆花淺々波楓林日暮雁々過陂塘荻葉飄零畫圖

秋來霜葉多

效白樂天體

買得東南一角山引來流水響潺々種松留取三弓地好結

茅廬積翠間

〇山居雜詠

前山缺處隐斜暉地僻人稀一徑微萬木驚風飄不定亂雲

黃々葉々一齊飛

二

灘聲大響響晴雷雲接山光畫境開方聽幽禽鳴未已好風

和雨過江來

薄暮時西山夜深始歸

待出入西山蒼翠臨我心清月出東山巔日斜下西林流水

照崖霞紫翠色相侵蒼松撼天風時作蛟龍吟佛[illegible]

清興西聲出岑愛茲清夜時不覺夜已深歸從上方踏月

投孤村

同阮崑林忠植 太倉吳愛棠二尹韓鷺朴 韓君植一雨茂

才游斜園 七月二十日 懷瑤布尚書別業

滿園花開總若春參差樓閣淨無塵綠楊掩映[illegible]

聽笙歌不見人

春閨

檻外垂楊一徑斜 珠簾掩映碧窗紗 畫樓轉起春庭[illegible]

迴廊捉蝶花

秋夜看月

秋蟬帶響頻移樹

過

雨天猶未放晴 獨倚庭松望[illegible]

雲際露微

秋江眺望

澤國秋來逸興長，蘆花漠漠稻花香。漁家艇網依江樹，估客歸帆趁夕陽。水接天光依樣碧，雲含風色半天黃。沙洲雁鴈孤雛進，時逢邑鷗下野塘。

無題　代友人贈作

攔杯花影畫屏開，未動曉妝鏡臺。最是多情臨別約，明朝有暇早些來。

○二

別來情緒怕黃昏，好夢如烟未有痕。記得昨宵臨別處，碧桃花下有朱門。

冬夜睡起

斜月下西窗，睡起夜正分。開簾望天宇，滿林霜華冷呼云

汲清翁謝寄茶試苦茗

二

春暮園居

春去々何許滿園花亂飛捲簾燕欲出掃徑蝶來稀花底
沿溪曲澗去入竹扉林陰時散步苔色綠侵衣

〇

秋山望遠

木落山空天地寬鴈々高入碧雲寒青楓畢竟輸松柏纔着
霜華色驟丹

秋晚園居

秋色淒其秋氣清木凋漸盡小窗明遠山隱霧初收處起黃葉
因風亂作雨聲鳴鴻雁嗷々驚歲晚朔風凜々怯夜較山齋靜
歷無人過鎮日關門養道情

○山村

獨騎數段入山村踏破蒼苔一路痕試向林巒疎處望數株紅葉酒家門

○深夜聞鴈

涼飈非夜出庭木失濃陰冷宦歸心急空階落葉深菊寒

耿〻燈〻炧影沈〻征鴈飛何急霜華正滿林

秋懷詩

秋氣日凜冽秋風何慘〻除陰赫然俱寂寞落葉響空廊少壯能幾時之身須及早莫待霜滿頭莫木同衰老

○二

歲月一何速征鴈又南歸林葉日已稀幽虫生光輝蟬影違

材造物惟適吾所願超飛翔而能自尋其態

○秋夜獨坐

萬籟寂不喧雨聲出何許黃葉不因風紛〻下如雨

○晚秋客夜

淅雨芙蓉愁節序，遒殘秋。新月淡無影，凉雲凝不流。暮山青黯黯，孤館思悠悠。遠殘寐，宵寒人獨倚樓。

漫興

柴門鎮日不曾開，為是閑庭半畝苔。千夢初回聽雨過，荒潑翠入窗來。

○歲暮登城歸心忽動賦此

霜風獵獵促昏鴉，步上高城暮斜。極目故鄉何處是，暮天低處亂雲遮。

暮春山行

松濤淙淙閒晨晴空，蒼蘚殘紅伏去蹤。黃鳥啼殘春寂寂，鐘聲亭午在雲中。

暮春

東風已歇綠初肥，梅謝林花鳥語久稀。最是惜春催人蛺蝶多情

猶逐西殘照

○游西山雜詩

青山若畫屏歸雲擁高閣不見採樵人紛紛聲半空落

二

到眼靈山勝真疑仙境開樓臺依舊在林林底過樵蒼苔樵徑

平生少觀

山邊盡鐘鼓聲雲外來風聽鐘聲欲去更徘徊

冬夜

風過庭梅凍不開月斜踪影上階臺柝聲到枕夢初斷鄉思

歷亂愁緒來茶鼎烟浮豆灰火藏鐘殘畫撥寒灰燭想

亦似人難定紅灰積積已作堆

○九日同邊子雅優春世表二部由游西便門外

短籬繞僻野人家茅屋柴扉傍水斜幾點寒菊真耐冷凌霜

猶放兩三花

二

登高步上古琴臺野菊茅疎滿徑開瑟瑟西風吹不斷寒鴉盤陣破空來

溪村

潮落沙平小半灘停橈沽酒入溪村數家茅屋依林麓楊柳參差綠到門

山村

潮漲溪流擁白沙亂山深抱兩三家獨隨牧豎投村去路上山風送棗花

小園雜興

滿庭涼影滿庭苔門巷深深映薜蘿竹外芰荷池外柳夜窗疑是雨聲多

游西山借宿山寺

斜陽斂影下喬木亂山峯蒼蒼路白牧豎歸村鳥過第一杵皆鐘出雲林麓　空山月上人語稀天風颯颯吹人衣

德集以新出家宿自如杜甫向白板扉

癸卯九日出城仍由去歲登高處眺望成詩

彈指流光又一年舊游重到思悠悠清樽綠酒醉人與細雨西風瘦寒露楚葉亂從空墜下黃花屢在究中有思親懷弟情無限異地登臨觸景

重陽後憶故園出城散步賦此

斜日秋城外西風隸鳥悲關山供望遠風葉亂枝野闊霜飛早天空雁度遲故園歸未得又負菊花期

題京師寓齋壁　癸卯春日

插辭少年馬閉門春更幽曲池新漲滿芳徑落花浮草長綠侵殿窗開雨入樓自無塵市氣忘卻在皇州

登樓有感

木葉蕭飄零天地秋，凭闌高極目不勝愁。東方風鶴驚頻至，南望雲天倍獨游。時事催懷傷國計，微官空抱杞人憂。醉來無計俯仰慈無限，日暮凉風正滿樓。

過故人居

言訪幽人居，徐步入遠巖。谷猶隨流轉，衡門掩修竹。亭午烟火微，雞声出林麓。故人喜我至，爲掃林間屋。一别今幾時，共話流光速。寒暄叙未已，留賓酒初熟。銜杯話故情，斜陽下喬木。

曉起

五更鳴画角，落月照嚴城。霜遍鳥啼早，林空翔吹輕。宵明灯之影，夢斷曙雞鳴。歲暮自多感，那堪遠客情。

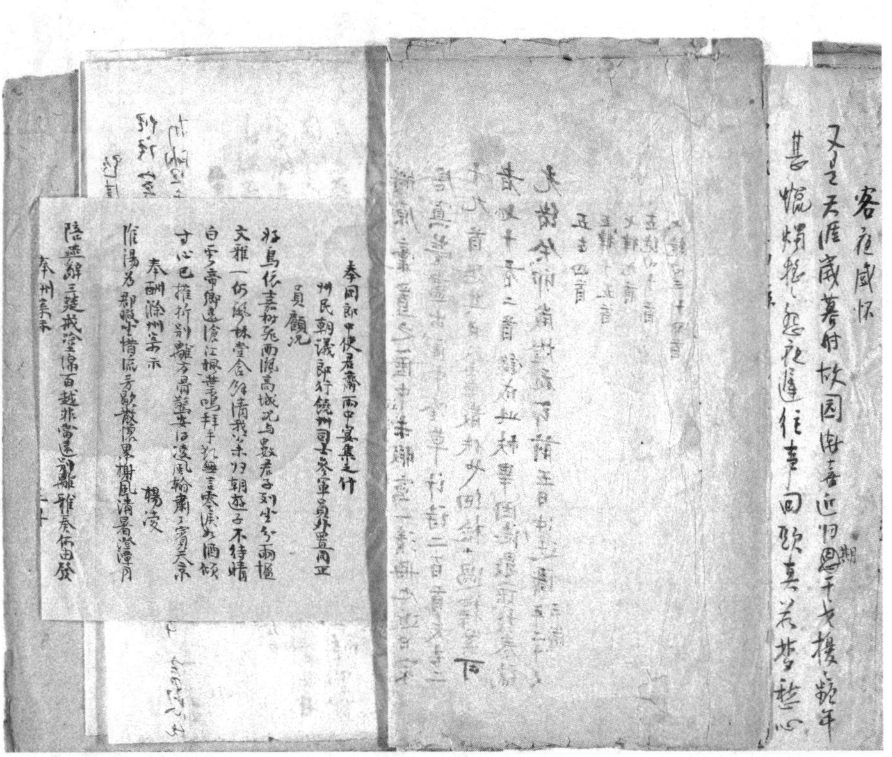

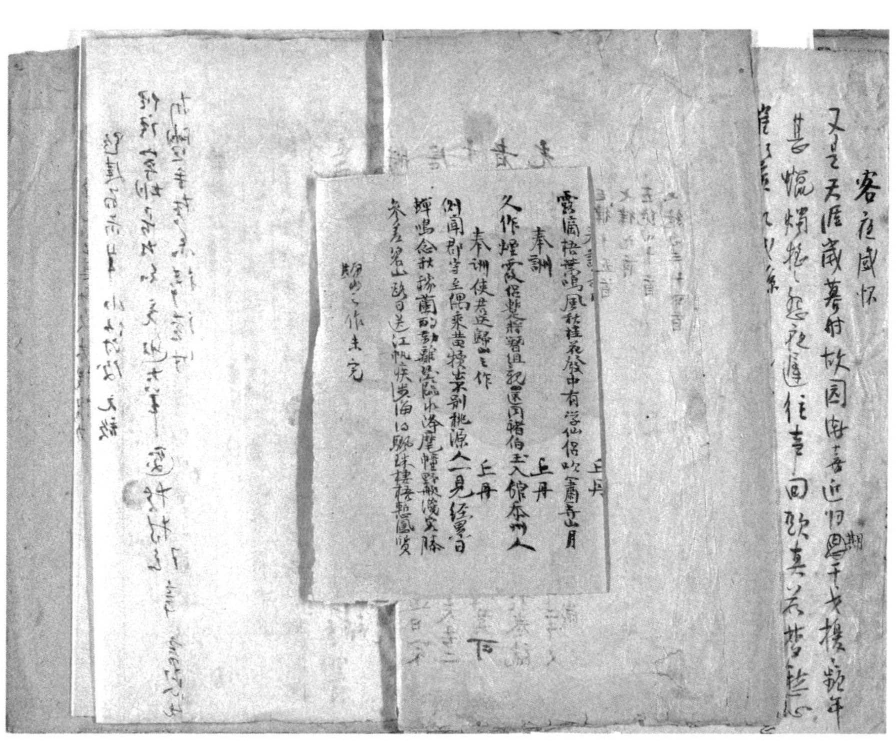

客夜感怀

又是天涯歲暮时故园尚十春近归期千支樓鼓鼓年甚慌惆悵悵忽夜逢往事回头真若梦愁心催鬢觅成絲弟兄睽日新書至爲報平安慰我思

尋梅

倚水横斜の五株和烟和雪影模糊衰衣岁月溪橋畔一抹抹雲林澹泊無黄昏月上影横斜驢背詩成意興賒十里里冷香吹不斷醉吟者人衣袂訪山家

冬夜不寐

鸣窗朔吹捲空空客梦驚回斷魂照夜短燈光閃閃半宵斜月影昏昏地爐已盡燎火亦布被多情尚帶温静坐不眠清漏永鐘空幸有酒盈樽

雪夜　十月初の夜

客夢初醒冷透幃　銅鑪火盡一家烟微　紙窗是道月初上
開簾驚看雪亂飛　林外鐘聲寺遠離　根犬吠夜途白　桃柈
圈獨坐停炊呼起家僮擁舊衣

甲辰元日　時日俄戰端已開　付開日軍已獲勝

海解陽回萬物春　斷還新條与芽塵　謙以誰　大南平戎
寒宵好當聖[illegible][illegible]遼　海已待乱戰　撤中原定典御
陷鄰居況世乎　何須向[illegible]且倒金尊暑出身

癸卯春日　客中作

忽春將半　離懷感不禁　多愁鄉夢減　驟雨晚庭侵　修
竹延清景　移花趁夕陰　琴床塵土滿　應是歎知音
向
征帆隨岸轉　江月共潮生
月亦有意藏林表　雲本無心出岫遲

此頁及下三頁爲原書所夾完整長卷裁切。

方有輸臾首廿向虯梅研下處明朝再檢幾年酒氣向有 君尾老

虯梅先新枝我向

虯梅家舊寒之句

冬日寄卅松於化事 玉米鄉 壬辰

陰懷佳余頻堪冉韭之以珠細蕨揚玉米炊來篆

卦蘭盤山味勝糕書

贈鄔琴山鄉家 癸巳

到向天衢訪故園前途聊爾任驕攀凡心信許超仙

圃未忍過了也仟歲我羞詩有作康卿窗裏同另入

我家尋仟歲之句在最上峯

晚過吾丈乙未立春之夕

澄世須先形恩勤久休提攜力

吾家似同在 現吾今在山木思

皐陶 晁錯傳作咎繇 仲虺 荀子作中蘬

嗚呼 書詁作於乎 大學作於戲 王貢傳作

惡虖 五行志作烏嘑 蜘蛛 或作鼅鼄

蟗蚻 蟧一作蟭蟧 蝍 亦作蝍

貌 一作皃 鼜 又作鼜 崑崙 或作昆侖

芙蕖 亦如 亦作夫容 玳瑁 作毒冒

桑柘之柘 漢書以為柘桑 造嵞之山 嵞或加以立

以上皆見攷古質疑

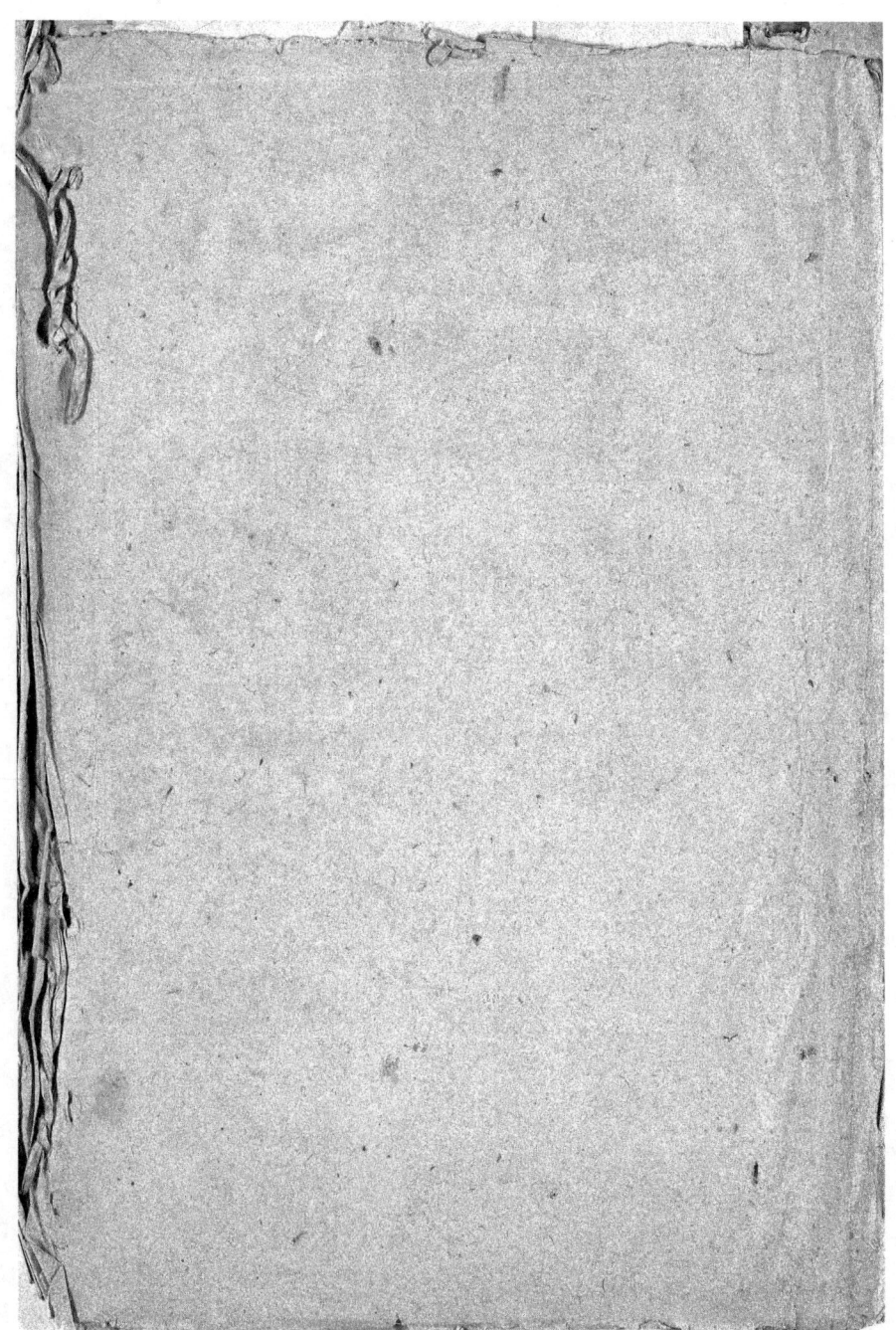

此頁及下十五頁原爲書中所夾四頁長卷，今每頁裁爲四幅影印。

東谿草衣詩鈔　馬竹溪著

月夜懷友人劉淑臣大城諸生也（劉沛臣名霈忠。）

斜陽忽已沒。清月出高嶺。可人期不來。獨卧梧桐影。

春夜

夕照斂前山。明月桂高樹。夜深清未眠。鶴驚花間露。

夏日閒居

夏日閒居

狂奴拙與世無爭。日日閉門少送迎。午夢初回理詩句。黃鸝相和一聲聲。

春暮即事

落花啼鳥夢蘧蘧。林屋幽人卻自如。正是綠肥紅瘦際。芭蕉陰下獨攤書。

郊行

郊行

熟梅天氣乍陰晴。斜日郊行看耦耕。偶過前林詩興動，綠楊深處有蟬鳴。

睡起 感時事而作。

睡起無餘事。閒行淺水濱。乾坤聊小隱。魚鳥自相親。誤國悲華士。憂天笑杞人。手持一尊酒。醉到太平春。

一九二七

持一尊酒。醉到太平春。

似園

小園寬半畝。結屋小如舟。窗下栽湘竹。階前種海榴。海榴即石榴。閑門聊徙倚。靜坐可銷憂。讀史研經外。吾將何所求。

漫興

嘯傲閒園裏。非詩閱歷深。

乾坤一棋局。世事任浮沈。招客花三徑。陞懷月一林。希賢兼樂道。以〻外不關心。

小隱

誅茅結屋竹編籬。閑户深〻石隱宜。多種芭蕉聽夜雨。不除薇蕨療吟飢。醉中長覺乾坤小。静裏中長覺乾坤小。靜裏偏將歲月遲。依客問予何所事。研經閒暇只裁詩。

月夜泛舟

月明載酒放扁舟。舟舟到波心月共流。儘醉偶然過三弄笛。驚飛沙岸夢

弄笛。翔飛沙岸夢

中鷗。

新茸茅齋初成偶題

一律

新茸茅齋八九椽。四

圍栽竹拂晴煙。龍衣換

後添佳景。燕廈成時好宴

泯。窗小儘憑雀進華葉護。檐

泯窗小儘憑崖進，葦護檐

祇不用女蘿牽。玉壺賞雨焚香坐，便是人間

自在仙。

詩品：玉壺買春，賞雨茆屋。

夏日

雨過飛泉急磵聞。山齋辟

暑少塵氛。晝長睡

起無餘事。獨坐松陰

看白雲。

種竹

近着山窗下。新栽竹數竿。陰清堪避暑。葉密自生寒。篩月尋詩易。籠煙欲寫難。種花紅爛漫。爭度碧琅玕。

月下逐涼

月下逐涼

斜日已西墜。披襟當晚風。夜涼詩興動。因好月挂高桐。

小園梨花初開旋被風吹落惜而有作

不識封姨意。梨園妬舞衣。吹殘花一樹。便共雪華飛。

飛。

春暮園居

松下結茅廬。閒居趣有餘。雨中蕉葉展，風過棗花疏。客至頻煎茗。園荒懶荷鋤。莫嫌春將暮。敧枕且攤書。

月夜

月夜

晚風初定晚煙飛。客去呼童掩竹扉。小坐花間看新月。夜深清露點人衣。

寫意

戢影青山下。閉門養太和。無求思慮少。好事是非多。風月爲佳友。江天入醉一瞬。百年一槐國夢。富貴竟如何。

自述

飢生何所樂。閒（闲）户獨吟詩。好潔已成癖。愛書常若癡。怡情花满徑。酌古酒盈卮。依畫偶忘古酒盈卮佐慮俱忘卻。閒中理釣竿。

題畫

過雨春山翠色新。水花開遍滿江濱。柳陰隱映漁篷小。[illegible]爾垂綸辭避世人。

華士

華士者。齊人也。為太公所誅

華士　華士者。齊人也。為太公所誅。

杞人憂天　杞人。杞國民也。其人心小性。恐天塌壓死。常以為憂。見列子。

封姨　風神也。

梨園　唐明皇時戲園名也。白居易詩云。梨園子弟白髮新。

槐國夢　唐代故事　淳于棼常夢在槐安國。招駙馬。又云南柯夢者。亦此事也。槐安國蟻窩別名也。

乙亥荷月初四日。㘈東欵章衣馬鏠秀。自書于小孱花書屋。

槐安國蟻　夢者。亦此傳寫別號也

乙亥秋九月四日古益津韓君植觀扵日次平樂軒

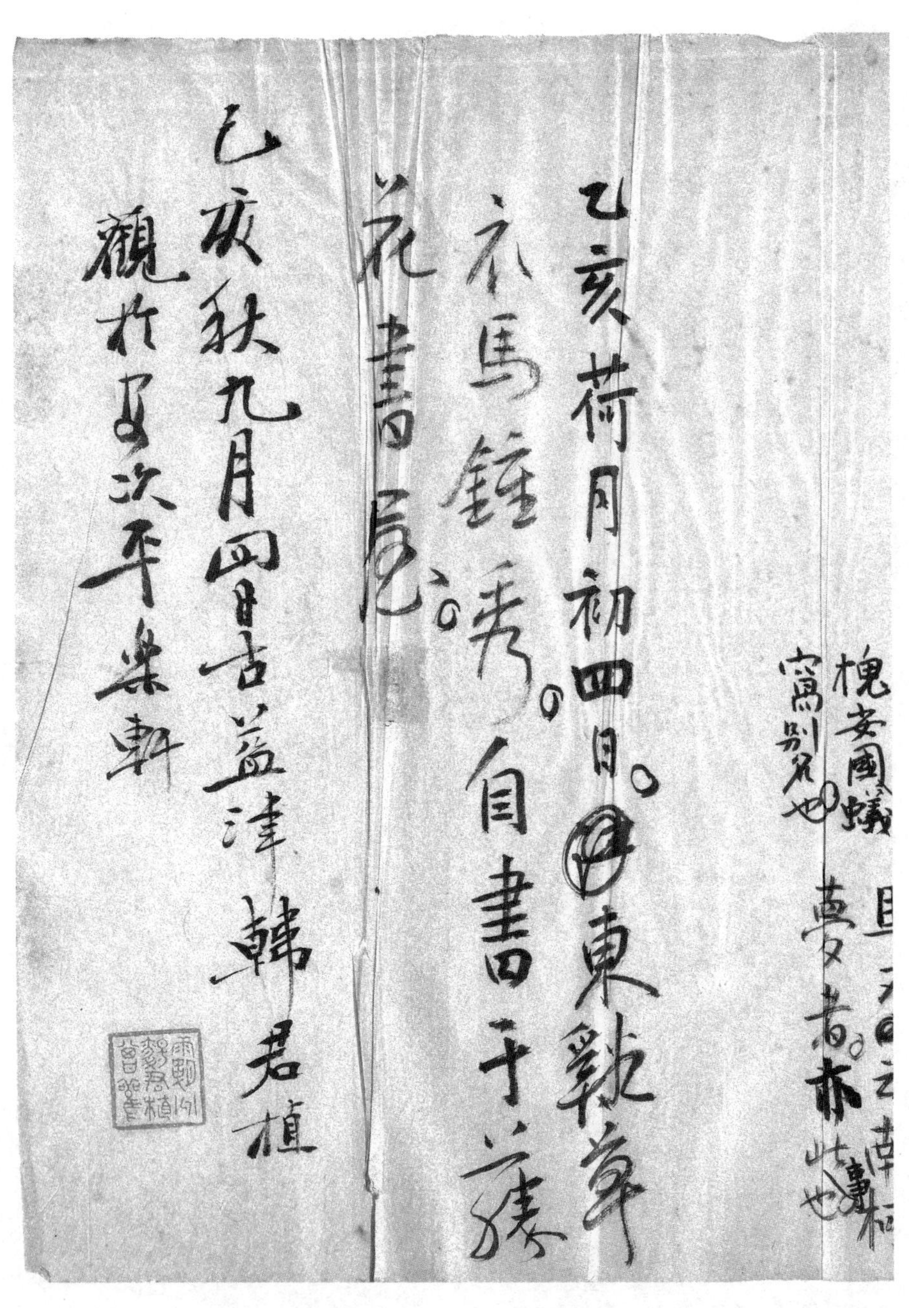

夢花軒存稿

楊銜撰。一册。

楊銜，字叔冰，河北涿鹿（今河北張家口市涿鹿縣）人。生而穎異，耽於吟詠。清嘉慶庚午（一八一〇）科挑謄録，癸酉科副榜，由方略館議叙司欒城鐸，在任十二年，生徒獲售者甚多。道光乙未（一八三五）進士，以知縣分山西，需次五年，補猗氏。爲政寬簡，調神池，旋即告歸。宦囊蕭然，日手一編，著有《鐵如意齋詩草》八卷、《全史詩鈔》八十卷。子兆運，咸豐丙辰（一八五六）進士。

此人《清人詩文集總目提要》《清人别集總目》等無録。詩稿無序跋，卷端題「夢花軒存稿」，卷端下題「涿鹿楊銜子卿氏著」，下有「楊銜」「蝶橋」兩方鈐印。詩稿頁眉上有詩歌計數，然未按詩題數量計，計數至九十九。詩稿前半部分（一至五十四）爲緑格紙，後半部分（五十五至九十九）爲白紙。詩多爲七言律絶，偶有五言。有朱墨筆圈點、校改，另有多處整聯、整句或詞語、單字校改之處。内容多爲寫景、紀遊、感懷、次韻之作。詩稿後附有《鐵香書屋詞稿》，題「涿鹿楊銜叔冰氏著」，卷端題名下鈐「精萼」一印。

（徐慧）

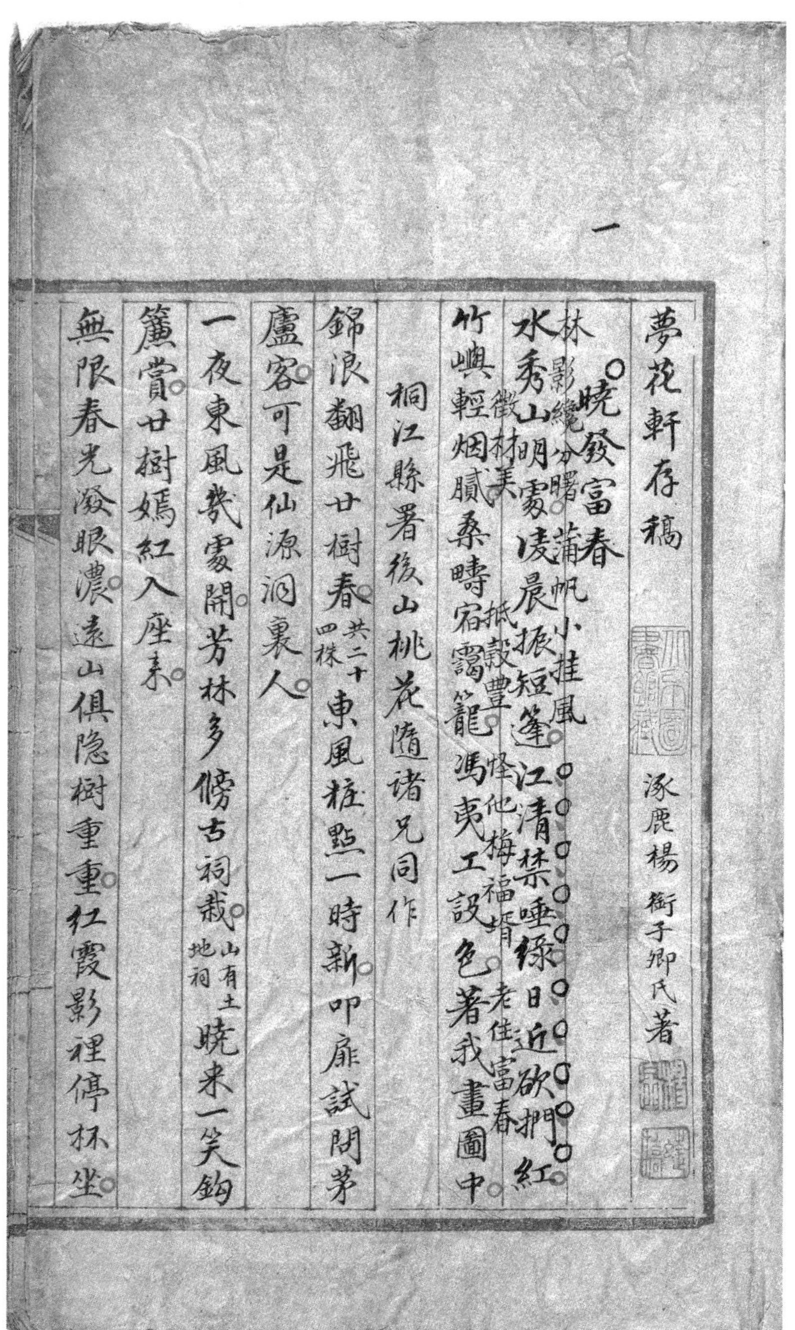

一

夢花軒存稿

涿鹿楊衡子卿氏著

曉發富春

林影纔分曙蒲帆小挂風江清禁唾綠日近欲捫紅
水秀山明霧凌晨振短篷
徵材美抵穀豐怪他梅福壻老住富春
竹嶼輕烟膩桑疇宿霧籠馮夷工設色著我畫圖中

桐江縣署後山桃花隨諸兄同作

錦浪翻飛廿樹春（共二十四株）東風粧點一時新叩扉試問茅
廬客可是仙源洞裏人
一夜東風幾霧開芳林多傍古祠栽（山有土地祠）曉来一笑鉤
簾賞廿樹嫣紅入座来
無限春光潑眼濃遠山俱隱樹重重紅霞影裡停杯坐

人在天台第一峯

落花

了無拘束任飛揚到處殘紅撲面狂舞盡東風人不管
又隨飛絮過隣牆

繁英無数點莓苔回首俄驚春又回欲喚東風相問訊
早知吹落莫吹開

雪中冩望

高窗獨眺獨吟哦一曲欄杆百尺坡天地别開銀世界
人家同住玉山河衝寒我為探梅出乘興誰當載酒過
凍石寒林皆畫意不須江上認漁簑

二

九里洲梅花 洲背山面江有梅花二百餘樹

江頭山側競芬芳，選勝休誇庾嶺旁。花照一亭天不夜，春回九里水皆香。寒峯搖落銀雲影，碕岸迷離白雪光。繞徧芳林閒索句，幽懷誰識孟襄陽。

送王菊潭歸吳興

風雪橫斜歲暮天，筵前分袂別情牽。雲山皓白江流碧，歸去山陰訪戴船。

早春湖上

雨氣濕湖光（東風搖畫舸），春流一葦杭。波痕欺嫩草，春色淡垂楊。樓閣（亭館）繁華地，烟雲寂寞鄉。蘇祠人散盡，零落綠梅香。（願詩來遊晚殘梅滿地）

三

岳王墳秦檜鐵像

長跪階前婦與夫東窗密計太糊塗後來奸佞須回首莫累他年鐵受汚

過蘇州

遙指胥門疊畫閶門煙景快重覘一溪晚綠移文舫十里春風捲畫簾樓渡橋頭花簇簇穿珠卷回草織簇櫓聲搖夢杭州去回首金閶未少淹金閶亭下猶歌舞落月西沉吳樹尖

姑蘇懷古

香溪月榭莽榛蕪往事猶傳越入吳過市當年悲舞鶴登臺終古怨啼烏鶯花春慘要離冢烟水秋深范蠡湖

四　　五

陳迹茫茫無覓處，夜深孤舫獨提壺。

○曉泊蘇閶

趁風○黃箋窗深色漸明○

布帆安穩好長行，此去杭州越幾程。春雨絲絲人未起，枕邊吹到賣花聲。

○萬柳堂次阮芸臺先生韻

驅車喜探勝，地僻少人行。覓路緣車轍，尋禪認磬聲。女牆斜日射，僧屋白雲平。佳境初相引，登臨無限情。

拈花舊禪院，遊覽互狂歌。苑圮餘黃竹，池荒長碧荷。危樓延月早，高樹得風多。爲錄龍紗句，金壺墨屢磨。

貞女行

東風庭院笛聲咽客子春愁亂如雪舊雨從過話夜長
挑燈告我新貞烈方城淅女謝家才問名媒妁時相來良
緣成就一何早專待笄珈賦偕老誰料蒼〻太不情理
真難測神難明人世未將金屋鑄天公忽報玉樓成木蘭
曉起當户織卒聞驚問悲填膺麝煤急洗明璫卸志
不可回身可化萬里自有羅敷夫營堂莫望胡陽嫁哀〻
父母無能違素車白馬趨靈幃啓衾猶及見君面割襟
斷髮殉君殮婦道未成不敢死親操井臼供甘旨賣珠補
蔦蘿壓線皸纖指枕上漬啼痕堂前見笑齒三年苦
節如一日不起波瀾古井水一朝届除服長跪阿姑前拭

面陳衷曲新婦既無夫阿姑賴有叔節孝難兩全從夫地下兒顧足阿姑聞此言晝夜囑隄防豈知烈志竟不回燈昏月黑懸空梁逮曉啓户入見之摧肝腸隣里太息走相告爺娘奔視涕沾裳奇哉此身雖殁名彌彰桐棺已蓋尸猶香我聞此事倍惆悵為擬長歌當行狀三年待死何從容一朝決絕何雄壯嗚呼忠孝亦美名古來豈少子若臣胡為轉念乖初志大抵因循惜一死君不見固安城頭仙樂起花幢玉節來仙史蓋棺論定義無虧天地完人一女子

舟行

煙痕濔〻惹松衫窗外波光綠上衫夾岸葦枝春水
澗斜陽影裡幾歸帆

塘里訪陳漱齋

曉日曈曨疊嶂旁行〻塘里小村坊（山莊）閙雲流水来舟遠
芳草天涯別路長十里曉風醒宿酒一年秋色老垂楊
故人門巷蕭條甚剝啄聲驚衆鳥翔

○外舅開府浙江命同南下不果行

欣聞九陛簡康侯吳越歡聲動節樓人說福星臨浙水
我嘗烟月夢杭州十年忍負重來約一夕翻思舊日遊
枉疊花牋三百幅西湖詩債幾時酬

雪詩八首　張厚齋周葵圃姚岌芩禪花農兄淡人姪小厓同賦

旗亭東畔灞橋西屈指祥霙沒馬蹄酒佐紅餐先滌盞詩雄白戰預分題濃雲鎮日遮梁苑畫舫來朝到剡溪大地方期盈尺瑞好將魚旐慰黔黎　待雪

朔風料峭響簾鉤捲幔欣看雪滿樓梅破半紅將臘尾麥含三白恰春頭鸞牋寫勝吟冰筋鴛帳消寒泛玉甌振古豐年今有兆側聽駝鼓太平謳　喜雪

玲瓏碎玉隔窗敲半在梅梢半竹梢寒憶楮衾繞夢破滑憑棐几暫書拋爬沙冰窟晨行蠏的皪珠盤夜泣鮫兀坐不知寒漏盡西鄰雞唱已膠膠　聽雪

凍合林巒欲噤鴉，炊煙渾未起山家。朔風擁絮尋黃妳，冷月探梅夢綠華。寒透帳羅增瑟縮，聲敲窗紙聽爬沙。年来不插塵中脚，莫怪蒙頭睡味加。　臥雪

梅花簌簌粲團團，春满延（嚴）陵舊釣灘。沙尾翠添三尺浪，江鱗紅上一綸竿。凍封蠏浦晨光冷，風逼羊裘晚色寒。西塞山前歸去路，彤雲遥瑣玉峯巒。　釣雪

皓白雲山入望遥，芒鞋拾路快今朝。新鋪鏤玉塵三尺，舊識尋梅路逕一條。溪口鵝毛增瑟瑟，陌頭鴻點去蕭蕭。紅衫青笠點驢上，誰識詩情在灞橋。　踏雪

一逕水花劃不開，梅邊松下幾徘徊。呼童莫憚衝寒

七

出有客妨他乘興来凝白未疑[宜]除宿凍軟紅原不動纖埃醉餘指點門前路一帚珠塵拂古苔　掃雪

餞雪

東風昨夜柳條青惜别殷勤到雪汀十里落梅深淺搗一鞭殘絮短長亭送君袖裏新詩稿携我沙頭舊酒瓶他日相思忘不得芃芃春麥滿郊坰

京邸元夜感懷

遥憶鄉園夜傷心歲已更笙歌今日淚燈火舊時城忍負高堂晏空思墨榜名白雲何處望南郭月初明

○督亢村

九　八

柳陰深處說農經

祈年村鼓尚丁ゝ又喜連阡黍麥青一逕斜陽春社散野花零落漢時亭

樓桑村昭烈帝故里

符瑞曾傳五丈桑雄才原足繼高皇天心尚靳荊州土安得龍旂到故鄉

張桓侯故里

銕面丹心上將才荊襄莽蕩陣雲開橫矛去佐三分業無復澄潭洗馬來

賈浪仙祠

苦吟踏徧郭西山一去長江竟不還誰把香花供鳥

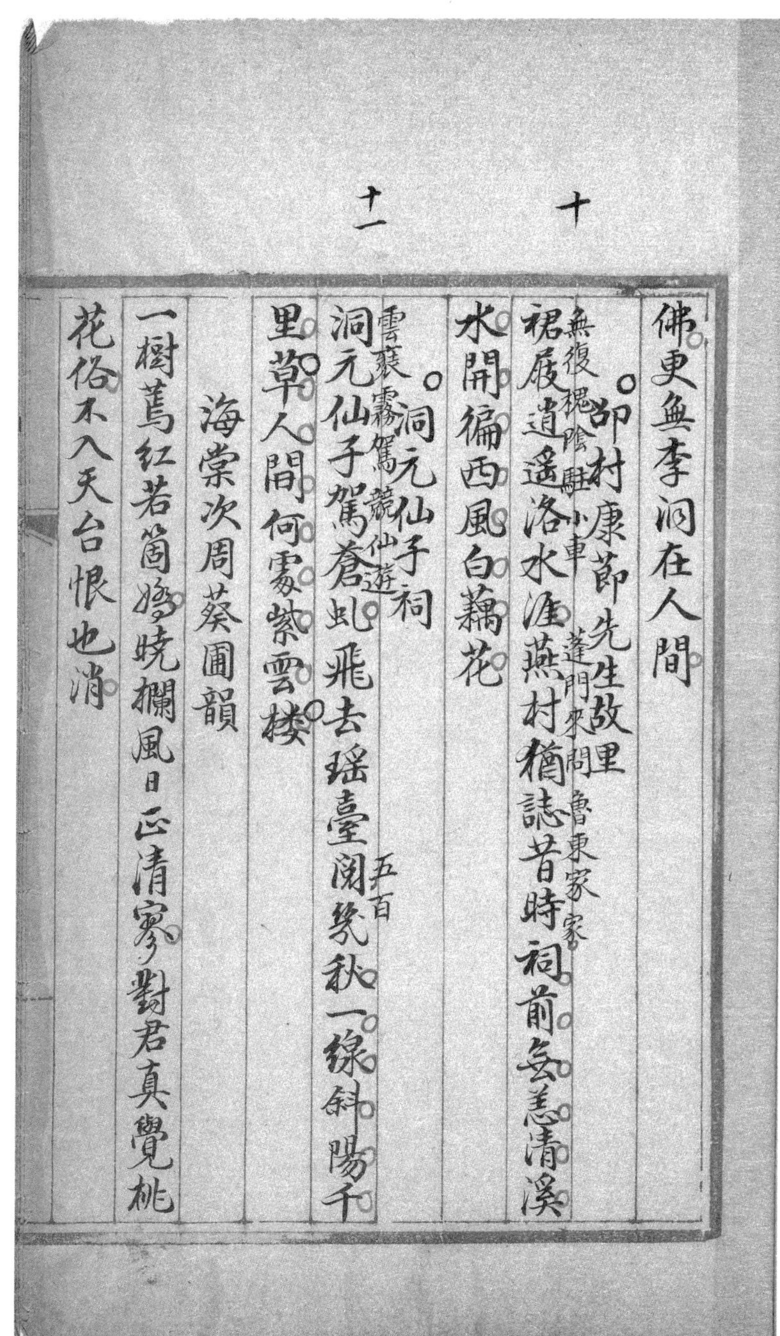

十

邵村康節先生故里

無復槐陰駐小車

裙屐遺遥洛水涯燕村猶誌昔時

蓬門來問魯東家家

祠前無恙清溪水開徧西風白藕花

十一

洞元仙子祠

雲裹霧鬟鸞競仙遊

洞元仙子駕蒼虬飛去瑶臺閱幾秋一綫斜陽千

五百

里草人間何處紫雲樓

海棠次周葵圃韻

一樹蔫紅若箇儔曉欄風日正清寥對君真覺桃花俗不入天台恨也消

翠袖紅妝入座來，空濛香霧滿瑶臺。錦窠正爾春光好，寄語東風莫浪催。

秋菊春松慣寫真，妖嬈那及此花身。如何繡虎工裁賦，不把仙姿比洛神。

一笑嫣然不自持，捲簾欣對最高枝。猩紅一朵嬌無力，悄倚東風欲睡時。

有感

雲路迢遥近紫微，鴻儀鷺序有光輝。如何大鳥甘雌伏，三載齊廷竟不飛。

○贈吴芟塘

十二

長安春去草萋萋更把新詩到處題花落江南君憶否子規聲在綠楊西

十三 ○雲居寺雙塔

金鵝開翅維摩宮畫出白墖擅雲中七盤銀螺倚碧宇天外緯約雙芙蓉窗欄四面何窈窕誰歟斧鑿疑鬼工陰霞鮮駮游霧斂絕頂直瞰扶桑東我叩雲門訪雲侶但見廢址搖禾黍佛殿燈乾僧不歸西風一夜銅鈴語

十四 ○胡梁曉月

石梁瀉煙星墮水隅浦荒雞啼未已明蟾瞪目窺

行人曙光炯冷溪烟裹霜沙堤踏碎玻璨光我騎蹇驢
童背囊一半詩情為紅黄葉吟鞭敲落秋林霜頓貯
清光為小住漸聞人語紛前渡明河影沒朝霞明
半輪猶掛河西樹

梅花四首次黄統之韻

見說寒梅已着花東風粧點數枝斜輕烟淡月春
何許流水空山路幾叉石逕定煩雙鶴守暗香未許
片雲遮野驢馱我西湖上先問孤山處士家 探梅
庾嶺繁花與夢通無煩移步到芳叢神遊陳主孤
亭外春在通仙一枕中入眼明看花歷歷着身真見

月濛濛一聲老鶴旋驚覺猶記疏枝笑向風 夢梅

敢將離緒托花神 為報天涯蘊藉人 蝶枕正縈千里夢 魚書先遞一枝春 丰儀了似花依舊 詩思當如歲又新 疏影暗香題鄭重 封緘幾度試龍賓 寄梅

含華咀秀到幽林 風味欣然靜裡尋 自覺芬芳常在口 從知清白久盟心 風回綠綺鸙香鼓 月滿紅羅比雪吟 一卷漢書還細讀 纖塵原不到靈襟 贈雪梅

祝陳星帆先生壽六首 代

丹闕紫瀾亂方壺 維嶽生申啓壯圖 海內榮名高北斗 天邊景曜見南弧 慶雲共識中朝瑞 霖雨爭傳一

德孚偉抱蓋恍摹不盡敢將浮艷詡編珠
家世綿〻托玉京門高駟馬盛簪纓蘭堂五夜聞麟
誕椿室三秋聽（報）鹿鳴學績繅緗儲國器緒延弓冶振
家聲更吹競爽聯花萼先後鰲扉播令名
龍門事業值明時官簿先傳到玉階（墀）東觀鶯花千
斛酒西曹風月一瓢詩無心雲去山川瑞有脚春回草
木知方信儒臣老憂國宣勤未惜鬢如絲
川西经武駐旌幢蕩盡妖氛氣未降兵洗天河開疊
嶂雲濛陣石卧滄江書（羽）動奏三千紙牙戟门排十二雙
錫命九重宣鳳詔臣心黼黻重经邦

屏翰墅南 帝簡膺梓鄉風化日烝〻憐才力闢千間厦報國心懸一片冰春墅綠浮延客酒夜堂紅閃論文燈栽培多少新桃李雲路聯翩喜共登文章經濟輔 皇猷中外宣勞三十秋鳩杖貂衣今壽佛蜆旌龍節古康侯庚申鼎列神丹熟丑未觴開瑞靄浮松柏岡陵同獻祝琅璈一曲徧瀛洲

次韻劉觀亭明府憶黃梅作 代

磊落劉明府英年踐宦場鳴琴希曩哲飛舄慕前良梓里騰聲久蓮峯感澤長恩波深幾許江水許同量幾年芳訊隔握手忽春明詩欲一瓢滿風仍兩袖清軺

車令閱歷殫邑昔循行爲報崇陰下謳思在衆生

和文子翔淛江觀潮

一線捲濤頭看江忽倒流勢吞天塹險冷逼海門秋晝

浪船藏港觀潮客倚樓須臾風浪靜烟水碧悠悠

〔暝陰生地〕〔天晴響入〕

保康縣尉廬泉蕭公水清閣门殉節詩

妖星紅灺楚雲邉下吏丹心照漢川拚向重泉投婦子忍從吳市學神仙蠵碑誄德悲今日馬革橫尸慘昔年指點褒忠祠宇在靈旗風雨夜淒然

朱竹

捺大攢霞竹一園天然正色鳳爭羣醉稱雲母疑酣

十五

酒節表貞臣許賜衣緋錦韠籠〻燃暮雨鈿竿欄〻炫斜暉桃枝異種桃花色閬地由來見〻稀

○擬燕歌行 支子翔姪小崖同賦

秋色西來自榆關梧桐葉落金井榦美人縞袂凭西欄含情凝睇思故歡妾居直北君長安客遊雖好闗山難況復歲暮衣裳單我欲從之路渺漫悠〻秋水紅葉灘鴛鴦背飛遠振翰牛女悵阻銀河寬空閨月照羅幃寒斜抱箜篌不忍彈待將相思寫氷紈水蓮薏苦梅子酸

月夜

高堂去華燭，到眼愛清光。獨夜三更悄，空階一味涼。秋（聲）風丹桂樹，春夢紫霓裳。相對蟾波好，渾忘此夕長。

十六

○小集馮晉漁中翰寓齋

短褐醉燕市，論交異人多。十日一相訪，擊筑還悲歌。意氣互傾許，列坐傳紅螺。好風西山來，吹酒生微波。高晏歡未已，白日忽蹉跎。才富身終貧，足穩途頗。任富貴不可兾，其如脩名何。

十七

○曉起

負扶登隴首，初日（朝陽）掛踈柳。却被柳間風，吹醒昨夜酒。

○感懷

十八

歷碌紅塵不自由青衫十載賦登樓淩雲砍擲班生筆鏖雪全凋季子裘山水志高琴莫靜舟航終恩重劍難酬螢窗終守癡蜂志故紙堆中覔出頭

十九

修名不立愧知交落拓長安莫鮮嘲別院香泥秋鳦壘錦堂喬木晚鴉巢飄流人海同浮梗零落天星久繫匏几尘頓教吟興減一庭風雨響林梢

廿

冷煖曾將世味嘗不堪往事更思量春風夢冷遊仙枕秋雨魂消選佛場薄宦尚思歌首蓿歸耕何處得柴桑洛陽親友多通顯门族高軒笏满牀

廿一

桐笠棕鞵紫（山）蘭袍闲门養晦意陶陶蛇（蛟）龍且自藏鱗甲

廿二

鸞鳳何曾炫羽毛滄海春深風浪闊碧天秋朗月華
高幸逢舊雨頻相訪說劍談詩寄興豪

○長椿寺銅墖歌 支子翔同賦

舍利神光紅燭天衆生供奉頂禮虔金剛窟中置刀
墖畢竟七寶輸金堅長椿古刹空王宅鵝殿突兀淩
斗躔中藏窣堵屹丈五暈紅蝕碧光澄鮮安穩不縛
梵天木堆壘遠勝慈恩輒玲瓏雲柱疑獸齧瑯璫風
鐸皆蟲旋錐尖無縫瓔珠網千花大色垂碧蓮眼
眩若睹獅凰下手捫恐惹蛟螭騫迄今香燈照佛宇
何時爐鞴鎔銅山大巧欲使倕戲指豈復喻皓能雕

廿三

鐫。記得兒時戲累瓦紅塵彈指三十年雲居寺畔鈞遊

地時見雙塔含晴煙及至南遊越淮海每逢寶地恒流

連六和觀潮浙江口雷峰玩雪南屏邊金山塔下屢掛

席惜未躡足登其顛睹此傑構更窮寵撫今追昔情

憮然妙諦可參辟支果迴議異聚覽欵石泉我有凌

雲五色筆會摩絕頂銘華篇

。慈仁寺雙松歌

須彌風掣擎靈苗墜拏雲突起夜叉臂屈將十丈凌霄姿（合抱伸來）（雷雨高懸隔太陰）

蔭此祇園半弓地冷冷鐘梵出殿陰雲氣靉靆山門深（亂撫蒼髯向金地）（透出）（音）

障月交傾碧油蓋鼓濤爭響霹靂琴藤纏蘿附（日）

廿四

掛瓔珞蒼虬卧地爪欹搏徧敎廊檻受清陰古鼎
怪石同森灼（百年）愛此異枝淩寒冬清遊頓使吟興濃彩毫
落手忽夭矯凍崖呵起雙青龍盤枝不受風霜酷
入地鼉蛇骨應綠鐵笛吹殘一曲歌勁風謖謖如相續

薊門曉望

古埠寒雲外濛濛曙色開平沙盤馬地初日晾鷹臺樹
繞天居近泉依地脈回明春烟景好載酒定重來

〇冬夜飲謝伯潛寓齋

三秋無盛遊歲月忽已晚北風逼寒夜痛飲不容緩
泥爐銀炭熾華堂明燭翦雖無絲竹歡（團）坐各青眼

廿五

廿七

精鈎更射霞浮白必須滿拍手呼青蓮酒星落銀琖

梅簷吹暗香鼉更散清點一醉高陽池全將世事遣

○憶鰣魚和姪小屋作 俱選

南國鰣魚味正新何當滿箸簇銀鱗秋風不作蓴鱸

想一枕江聲夢富春

金盤玉筯昔曾嘗多骨翻今恨事長何似高歌醉燕

市一天風雪買鱘鰉

○論詩絕句謝向亭先生命賦 全選

天地中聲冠選樓西京文物擅風流功臣名將嫻吟

咏兩字河梁萬古愁

謝草江花組織工競誇綺麗事雕蟲輶軒若採南朝什惟取陶詩繼國風

金粉從來薄六朝豈知格律本清超必從平淡求真味奇麗先應議楚騷

排蕩縱橫力萬鈞少陵光燄照千春身輕一鳥憑研鍊隻字猶能窘後人

歎辭雖取寫情懷細膩雄豪各自佳記得昌黎酒中作曾吟紅燭醉金釵

秦時明月千篇好花落江南一首工按入紅牙歌樂府龍標直傲浣花翁

廿八

格律

三唐各派盡清遒剽襲雷同亦足羞坡谷重將生面

竊

闢不須滄海怨横流

壁月瓊枝妙剪裁箕山賦罷更琴臺筝歌獨挾幽

并氣第一金源錦繡才

秋谷詩才太瘦生談龍著録苦争名片言能道王朱失

愛好貪多亦定評

天人手眼落箋堂只恐棉津難頡頏神韻獨標

唐宋後心香一瓣祝漁洋

○寒夜

松竹飄蕭冷畫欄火微香燼燼更闌風號大漠星河凍

霜滿譙門鼓角乾濁酒吹冰觴盡易孤衾潑水夢成難月窗留得橫斜影獨有梅花耐歲寒

冬日田家　支子翔同賦

行行負郭村人家三五有黃葉響空林西風滌場後連歲遇年豐飽飯樂田叟邀我話節擔槃然開笑口榾柮方煨火葡萄新壓酒勸力驗索綯辭語泯箕帚北里歌嗚嗚短童擊瓦缶西鄰紅桃符新為兒娶婦結屋餘三間藝田盈百畝輸將太平稅妻孥歡聚首雞犬恬不驚壯狩風猶厚樂此郊野情渾忘坐談久

祈雪

去年雪三白歡聲動幽燕春膏雖不足登麥三百壥
迨夏苦霪雨溼氣蒸黃乾遐阡與邇陌化作波淪漣三
時愆不和我農心憂煎所望布種早卜稼期來年穡
管交元序望雪眼欲穿奈何南至過祥霙猶未霑三河
氷益壯九衢塵欲撇凍雲吹不起迷漫如火煙白鹽出
東溟萬頃何茫然海王擅其利未肯撒向天織女巧支
機札札霄漢邊妙鬬七襄錦不翦絮與綿南潭有
乘龍忍凍波底眠嬋娟散花女斂手瑤臺前我欲
請玉帝勑將滕六宣玉狗守丹閶無由排獸環元冥

實司冬雨雪乃其權自泛水官失莫任陰陽愆誠心共祈禱明神鑒吉蠲香壇列雕俎牲帛皆純全乞取銀漢水灑作冰花鮮大或落如席衽席民安焉細或碎如米種來盈良田好夢慰魚旐報賽開蜡筵佇盼五穀精中懷鹿盧旋

苦寒行　支子翔謝伯潛同賦

火星無光陰氣肅坤輿凝沍不轉軸飛雪攪花大于手烈風砭肌利如鏃金烏睒閃欲掩翳寒蟾肩巽疑瞪目河僵山睡飛走鷙蒼鷹聲噤虎項縮芸蒻不茁苦竹死敢復豐茸望華穀我掩重闔數二旬懾寒

未敢一出屋纊裘雖厚未覺暖肌膚栗烈生皴瘃圍爐命酌酒更冰呵凍作字筆還禿銅鼎石硯生寒芒十指蜷曲不敢觸天地慘舒々四氣元冥使者何其酷祝融避舍斂炎烽附熱轉令思金伏奇溫空說曝黃棉暖律何時回黍谷夜眠更苦清漏長布衾似鐵憚伸足

○冰嬉曲 文子翔同賦

風寒太液琉璃沍馬蹄滑澾不可渡紅旗攙攙演冰嬉競踏飈輪開躩步幽都黑牡享司寒翺翔元圃諳水官妙選銀刀羽林隊捷能踏索高緣竿砥平鏡滑圓

卅

池面颯爽若習昆明戰展痕交織鐵齒輕日光萬道
飛銀線乍如蹴毬毒龍室蹈翻晶宮開鞠域又如羅
襪生玉塵飛來水上淩波軍魚龍曼衍勢縱逸鼓
聲籠銅催正急流虹捷下追鳧鈔滾雪中回還鶻
立神騰鬼趡變態多逐日夸父安能過錦標贈奪疑
競渡麻絙互挽蚤拔河肌粟面皴團練贄踔厲雄
風覘國俗太平嬉戲寓養兵瀛臺簡閱非娛目

成窰雞缸歌

雄冠客子傳酒壽縹瓷一具何觩醪將鼎彝彩繪
昉蜼虎古澤直壓衆花舟綺筵春逗浮蛆甕碧雞

廿一

聲裡湘天凍雕窗黑夜元趣深醉鄉跆破紅塵夢鳳盉虬訉繼哥窑泥胎白皙松明燒峭肖爭誇寫生手花冠金距紅尾翹竹苑午啼劍更舞雪槐卯飲書觥澆綠鴨春江永今夕（今依然）紅羊劫火迷前朝繁華彈指三百年成化墨字誰摹鐫石馬銅駝掩榛莽此缸雙舉酒人箆高歌擊鉄唾壺口日向花前飲一斗畫閣明星娛素娥荒邨風雨思紅友缸面香濃更滿酌丗丗一聲酒星落釣鰲海上酹青蓮直敎鄙棄鸕鷀杓

鍾馗嫁妹詞

烏靴窩靿短銀帶
鬆石螗搭匝雙
纏紅

烏靴靿短銀帶鬆
鍾馗鄭足出洞宮老魅擔酒紅纏紅澤雷丸兆筮歸雙
妹巫雲飛下終南峯藍橋氷泮琉璃水香輪輾逐
赤豹尾萬朵蓮燈照黑雲一桁朱旗㨂山鬼輿中
婏嬙十二仙修眉彎月薑髮卷麒麟公子作嬌壻
青鸞銜出雙庚戔聘錢十萬銅山徙錦字催粧藍
面喜靈鼓雷喧九子堂神霞紅照鴛攏裡翦鞶結
帨阿兄勞酹觴酒涴金鵞袍臘煙如毒纛鬼仙去纛
纛一聲山月高

夜坐

斗室纔纔容膝清宵户未扃淬星雄劒紫鏖雪舊青罈

卅二　卅三

棐几披香傳羅廚展奕经何能消永夜濁酒滿銀瓶

迎春詞

翦花風裡翠旗開玉琯聲調暖律回青筵匀苒八座指一抹朝陽横彩仗
九門春色正東來

火判

火樹春燈市爭看尔判雄悪逢藍面鬼焦作黑頭公
摶土威儀肖雕泥彩繪工凋腰難磬折碩腹等鐘空
蟒玉光明裏烏銀照耀中虬蟠騶爍紫犀匿額煎紅
獰覺顏銘鐵腥教骨煉銅青眸開若電赤舌吐如虹
冶鼎逢魑魅燒山立祝融金鵞袍燦爛香象笏玲瓏

幘影揺明月韡紋爆暗風紀官朱雀宿點鬼祖龍宮
冋頋薰心戒将毋炙手同象焚身赫〻蛾撲勢熊〻
烈歘崇朝熄殘灰小刼終咸陽長脚相遺臭竟何窮

咏馮小憐和元玉菴作

絶代出神仙齊宮見小憐戎衣金繡襖寶馬鐵連錢
推卻銅琵古摩挲粉鏡圓晋陽休復頋小隊請于田

秋柳　元玉菴元子和同賦

問訊秋光意黯然灞陵寒雨白门煙西風祖帳偏縈馬
落日河橋尚帶蟬可有桓温悲此日空將張緒憶當
年殘鴉數點增蕭瑟相伴荒村野岸邊

卌四

百尺竿

寒郊緩步策吟笻短杓流泉路幾重款岸鳥窺秋水碓
破樓僧打夕陽鐘霜來廢隴稻波淺雲入叢祠松影濃
農事不忙余吏暇共看山翠立
我為催租尋地主憑妨詩興且從容

同師時若內兄夜話有作

秋雨槐花舊講堂相逢老大意徬徨荊莊自捧齊眉案
秦贅深慚坦腹牀十載功名黏上竹半生文字罽擨薑
側身却把青衫脫為說西風桂子香

○郊西訪友

古木蕭疏石逕微娛人風景尚清暉白蘋在渚鴈晨去

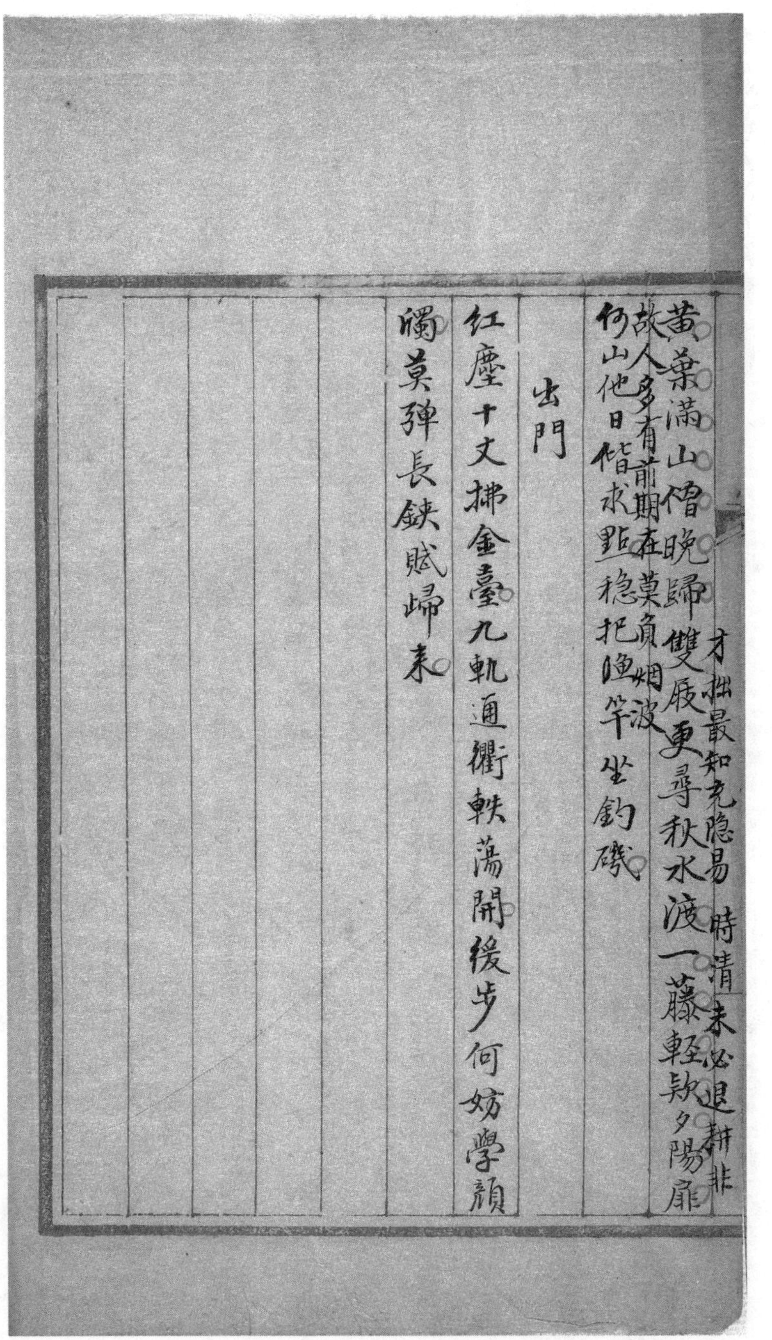

才拙最知先隱易　時清未必退耕非

黄葉滿山僧晚歸　雙屐更尋秋水渡　一藤輕欵夕陽扉

故人多有前期在　莫負烟波

何山他日偕求點　穩把漁竿坐釣磯

出門

紅塵十丈拂金臺　九軌通衢軼蕩開　徒步何妨學顔

蠋　莫彈長鋏賦歸來

卅五

送張厚齋明府之江南

任昇雷封　鳳勅宣金臺南下豔神仙　君門射策三千紙人海飄萍二十年餞席共瞻新墨綬行裝還裹舊青氈三吳此日需賢尹化俗遥聽卓績傳

○送支子翔别駕赴任陝州　俱選

浪跡燕吳幾十秋一官聊作豫南遊蝕花不擊無魚劍剖竹來監有蠏州頭上圍雲成紫氣眼前杯水看黄流下車自有循良最何止詩名動上游

一代風流數俊厨清才偉抱定誰如青山到處嗟流寓墨榜當年竟副車報最聞官惟畫諾叙功

秘閣為傭書一麾頓作風塵吏染翰無由近玉除
酒夢詩懷兩未妨山衙秋淨得徜徉松雲古氣橫
琴案花月涼陰落印牀見說漢臣能拔薤最知周
陝有封棠政成坐息雈苻警圩見循猷列薦章
譜誼相投意氣多斜陽芳草送離珂雕龍橐筆
辭燕闕瘦馬看山到汴河金谷酒澆荷葉醉渭城詩付
雪兒歌相思珍重瑤華報千里南雲盼雁過

新居

十載無家客三間搆草堂蘿垂礙眉户棗壓及肩牆
風雨依環堵詩書發古香後園多隙地更為種花忙

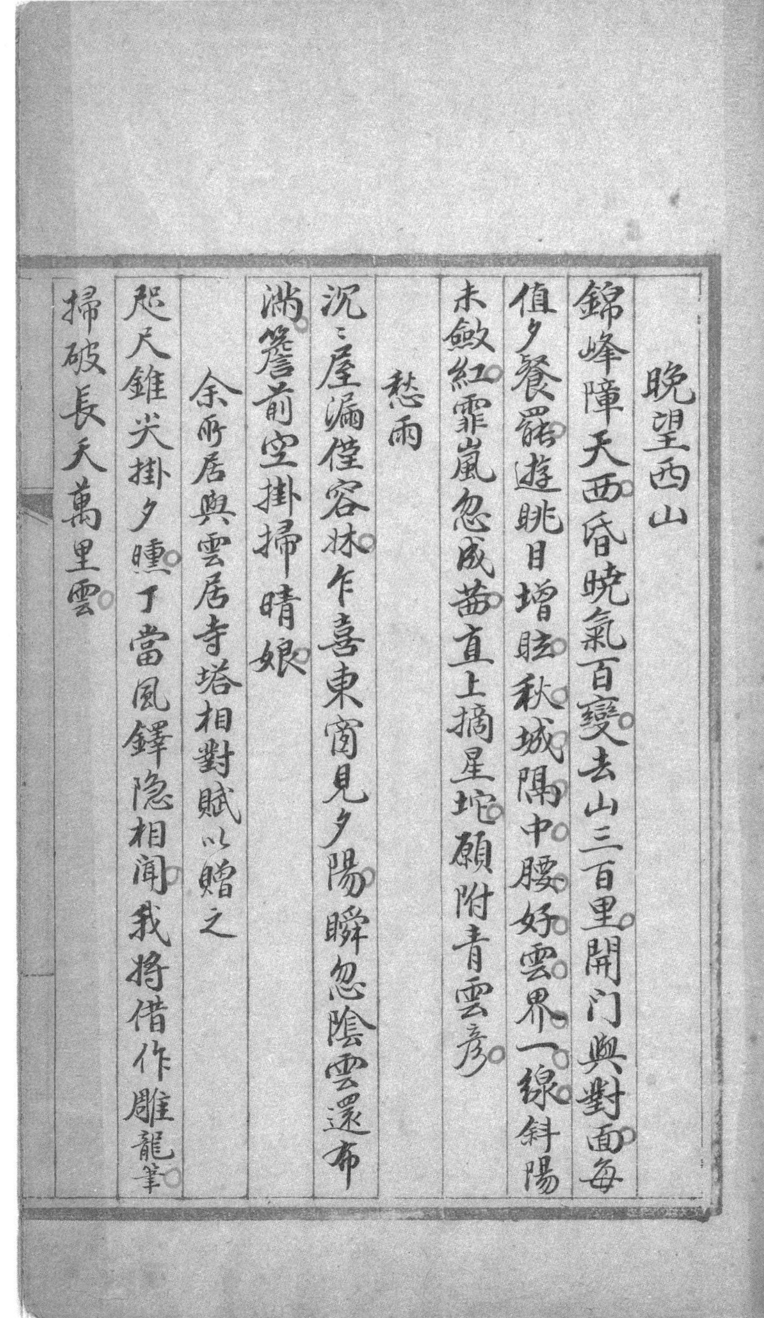

晚望西山

錦峰障天西昏曉氣百變去山三百里開门與對面每值夕餐霞遊眺目增眩秋城隔中腰好雲界一線斜陽未斂紅霏嵐忽成峀直上摘星坨頠附青雲彥

愁雨

沉沉屋漏僅容牀作喜東窗見夕陽瞬忽陰雲還布滿簷前空掛掃晴娘

余所居與雲居寺塔相對賦以贈之

咫尺雖尖掛夕曛丁當風鐸隱相聞我將借作雕龍筆掃破長天萬里雲

卅六

秋夜

半畝面城地清秋步夜涼雁天雲淡淡螢徑草荒荒咲鐵雉詩膽洗水拓酒腸書厨紗未暗壁月掛西方

寒山　壬秋偕蔡竹樓同賦

晴黛霏嵐換舊粧稜稜瘦骨倚斜陽蒼崖落葉迷樵徑紫邏荒煙繞獵場黯淡早知雲欲斷蕭森直與木同僵衝寒未倦登臨興聞說梅花放嶺傍

○寒月

水魄淒涼風暈圓黃疑沙氣白疑煙榆關壓笛霜皴指梅市停琴水凝肩小閣擅爐三石夜邊城鼓角漢

唐年良宵向火紅窗裡隙影頻移白玉錢

廿七 ○寒鐘

蒲牢五夜和雞籌地老天荒擊未休一杵霜風驚客枕四山氷雪逼僧楼鏗鍧每應秋分律鞺鞳翻添夜半愁月落楓橋誰艤舫喚回寒夢五更頭

廿八 ○寒燈

黯澹銅荷綴玉蟲引將寒信入簾櫳風深禪院三更碧雪灑書帷一豆紅蠅鼻作花增瑟瑟蚖膏含凍轉融融文章未證元燈業負汝寒窗十載中

廿九 ○寒雞

數過寒鐘第五敲朱朱聲入朔風驕霜横齊埭来香
輦月冷高山問板橋蘭鑰催開關四扇蓮籌唱徹
巷三條他時頋逐鵷鷺隊風雪金門候早朝

四十

○寒鴉

烏衣撩亂影差池黑壓（前）村頭古樹枝閭闔城頭霜白
候昭陽院裏葉紅時陣回平野啼聲噤款写寒山墨
點欹一背夕陽何處望荒煙深鎖柳姑祠

四十一

○寒蔬

連畦簇簇翦霜痕濃脆腥羶莫並論黄把挑来雲外
市紅腔賣入雪中村芳香合佐高人餽分贈還叨地

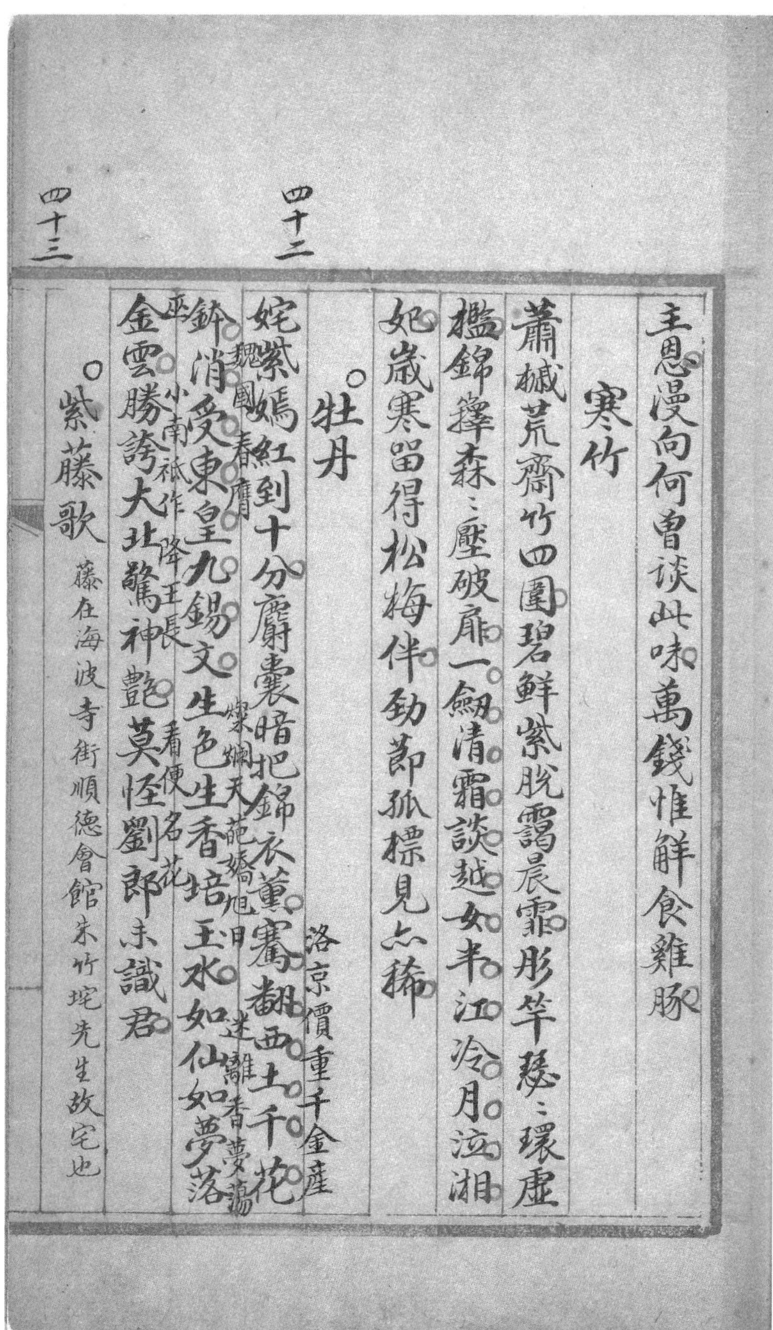

四十三

四十二

主恩漫向何曾談此味萬錢惟鮮食雞豚

寒竹

蕭槭荒齋竹四圍碧鮮紫脫靄晨霏彤竿瑟々環虛
檻錦籜森々壓破扉一劍清霜談越女半江冷月泣湘
妃歲寒留得松梅伴勁節孤標見亦稀

○牡丹

姹紫嫣紅到十分麝囊暗把錦衣薰騫翻西土千花
魏國春膺
洛京價重千金產
鉢消受東皇九錫文生色生香培玉水如仙如夢落
粲爛天葩嬌旭日
迷離香夢蕩
巫
小南祇作降王長
金雲勝誇大北驚神艷莫怪劉郎未識君
看便名花

○紫藤歌　藤在海波寺街順德會館朱竹垞先生故宅也

伊誰軒宇此幽曠文章
朱十今宗匠曝書舊
宅基尚存海波古刹
衡相望憶昔花時盛
文添名山事業曾誰讓
紫雲在眼玉樹當甘棠
相對增惆悵托根詩
壇附帝里恩承雨露
常無恙日下他年續
舊聞先記君家草木
狀

草花難久藤能古藤花似豆非豆侮甘雨和風歷五朝吐（倍海波一本花絕奇）
蕚成雲根出土交枝壓架紛騰拏蚴蟉負險蟠秉楹細（畫屏四月開碧紗　緣障流蘇掩復遮）
朶蒙茸綴乾蛇長蔓詰屈縈秋蛇衣桁繙帬散瓔珞
緣障流蘇纏辟邪百尺濃陰覆清晝仙風吹墮蓬萊（催　絳）
霞玉田烟煖化瑛玦星垣氣潤橫莫耶詩成細雪落銅
缽送酒酣香霧流銀槎藤溪藤峽徒幽曠丁公扶留莫相
文章朱十今宗匠軒宇當年足幽曠千秋花重更因
尚昨詠雙松憶阮亭今對山花懷錫鬯南國甘棠以人
人重吏部廳前不相讓托根詩壇近帝里恩承雨露常無
重翦代豈必因大匠牡丹麗蕊爨桐催生櫟易盡增惆
善日下他年續舊聞先記君家草木狀
悵汝幸托根太平世得壽豈肯松柏讓碧桃相伴更千
年毫末蔓蔓雲拏上欲識　中宸雨露恩請看

蛇韻下接催詩聯
槎韻下接百尺聯
霞韻下接文章聯

仙京草木狀

美人春恨賦 和王秋槎作

媚寢雲凝畫欄雨墜宗絲睡紅柳條眠翠春色闌珊春人憔悴擲罷金錢題殘錦字教兮傷遠之心一縷懷人之淚則有香閨獨處征鞍未還十年瓜戍一別茨灣眉傷蛾蹙目想魚鰥懶窺黛匣空卜刀環過春風兮百五日隔夕陽兮千萬山南雞夢落桃花塞北雁書沉榆葉闕柳或君滯長安妾居隴首久阻鵬程長兮鴛偶花封桂貯卿卿藥榜浪傳某某紅呵入鏡之蓉藍詛彈袍之柳圖見薏苦嘗蓮絲長抝藕愁寄東風望穿北斗一至蜺乃永巷鐘遙長門漏促買

賦無金有人似玉唾碧銷花淚紅續燭鸞殿陽芋絲榔黃
羊車斷兮鹽竹綠新悲團扇々篇舊夢羽衣之曲別有緣
稽月姥信斷冰媒波沉洛浦雲鎖天台覓裴航々杵四缺溫
嶠之鏡臺孔雀之屏待選鴛鴦々社誰開粉滴桃花思卻
扇紅纏蕉葉夢連杯待字〔兮〕香盟尚賒失意兮怨偶還嗟
惱拙鳩之占鵲悼彩鳳々隨鴉既沾泥而款絮更飄溷而憐
花羞引同心之扇誤封繫臂之紗慨遇人々不淑徒暗恨之
增加〔又〕致若命薄小星心貞行露媚蝶嗔嬌吼獅逢怨蛤枕
魂鴛鴦籠夢錮柳花則楚管空吹桃葉則吳航未〔渡〕漫云
我見猶憐々自粧成被妒何論〔況乎〕文君新寡明妃不還流離

誰贖棄置空歎鍾鼓悲畫中之窈窕琵琶泣馬上之嬋娟莫不寫離懷於麗景縈愁緒於芳年安得魚釵玉合鸞鏡金重圓平填怨海廣補離天共隨漢殿乘龍壻常作秦樓引鳳仙

〇祗樂城學署作

蓬萊宮闕鬱嵯峨未許先生此放歌拖劍攜琴無著處秋風吹送過滹沱

蘢蔥樹色隱龍崗桃李紛紜繞鱣堂身作素王香案吏不思仙殿着霓裳

茅扉土屋足優游一頃清齋苜蓿秋醉讀離騷醒秉

鐸半宗道學半風流說饑時餺飥渴時茶人道居官當住家睡起忽驚春色好東風紅徧杏壇花

送魏淶田之萬全

相逢阿朔氣如雲酒夢詩懷迥不羣日下聲華明七子闕西模楷漢三君鶯花共醉金樽酒魚柳親傳石鼓文（君善書尤工篆隸）十日平原歡未已一聲驪唱袂旋分燕然山翠馬頭來路入居庸疊嶂開橐筆曾尋蘇武臺揮鞭更上李陵臺邊聲夜半聞刁斗壯志春頭付酒杯好看短衣看射虎夜深燐火北山回

買花

種好翻愁索價昂。桃栽近井杏依牆。他年若作歸田計。十萬花枝當官囊。

南天竺

子簇珊瑚葉翦藍。畫屏雲冷酒初酣。綠梅臘雪同湖上。紅豆春風憶海南。勾漏砂攢金鋌鼎。牟尼珠綴寶陀龕。常留丹實冰霜裡。歲暮寒廳伴石楠。

水仙

玉沙綺石供嬋娟。逸態逢人道不凡。記取洛妃微步處。碧羅裙子淡黃衫。

栽小牡丹一盆得花二朵

郁郁天香散綺霞，荒齋也得兩枝斜。總然品格輸姚魏，終是人間富貴花。

買花

一擔穠華細雨天，碧紫(鮮)姹更紅嫣。官齋花下常無酒，却為栽花損俸錢。

漁家傲 遊祟台

破廟烟寒秋鎖鎖(綠)，平臺土圻松根露。訪古尋詩時小住，斜陽暮，胭脂影濕將軍樹。野曠林深風勢怒，墓門千載英靈護。夜半村人行欲怖，疑埋伏，神燈紅墮螢尤

霧 柴臺晚霧窠邑八景之一

人月圓 惱風

三春被盡封姨怒跋扈更飛揚山園拭目烟雲黯黑沙土昏黃。催花有信長刀大翦花豈能當晚來一陣晚來一陣吹箇精光

西江月 芭蕉

濶葉搖風力軟深叢鬧雨聲鹿鹿美人貽我一函書却被東風開讀　小院一窠相伴勝他松竹蕭踈吟牕靜悄晚涼初月白燈紅天綠

下鄉搜蝻

捕蝗春出郭門東卅六村如卅六(宮)村以鳥名官思少皞
原穀棘鳸為驅蟲

民安清靜政除煩消弭蝗災禾黍繁誰是漢家賢
太守令人常憶趙平原

春秋螽蝝幸無聞大雅螟蟊畀火焚惟祝年年風景好
手(木)綿如雪麥如雲

晚入正定

三春風力撼鳴珂沙岸蕭蕭數騎過天幕四垂包大野
日車一折下長河龍騰危渡思光武虎踞蠻陬憶趙
佗終古常山形勝地層城南望暮雲多

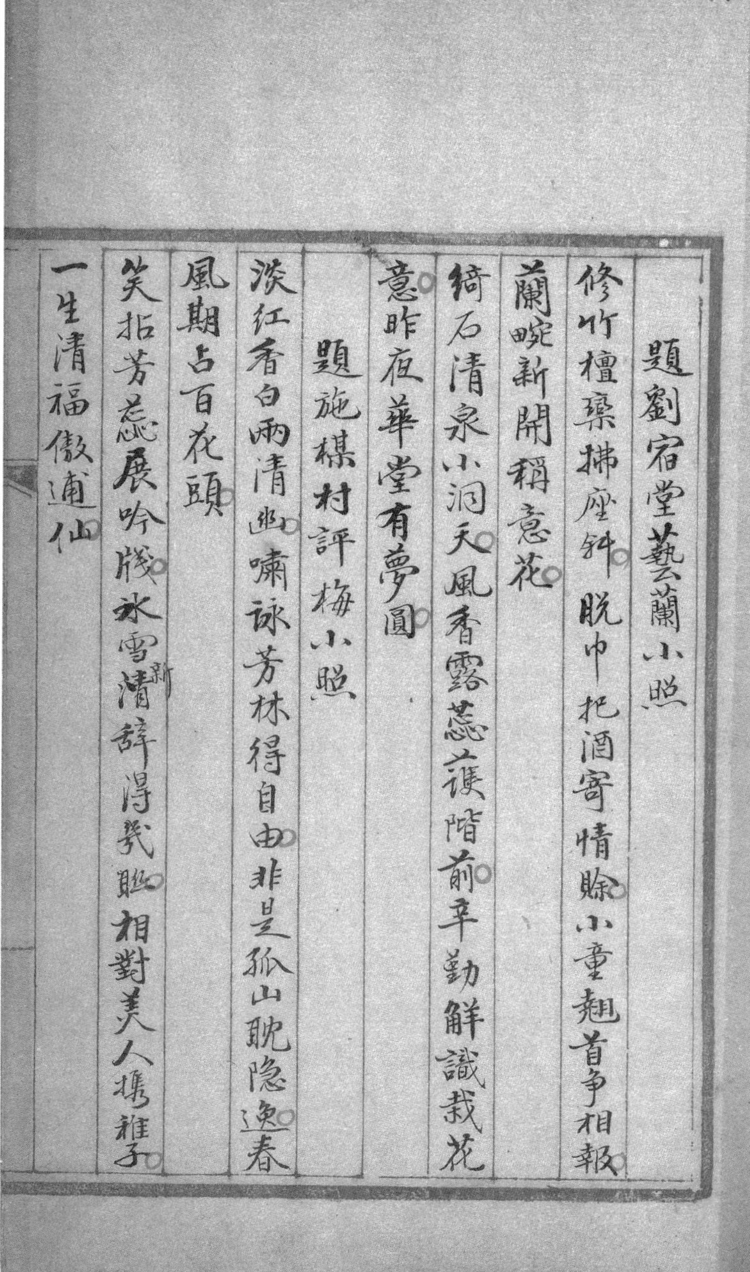

題劉宿堂藝蘭小照

修竹檀欒拂座針，脫巾把酒寄情賒。小童翹首爭相報，蘭畹新開稱意花。

綺石清泉小洞天，風香露蕊護階前。辛勤鮮識栽花意，昨夜華堂有夢圓。

題施棋村評梅小照

淡紅香白兩清幽，嘯詠芳林得自由。非是孤山耽隱逸，春風期占百花頭。

笑指芳蕊展吟牋，冰雪清[新]辭得幾聯。相對美人攜稚子，一生清福傲逋仙。

和鄧樵香誌别原韻

堂〻吾道漫嗟非，未許清時解組歸。擁笏重來唐五管，下車計過漢三徵。劍牛舊俗今從改，琴鶴高風古亦稀。早晚行春槎浦上，遠山横黛緑波肥。

荔江藤峡雨如麻，萬里歸舟櫓軋鴉。人怨投簪終去國，天教衣錦更還家。政承治譜傳冰鏡，才炫吟壇鬬雪車。隨意仙凫來復往，貽人天半耀朱霞。

清樽滿酌五雲漿，一曲驪歌别思長。祖帳離筵紛未已，銀章青綬淡如忘。七絃鳳翮翻新譜，萬灌龍泉淬舊鋩。好展經綸移獷俗，盛時文物麗珠囊。

偉抱清才愧未如，我生碌碌得名虛。當官才短款司鐸，涉世心慵尚擁書。片東正欣通粟里，高軒時枉過蓬廬。狂歌獨抱離羣感，風雪滹沱一老漁。

和鄧樵香詩後附寄一絶

初寫蘭亭骨力遒，後塵學步勉相酬。郢中高曲難爲和，且聽燕村唱打油。

○盆橘

最憶嚴州樹，芬芳九月時。丸垂金纍落，葉動碧琉璃。忽枉故人贈，重攀南國枝。木奴添一个，却要我扶持。

水仙

定武花瓷氈稜紅冰油紙照夜深籠六朝豔骨留銀蒜三楚騷魂漏綺蔥繖步最宜波淺處生香偏襯月明中梅兄礬弟勞相伴一種孤標意態同

行香子 贈石和韶

講座無塵壁水波淪鐸訇訇我有同寅繁文擺脫傲骨嶙峋任出無車食無肉坐無茵　談笑京都誰主誰賓好時光轉眼芳春櫺星門外兩箇閒人且月同看花同賞酒同斟

○海棠

簇簇瓊絲顫步搖珊瑚萬點散珠翹瑶臺睡月羞肥

四十九

婢金屋薰香讓（妒）阿嬌得雨半含脂暈淺無風猶恐粉

鞋飄蟠桃記赴瑤池晏邂逅飛瓊降紫霄

○括蒼山燒香曲

五十 括蒼西望鬱青霞一片香塵去路賒多少小家鴉

髻女望雲先禮九蓮花（降）

五十一 瓊簫聲裡社烟青鼇争傳帝子靈花雨三山春似

海隅雲聽誦慈（珠）經經

金枝玉牒托天潢隋傳無從問妙陽目斷錦帆悲國

事早隨廛女奉空王

真靈位業限山河香刹雲祠兩戒多忽憶楚江春水

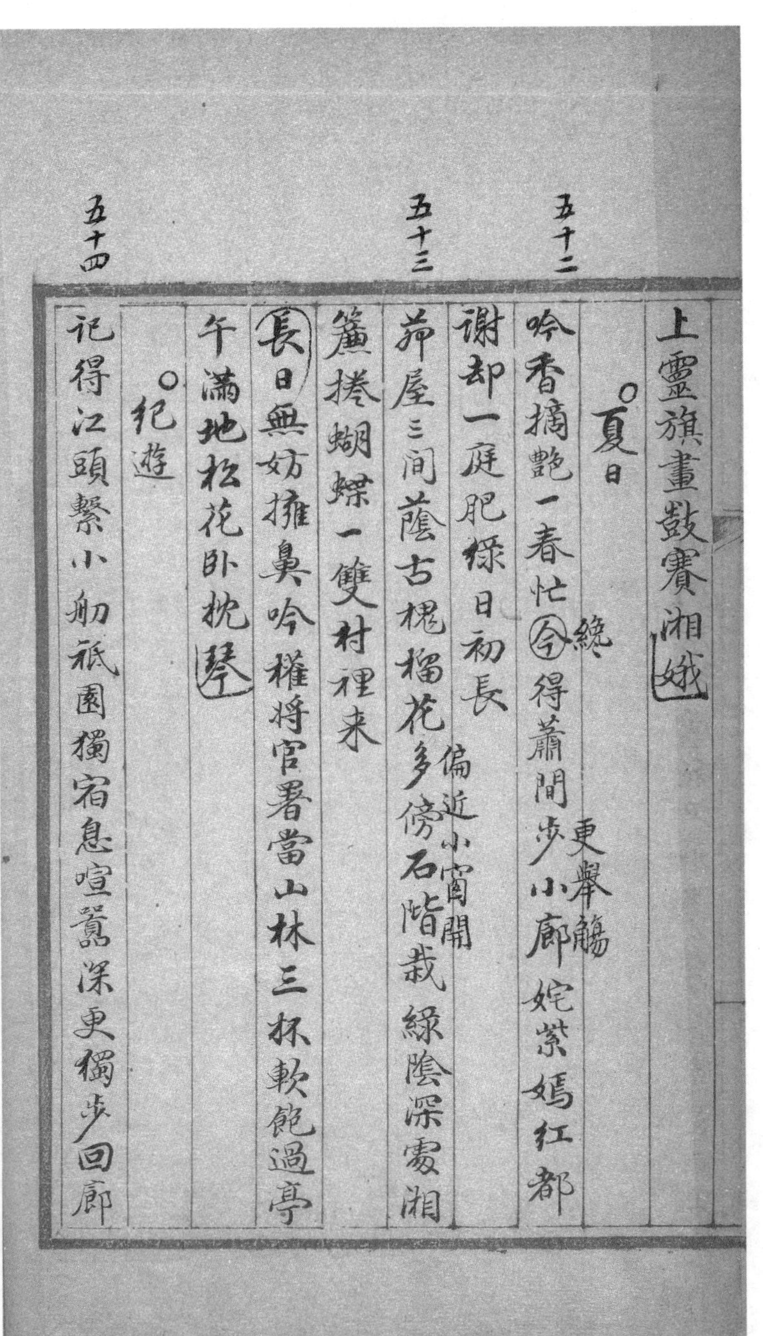

五十二 五十三 五十四

上靈旗畫鼓賽湘娥

○夏日 絶

吟香摘艷一春忙令得蕭閒步小廊姹紫嫣紅都

更舉觴

謝却一庭肥緑日初長

偏近小窗開

茆屋三間蔭古槐榴花多傍石階栽緑陰深處湘

簾捲蝴蝶一雙村裡來

長日無妨擁鼻吟權將官署當山林三杯軟飽過亭

午滿地松花卧枕琴

○紀遊

記得江頭繫小舠祇園獨宿息喧囂深更獨步回廊

月松桂森森石塔高

五十五　石室（屋）無人户半扃蒼苔曲逕我曾經空山小立西風
裡老桂花黄石氣青

五十六　月黑楓林水氣空清遊最憶富春中一江蘆荻西風
老夜舫燒茶爐火紅

五十七　南國清遊滯馬蹄湖山佳處夢常迷蓮缸紗幔清秋
夜又聽山荆話粤西

○遣興

五十八　土壁茅簷日影斜端居城市近烟霞婦謀（念）一事惟藏
酒僮約三章首灌花静對琴書生道閒資筆墨是生

涯鬢毛暗裡催人老秋月春風感歲華

馬母王太孺人節孝詩

三年鐸政振龍岡誰冠青衿弟子行正喜白眉揚令譽忽聞彤管鬱幽光旁風上雨操持苦寸草春暉慨慕長

聖世采風崇禮教早將貞烈報丹閶

茹苦能將大義全力拚九死濟迍邅秋風白髮三千丈夜雨青燈二十年秉禮無愆賢母訓承歡長得阿姑憐蒼松翠柏高千尺掩映萱花歲暮天

雛鳳軒軒羽翮成折葼親勗夜三更寒扉月影搀燈

影破屋書聲雜彷聲共說萱闈能教孝已從芹泮見
揚名簪纓門户今亦大集福都由苦節貞
皓首完貞萬口嗟清于冰雪潔於霞争知
旌詔光千葉更看
恩封賁五花式穀佳兒衣炷緣傳經慈母繡垂紗孝
娥貞女應多少願奉坤儀侍錦車

木冰

風色連朝翦凍痕淒迷烟氣黯荒園窮陰急景當三
九瓊樹瑶花第六番霧裡河橋沉曉色壺中天地眩
朝暾伊誰（明知）驢背貪清（多奇）景我畏（只為）嚴寒緊閉（懶出）門

其二

不是冰花不是霜二旬九度儘飛揚四郊慘淡風雲氣萬木蕭森作胄裘卜歲曾無閟水旱談天誰與問災祥帛纏裹水勞粧點樹未凋殘草未僵

○題焦艾塘詩稿

八音拉雜成宮商獨往惻惻意不揚珠唾隨風走四海論交天地憑文章我昔傭書住京國縱儋幸附文雅場其間才調阿誰好秣陵之吴番禺張周郎年少亦清绮支子氣盛時激昂掃除塵言標雋旨規摹漢魏摹三唐自我抱鐸過濘水蓬萊回首今五霜停雲

五十九

梁月感離索朱絃誰與彈明堂焦生十載困膠庠青衿未換鬢眉蒼手把犁鋤餓空谷采花袞〻談書囊昨蒙大雪叩我室手持巨帙殷相商開編古字躍蝌蚪觸目奇彩垂琳瑯逸藻旁飛墨妄溢俊筆直下鋒能藏儼然詞壘樹勍敵陣壓鸖翅排旗槍即今才力固如此後此造詣安可量鴻便附書問諸子此才于今誰頡頏

○戊子落第後齋中菊花盛開感落英之繽紛觸情懷〻輯璪因擬悶各繫以詩共得絕句十首

俱選

五十九

獨向三秋破萼肥奇姿側出興遄飛手中但有黃金
使晏坐花叢任指揮 金如意

踏徧槐花一路黃歸來見汝獨含芳秋風一第難如
此敢說春華到玉堂 玉堂春

占斷秋光雪一叢荒寒老圃倚西風大羅不入羣仙
隊自怨霓裳曲未工 霓裳舞雪

朱白相參爛若霞看來是雪更硃砂漫知五色能迷
目莫怪簾中眼易花 硃砂罩雪

黃英爍爍照露庭大地風霜已慣經七轉功深丹未
熟紙緣爐火未純青 火煉金

捧心渾似病西施霜滿東籬夢醒遲縱使東塗更西
抹已非三五少年時 懶梳粧

飄零萬點嘆春叢誰信秋花感〻同得意罡風方簸
蕩踈籬誰與惜殘紅 落紅萬點

曲抱斜籠意態閒文章花樣在花間不須更費鑪錘
力只要虛鋒妙轉環 金環

昂藏一鶴下虛空高舉非關羽未豐皎〻脩翎空似
錦竟因不舞累羊公 錦鶴翎

六十一
椀大開成未許簪層〻圓萼壓明金斜陽一抹横籬
角晚節誰知向日心 大金葵

六十二

○初冬

素琴調罷更金徑陋室閒居懶作銘榾柮一爐薰鴨綠葫蘆雙印凍蝦青好雲便作山光賞時鳥權當水調聽靜裡未應吟興滅小詩題徧舊圍屏

買陂塘 金魚

問漁師者般顏色水鄉誰共鮮灼天然二寸浮空出不比淡鱗拖墨春來樂早烟水桃花壓網千絲脫網陰晏閑愛丁尾塗金圓睛圈雪波面噴紅沫 投香餌曾把丹砂碎嚼香蟫紅豈能過將尺書貯汝彭亨腹丹篆殘行香却惟一則問風雨龍门燒尾何時躍

桐陰晝永且慎片吹花沉然胥落復緣一缸活

聽歌

當筵把盞更高呼妙曲分明一串珠我羨幽州豪放客先將羯鼓屬花奴

雲鬟霧鬢擅風流文雅原非俗艷儔首當先生無阿堵一詩聊當錦纏頭

○觀馬射

六十三

萬馬簇雕鞍春風上將壇風催弓力勁日炙鼓聲乾道先觀技成材定任官何當臨大野一纜塞雲寬

哭幼子桂冬

歡依五載竟長離，果是今朝到死期。一事乃翁深自恨，只通儒術不通醫。

欲殮重將弱肉捫，龍鐘雙袖透啼痕。尸寒雙眼何曾閉，知汝難忘父母恩。

一病何知勢遽危，襁衣裝過淚空垂。病眠常要爺看守，今夜靈魂更戀誰。

枉把香花謝痘神，可憐血肉更渾身。將人恩義生生斷，佛不慈悲天不仁。

可奈無旬雨更風，曇花過眼一場空。每逢夢惡醒常好，猶冀今番是夢中。

抓梨覔枣暢余情向學他年望早成額髮甚長何命短只緣生小太聰明

病榻輝輝燭影斜炎風六月閉窓紗堂高畢竟慈雲薄莫庇蘭階稱意花

災纏二豎已難蘇猶（忍聽）自爺娘順口呼枉自蒲團祈善果爲兒千遍誦南無

傷懷

煩來只覺厭笙歌偏是歡場涕淚多何事投生何事死難將因果問閻羅

九女嬌憨貌似花肩垂紅線綰雙丫黃泉作伴同歸

去不管爺娘淚似麻

菊花

記采芙蓉遠涉江此花與汝共無雙一枝折得將誰
贈眉月娟娟冷半牕 出水蓮

最痛榴花爛漫時霜風忽損小瓊枝環階待補科名
草更向仙家索玉芝 白玉芝

少日深韋鏡裏顏秋風漸恐鬢毛斑他年但願兒孫
好上苑人誇玉筍班 玉筍長

和陶司馬九日登清風臺原韻

誰從北海起層樓孤竹遺墟望裡收簪菊客來逢九

日采薇人去已千秋時聞餓鶴啼松島遥見飢烏下荻洲到此始知清字好振揚風袖不須愁

卜算子　和施梅村贈绳妓蘭兒

地上舞弓腰馬上翹蓮瓣人面桃花十載情怎不將春惹　小字記猶熟舊曲聽原慣相見衷腸不得伸何似無相見

補帳緣能挑翦紙花增冶却為今朝憶往年不覺情牽惹　一月住仍久七日意難捨把箇連環放掌中君將何自解

和鄭樵香初至象州書懷原韻

三月渋知雅化成長才不領俗人驚衙前禮射開周
圃屏上花疆寫越粵城雲氣定符耆老望江流如況使
君清雁遊好續河東祀憑眺江山無限情
暢飲西樓酒漫盈簡中清福判仙凡退衙鼓動聽猿
報寄遠書詩成付鶴銜家滿藏書君自宦囚富食誇仙荔我
空饞廵耕遥想停車處布穀聲中雨到衫
花女種丁亾自親坐開坐嘯淨纖塵琴軒幸享清時
福訟牘常留筆下春榕葉薰風晴晝永檀花細雨曉
光新客來競說中年異桑雉無驚雅子仁
閒官最與懶相宜繾綣停雲夢想疲南雁忽傳藤札

六十四

到東風總過杏花時星郵萬里閑煙樹雲路三年隔羽儀寄我新詩無限好和成字字遜清思

○題南宋山水畫册 宋高宗草書杜詩糝徑楊花一閡扇即繪此景有德壽御宝印章

劍潭秋水沒金花汴州卧榻今誰家壽山花石留殘火世界中原泣晚霞西風江上鳴金鼓戢霆弓刀閑幕府仙韶院裏不知愁纖毫重倣宣和譜金塗粉暈何精工天水碧入錢塘宮館蛇題羅瘦金草壓尾德壽璽紅和戎繒綺緣江下儘多殘綃供揮灑金人昨夜入江南偷寫吳山思立馬南朝天子兒皇帝仇讎隱（忍）嗟何及玉津日暖晏遊多金牌星促班師急吁

嗟二聖北來書萬里冰天泣鼎湖當年聚景園中壁

應繪青衣行酒圖

明高邑 ○趙忠毅公（南星）鐵如意歌

六十五

明家神器盡將孫（九鼎璺裂金光昏）玉璽璺裂金甌昏九鼎神奸出委（香像莊嚴奉委鬼）

鬼一（小斧鑿削忙至尊）枝冷鉄欝忠魂有臣（名臣高邑）嶽之拮凡節煉骨如銅面

如鐵（投刺頻揮佞相輿拜塵）劒長思斬臣頭门高不受權璫謁錚錚素鐵掣

氷虬功名與汝争千秋不舉佛獃白蓮社不擊珊瑚

金谷樹但憤中朝政柄倒願從君側誅羣小一擊當

令鬼膽寒再揮全把凶鋒掃明星熒熒閶闔開妖氣

忽暗通天臺爰書拉雜翻三案點將曹騰閙十孩荒

雞三號更五點彈文未拜身已貶銀璫究獄慘同文
鐵券功臣歸大閹老臣憂國鬢毛摧一去邊關更不
回西臺痛哭歌朱鳥東漢餘生泣黨魁摩挲惜此君
子器彝罷常教魑魅避一曲高歌碎唾壺指揮竟不
如人意我懷往事心激昂助談得汝喜欲狂殘冢銀
枯土花碧嗅之彷彿生幽香卦畫星文儼在手三百
年來誰與友囊中每夜吐光芒直如劍氣衝牛斗

如意重二十四兩腹銘兩行其詞曰其鈎無鐵廉而不劌以
歌以舞以弗若是折惟君子之器也共二十三字背有萬
歷戊午年製六字

○喜聞

六十六

恩科命下恭紀

睿廟垂裳日深仁洽衆生十科登俊乂

五袞慶昇平

聖代恩常渥今

皇福更宏舊章援

祖訓新

詔下神京雲捧黃封麗星瞻紫極明普天雷

雅化寰海洽歡聲磨濯人爭奮丹鉛我益精駿蹄雖

屡蹶雞口顧先鳴佛果泥金帖仙書淡墨名壯懷增
踴躍老筆定縱横桂子三秋樹槐花七月程青雲欣
咫尺聯步到
蓬瀛

上岡午亭太守二十四韻

滹水恒山地循良代有人高才開幕府方面寄儒臣
世胄簪纓盛名流意氣伸龔黄宏治績杜白裕經綸
簡畀
皇心切承宣吏治淳一麾勤撫字五袴濟艱辛按部
雲從軌隨車雨應旬落花琴案靜芳草射亭新新構射亭

緩帶逢羊祜投壺説祭遵藏山文待檢齋頭寫名賞山千古
雪句重論出示雪詩八首久識詩無敵爭知畫絶倫禿毫呈
骨幹匡墨著精神於李子文處見畫山水四幅多擬元人筆意奉札催登
路先鞭快問津鶴湖般校士烏署麗留賓霽月中宵
朗和風四座春素心融沆瀣青眼到風塵鴨炙輕紅
掌盈豆淡墨鱗叨依蓮幕暖飫擾筍廚珍拂紙琳瑯
贈蒙贈七律一章盈盈琥珀斟題齋書屋鐵為書鐵意齋額又賜扇
額揚仁承賜山水畫扇技荷雕蟲獎才慚繡鳳真此番蒙家
勵弥自根因循地近瞻依切山高仰止頻趨遲應在
即

思停詩
楓宸

○贈李子文

年十七

木葉下江皋逢君吟興豪七弦彈賀若廿五讀離騷
酒以飛觴急將索招飲倘月巨觥文壇建幟高持將鐵如意不
惜指揮勞君詠趙忠毅公鐵如意歌有指揮役進驅被馭之句
河朔談詩者恒山講席尊高稱原傾北地體別調艷不落西崑
金碧自成采烟雲不着痕芋堂欲今咫尺尤到浣花村

大風雲新樂

風力欲回馬蹄舒征途泠寒不勝終宵閒簸蕩十里極濤號

日氣黃連野沙痕白入冰蕩零村店酒杯小價偏增

馬石橋明府席上作

嘉筵歲歲費黃金拔轄多承好客心蛺蝶西羅宮燭
短門雞芳茅酒缸深更樓月暗時聞鼓寬室風清
掛槃來日黃花真車會荒齋仍望六騶臨

題閻午亭太守恒陽紀事圖八首

訟庭課吏

今良二千石恒陽稱名父坐嘯十四城風微軼前古
下車歲兩周吏治詎小補判牘朝陽紅退食花陰午
杜賄庭懸魚除苛河渡虎明鏡塵不緇甘棠澤已普

公餘排緗素素筆勢忽飛舞照眼何鮮明曉色開西廡花落政事堂柳覆登聞鼓一幅古丹青傳傳爲治譜

講院觀風

瑯嬛動魚鑰旭日升曖紅青松夾石路桐華拂雕櫳峩峩大廡裡中卷棟宇亮青花雕玉案一字排當中借問此何地依稀古三雍賓主東西都才子文章公青衿左右序滿座吟春風說詩花在水論古聲摩空禮器秉鄒魯雅化齋文翁義秀桂子香教澤將何窮

秋亭校射

往見禮射圖工緻出名手慨想三代英不覺展玩久

古意既銷歌為者請勇赴士習修空談六藝竟何有
恒陽有射亭創自今太守錦蕝菜圃西雅集盛賓友
桑弧四方志雀爵無奠酒勾弦月對堋移步雲入耦
立馬埋落花偃旌拂垂柳風尚重
熙朝粉本傳不朽

松嶺談詩

哦詩畫不具讀畫詩難憑把筆画談詩墨氣寒不勝
盛地托城市尺幅盤岡陵松陰覆低壑苔磴連高層
風濤靜不響石雲寒欲冰麈揮俾月止鉢擊聽山鷹
味永總緣淡字好不在僧對客捉松枝逸氣朝霞升

此心契表聖此境圖右丞仿彿空舲峽猿啼秋月澄

滹沱晚渡

渡口風蕭蕭秋空淡將夕白霧隱孤城行人猶絡繹點點雁鶩飛荒荒蘆葦積斜陽紅半船水氣粘天碧蒼樹暗沙嘴遙指臨沙驛冠蓋去如雲莊壤幸非僻不辭迎送勞中流时掛席獨覺畫理深生領山水益風烟控全趙俯仰今非昔何處麥飯亭茫茫感陳迹

恒嶽晴嵐

壯遊數千里僕僕空往還五嶽未登一何敢談名山恒乃并州鎮咫尺臨鄉國光采常在目猶自步履慳

太守草書筆一刷窮屏顏元氣色萬重收來胸懷間
几席落空翠烟縈垂雙鬟西連井陘口落日生朱殷
幽賞極奧妙雅製非等閒行當策吟杖共把烟蘿攀

浮圖夕照

郡城訪詩來瓦木開禪院玲瓏五浮圖締搆巧爭擅
憑高一遊眺綠樹圍鵝殿錐尖出白雲雲深寺不見
太守樂此景寫〻在生綃五層并七級真可彈指現
疊拱垂千花斜陽掛一線瀲〻水墨中爍然金碧眩
妙筆愜賞心妙景常對面如聞惕戾罔入耳因風便

花塢春耕

常山三月雨春麥綠入城華離在城地近市不廢耕郡廨西北陽高阜何崢嶸芳時一登眺頗具郊野情碧桃正滿樹布穀方喚晴草端播琴始通陌水砥平隔花叱黃犢雲外來鞭聲趁山下尺澤即日占西成香天話農諺錦地談牛經一拳豳風圖願向丹宸呈

六十八

○夏日偶成

獨行獨坐獨（旁改：詩窮曾不廢）吟哦茅屋三間帶薜蘿滿院未鋤花影密閉門猶苦市聲多濃香一紙謄詩藁軟飽三杯引睡魔滿地松花亭午後枕琴閑看白雲過

六十九

家在紅塵綠樹間近無流水遠無山世情每寓三分［韶光只覺今年］
［好樂事］
退清福無如竟日閑醉後狂言醒輒悔往時佳句近［雲］［窟］
重刪括蒼西去烟霞裡時有高人共往還

得家報知余幸叨鄉薦

已分今科斷好音誰知喜氣入園林尋常一樣家書
到只有今番抵萬金

大雪苦寒

霧淞朝朝結霜花樹樹環滿城冰作路繞郭雪連山
薪米艱籌策簪纓斷往還圍爐難釋悶詩稿手重刪

接二胞兄凶耗

正冀荆枝茂，鶺心斷雁行。氷霜嗟返轍（上冬聞兄瘡疾已命駕矣，因微恙中道而返），風雨失連牀。清福何曾享，慈陰太不長。梁園憐小阮，倉促理歸裝。

壬辰下第出京寄悵帥探之兼呈余海一同年

春風一騎盻泥金，不覺華堂夜漏沉。紅燭雙燒樽酒孫，此宵深負主人心（初十日採之置酒為予及余海一候榜兩人皆落第）。

璪院森嚴萬卷收，明珠早已暗中投。外人尚說登科兆，贏得牙牌是壯頭。

漫說霓裳奏曲工，大羅春夢早成空。揚鞭又下金臺路，尚在人間坎險中（榜前余海一以周易為余筮之，遇坎有險未出中也之兆）。

長亭四月曉猶寒流覧風光强自寛夹道紅藍三十
里看花原不在長安

對鏡深愁白髮生看人雁塔早成名寒牕廿載勤磨
琢爭奈瑕疵洗不清予奏薦第十二房房批筆氣尚暢疵累未淨詩亦備而未薦

少壯光陰矮屋銷何曾碧海策靈鼇功深九轉丹難
熟圓滿應須第十遭予自庚午以來八次鄉場六次薦卷一中副車兩挑謄錄去年始叨鄉薦會又落孫山試扣至明年禮闈則十科矣

題扇頭墨菊

淡墨染黃花西風一枝老寄傲九秋时不爭顏色好

祈雨

破曉城南路連阡不見青明朝說祈雨抬眼見繁星

苦旱

浩〻黃塵漲庚金初伏殘亢龍難致水躍蝀枉開壇
積塊原如燎懸車井欲乾何當雷一震俯聽萬聲歡

夜坐

遥聽蝦蟆轉二更蓮缸照入小窗明樹頭一陣涼風
過打地槐花訝雨聲

○程君房獅子墨

七十一

兩箇香獅子昂並意不羣蹲爐肖銅鈕截紙斷冰文
聲價方羅並形容象兕兮臨池臣刷字一吼破千軍

玉葫蘆筆洗

白玉誰雕洗應疑陸子剛出誇（奇）骨董奇依樣笑文章

不受松烟染常涵藻翰香愧予書法拙蝌蚪跳千行

○夜雨

七十二 萬瓦忽生響颼然風滿庭雲陰沉樹黑雨氣逼燈青

當暑塵全滌先秋澤竟零明朝灌園叟齋把轆轤停

○別院

七十三 別院盈三畝蕭齋更五間窗虛多受月牆矮不遮山

花檻多時倚柴門竟日關圖書與彝鼎壓几色斑斕

蔣沅氏

喬林半在園墻外虛室三間暑氣蒸行李偶忘棕拂子豈知秋後轉多蠅

獲鹿道中作

二十年前舊夢迷忽從石逕策霜蹄相逢無限螺鬟好彈指流光憶浙西

路横石齒滑蒼苔忽訝雙峯對面開馬上輕裘馱一葉此行原為看山來

○夏日雜興

紙閣垂簾一事無等閒消得睡工夫學書墨膩葵花洗愛若金銘蒻瓣壺博訪詩家藏夾袋節抄史事貯

七十

葫蘆賞心更倣江村例檢註廚藏古画圖

題潘桐岡舅丈雀窗聽雨圖

芭蕉間種兩三窠，瓷眼疏櫺敞皂羅。灌耳秋聲聽未了，綠天深處晚涼多。

到處相逢是扇仙，渾忘作客已年年。興來潑墨還如雨，染徧春叢十萬牋。

癸巳下第作

望擡空壘戰，年年落敗軍。兩行生死淚，余卷落汪先生本房，汪已故，係况少吉天先生代首閱荐一卷古愚文。磨硯人將老，名山志恐孤。揮鞭歸路遠，何處是青雲。首題古之愚也直二句，總裁批真題無意境

四月十三日出京天甚熱

征途四月已炎歊，短柳陰陰影不搖。小陣涼風君記取，長楊南下第三橋。

老教何離乏一生，風塵僕僕苦求名。抛將一幅清涼散，來賦長安苦熱行。

大雨宿小北河

雷車罷響電鞭停，雨氣播雲雲更青。幸敞高窗對喬木，店房權當小茅亭。

秋試每遭陰雨苦，妻闌雨水復愁予。泥深沒踝雙輪濕，猶似槐花七月初。

題補陀旭日圖

地角仙山湧天東佛日圓雲霞含淑氣草樹帶晨烟
白塔蠻江寺紅旗瘴海船不須名款在好手總流傳

〇題藍田叔白雲紅樹圖

白雲貼地山中晚
紅葉如花紙上秋一卧煙波依粉壁半生魂夢寄

藍叟丹青今佛頭一枝禿筆壓時流石泉曲遶樓霞洞柵樹深藏望海樓燦爛煙霞生粉壁崢嶸雲木入
滄洲老君脫藁西湖上到眼分明是舊遊款題倣張
僧繇沒骨法於西湖六橋精舍

七十五六

題李太僕白華山水圖

老木蒼藤墨半焦層巒疊嶂莽蕭蕭雲深古徑曾攜

厥風掣枯枝好掛瓢妙理原從真境悟靜觀常令俗
情消分明塔寺巔崖裏如聽鐘聲答落潮

○題楊子鶴山水圖

七十五

飛雨過峯西山亭日幾午連村萬木合烟水互吞吐
悄然涼綠中出橋一聲櫓

題秋林散步圖

冷翠霏藍鎖故園平橋如聽水潺湲幾行淡墨無根
樹一逕斜陽沒骨山落筆便存天外想有人誰似畫
中間何當更起雲林子添寫真吾水石間

偶吟

流連光景傳成詩月下花前得句遲怡悦詞多悲壯少只緣生長太平時

曠延亭

營自何年創自誰荒亭難問舊时規蕭蕭落葉西風裡駐馬斜陽讀斷碑

淩空橋

長橋宛宛郭门東收束烟波一望中最是晚凉新霽後水雲光裏見垂虹

㻴武臺

百家傳家趙魏同遺封常在古臺空孤墳蔓草先柴

武東郭有崇武墓奕世甘棠比召公天入鄢陵開夕照山連曲沃動秋風麟編舊識中軍將多待豐碑表戰功

釁壁湖山

夙性嗜石如顛米嚴根洞腹多搜覓袖携東海來釁宮摹睹奇峰峙當壁湖波久螯青成空雲腴初割翠猶滴仰瞻合具袍笏拜摩弄重將苔蘚剔鍊成頑性未補天女媧遺落滄溟邊秦皇驅以珊瑚鞭飛來正落橋门前文筆觥々挿藻泮一枝輝映九經案柳魚々鼓嵯峋碑撑拄文明映雲漢一拳位置旣端好七尺廬稜是鴻寶講座聽經合點頭繞石還生書帶草

漫興

窗紙修紅日向晨，香爐茗盌自相親。每從畫裡遊山水，間向書中訪故人。有酒不知身外事，愛花常得眼前春。年來莫怪吟詩少，老杜詩余懶是真。

松邊茶具伴書函，柳下柴扉更不關。開口莫忘三个好，有身難得一生間。道存霽月光風裡，家在廬泉讓水間。多謝門生蓑笠贈，雨中高隴荷鋤還。

秋江圖爲李晴舫題

幾日吟秋學短箋，江鄉酒美更魚鮮。楓溪深霧斜陽裏，課取瓜皮一个船。

柳梢青　春遊

柳楊春堤桃花無數引過橋西天倒空青山堆翡翠水軟玻瓈　新晴山寺曾題處遊興湖心更宜放却藤枝携将竹葉坐个瓜皮

習静

十千收得忽雷琴時撥瑤絃寄遠心獨院更無人語響夕陽槐影畫廊深

題墨葡桃畫扇

涼州美酒飲初醺髮管生枯頃刻分墨氣淋漓珠蓓蕾動搖還恐化涼雲

驟雨

颯颯兆涼氣庭柯摇動幾火明金電下海響黑雲來
灌頂樹全洗努頭花亂開戴人村徑外蓑笠趁墟回

新得官瓷數種詩以誌之

火閃窑門鳥避烟秘青燒出雨餘天宣成舊款西番
字空武新花古老錢蟹爪垂紋原徹裏雞皮起粟未
茅邊鼎彝繼軌商周後共與文房結靜緣

山齋早秋

露濕庭堦曉樹圓素琴清簟已涼天墻頭曉色三竿
棗瓶裏秋香一把蓮泉石得邀清靜福詩書常結喜

歡緣人间漸少難平事不讀蒙莊説劍篇

○中元

七十九 高座仁王講上乘徧從苦海祝超升蓮花亮入秋河
裏一个瓜皮一盞燈

九十 袈裟隨例會盂蘭自繡真容與衆看齋罷歸來松翠
裏庵燈秋影照蒲團

○雨霽

七十八 野色入新霽都教熱念忘蛙聲歡積水蝸篆亂陰墻
高樹淡秋意明河生夜涼閒來讀莊老知道養生方

秋賽曲

秋收喜動田舍翁催打碌碡場當中黃雲入箱復箱
空圃花畦菜餘青葱賽祈酉熟自古豐耕匪借象耘
匪鴻黃礓石廟酬神功紙錢滿陌迎社公甖盤蒸羊
壓糕紅綺裳膜拜小大同十棒叩鼓聲籠銅一鷗澆
地神無悃蜡筵飲福神絃終韡燭短醼飄西風

法源寺

雞園燕苑等閒遊古殿荒涼檜柏秋擾擾何堪塵世
問木魚聲裏白僧頭

保陽道中

馬上輕裘一葉馱樊輿風景尚清和菜花寺圃晴飛

蝶楊柳村溪亂浴鵞白髮未容林下少紅塵偏是日

遇多長亭短堠年年路滿眼斜陽喚奈何

晚坐

花鳥自繁華烟雲不拘束蓬門少客來雨後苔痕綠

○定州

路轉平沙一綫通消除殘雪又東風村依遠樹烟痕

碧城繞枯河日氣紅醒夢裡詩篇常撥鬧耳邊鈴鐸鎮日

鳴瓏前途且醉中山酒美予從來短夢中

野寺

浩浩黃埃裡茫茫白水前斜陽孤寺閉古木一鐘懸

六

書劍常為客風塵懶問禪白頭僧亦老枯坐磬聲边

過望都

陶唐墟里古滹河八載光陰九度過羸馬霜蹄還不定飛鴻泥爪久消磨殘鍾破寺西風老古樹高原落照多料想郭東雲木外都山形勢最嵯峨

○夜泊

行李常將書畫隨晚程風利落［卸］帆遲荒郊孤火人家遠里月空江星斗垂鍾動西陵潮落後樹凋南國雁來時孤篷欹枕原無睡料理寒山孤泊詩

打船風浪眠難穩偏少床頭酒一巵

富成驛

全趙風煙入莽蒼過頭古鎮控恒陽市樓爭鼓楊花
熱村柵雞豚麥氣涼作客此間成熟地計程明日發
歸裝相逢應被鶯花笑連歲奔馳為底忙

七十七

○登龍興寺大悲閣

雨鐸風鈴響上頭逼天高閣出城樓千重山勢當窗
入萬古河聲繞郡流春草碧來迷鼓國夕陽紅處近
并州登臨不盡千秋感說起應教老佛愁

○鬪蟋蟀用韩孟鬪雞聯句韻

九十一

檢點秋聲經王孫久相待牙鬚負恃强梁羽翼奮光彩
野謀務有獲岩搜屋瀨殆石穴躍然出牙籠兜尔在

遣將揮赤旗登壇集素鐓盔具爛金漆壁壘拓幽塏
裹頭青熒熒撚肚黃磊磊稗官據欲觀童心迄未改
材選橫草良翅點梅花皠精悍力相敵(拒)輕鷙氣能倍
邂逅便仇讎憑陵肆蒩醢攘臂奮(事)螳怒荐食觸蠻餕
中息勢更分謫勝狀如紿雙(狰)尾乍撓丁二首還儻奕(昧)
嚙遭切(此)齒(蚤)恨(急)伏懼鹽腦罷急(蟻)合(戰)忽(驚)成(蹭)團(蛙)猛(怒)擲(莫)若(語)將(海)浼
瞥馬難免脫焚如愁象賄(急)有塵滾馬行空波騰鼇抃海
兵機慣擣虛戰法精聲殆毒手卿能孤短命予制乃
一高(等)(雲妻)拜勇爵孤(五)注(蟲)擲賭絲垂翅彼(戰)逃危長鳴此奏凱
蟻戰情紛紜蝸軍勢嵲隗飛騰殺伐聲既解陰陽寧

秋風策汝勳湯沐錫之采

自適

十年塵事海茫〻敎眼乾坤舊講堂芳草鬬雞酣狂
飲蟻茶薰鴨睡秋香近山愛看雲牖雛掛添修貯月
廊讙謂廣文廿首翁老饕還向東修羊

〇雜詩

九十二

我登爛柯山惝怳心增疑人間半部史天上一局棋
玉子着未了百年如梭馳仙家歲更促無為茹紫芝

其二

九十三

平國用孝經兵氣入構嶸倭氛海上來文手不能提

夫何茅廬人羽扇驅刀槊功成歸九華晏然真道学

其三

九十四

雄狐宰相亡蛾眉貴妃死誅罰由六軍雞雪朝廷恥

靈武中興年討亂不及此國弱兵益驕功成賞未止

銀刀逐節度黃袍販天子紓〻二百年禍從馬嵬始

其四

九十五

苻堅控西秦磊落人中王柳劒忽長嘯皓氣凌八荒

壯懷竟未及展風鶴何倉皇薬君失良輔秋風悲五將

其六

九十六

力屈一城死功成淮右安全師障睢陽才氣何盤〻

饗軍殺愛妾激勵壯士 肝後儒真苛議古人良亦難

其七

九十七 誤國誤青苗立意本經術擺脫今人心敉(飾)古人面
乃知學古者世事少明練不問經濟儒修(更)口(議)談(行)封建

其七

九十八 詩到浣花村筆陣開生面大敵此詩王欽手誰敢戰
孫孫子剽擬窠臼今人厭少陵至今在機杼當自變

其八

九十九 文王卯康功日昃不食(遑)義(愛)里蒙大難(大)(繫)象(闡)(衍)周易
後人(多)矜躁(心)(豈)(未)識聖人意窮愁乃著書宜多不平氣

○擬唐人塞下曲　　俱選

黃雲回首隔西涼畫角聲哀白草長昨夜將軍明月
裏親携鐵騎下燒當

城頭笳鼓杜邊聲路入嚴疆第一程山繞黃河西北
去大旗落日火山營

四扇渝關夜不扃三邊掃盡虜氣腥黑山雪後黃雲
裡親見將軍放海青

二月廿三日阻雪清風店

昨日風沙馬不前，今朝春雪忽漫天。圍爐自有團圓樂，何苦公車驟着鞭。

陋巷茅檐曉色新，非關風雪苦留人。散花有幸逢天女，恰與春元作壽辰。是日爲余生日

乾雀檐前送喜聲，無端一日悞行程。前途已作瓊林兆，天色來朝定放晴。

泥瓦鋪

春雪半消融，茫茫車轍窮。過潭難躍馬，出淖乃掀公。身過艱危裡，才歸閱歷中。長歌泥滑滑，不怨碧翁翁。

○哭余海一周年

珥筆何曾壯志酬，一朝華屋竟山邱。千辛萬苦緣何事，直被功名誤到頭。

名花何苦一場開，熱淚同傾佛院苔。自古書生多命薄，難將因果問如來。長椿誦經

旅館蕭條風雨昏，關河千里愴歸魂。可憐月夜家園裡，頭白雙親尚倚門。

未了名場已蓋棺，知君深悔到長安。歸喪總把遺容寫，多恐高堂不忍看。補寫影像

○獲鹿遇雨

折柳終言別連山不放行雨聲摧客路雲氣抱山城
豈有隨車澤彌殷攬轡情前程須努力桑梓聽官聲

井陘懷古

不有蕭丞相當年信早亡君恩重推解國士激肝腸
棄三分業旗寒百戰場大風能將將畢竟是真王

又

野溜連潭水犀峰排
固閑

井陘旗鼓出將軍一戰翻成不負盟相背當年
睽荊徹漢家天下早三分

過關

夜火連村雨山行趁晚晴懸心愁磴道聒耳熟灘聲
縣古留唐俗關深鎖晉城由來勤儉地歲久不知兵

柏井

一程雨連天
市路村前峻山光雨後鮮鄉景物低雲疑礙馬涼樹不鳴蟬
曙色壓深塢秋聲去亂泉唐風歌蟋蟀民俗尚淳前
嶙嶇行不易[illegible]上青天

宿山窑

窑列不知暑蒼涼四壁宮洞天今福地陶穴古遺風樹
色垂簾外山光隱几中茶童空相語塹谷任吾公

鄧僑湘見詒肩安韻奉酬

桐封舊國徧甘棠景念前修跂雁行老大成名錯意氣明時作吏愧循良風清花縣仍芹泮雨過山郵似水鄉玲玉瓔瑤盈把贈仁風一扇爲揄揚

黃山茗字歌

三天土先賢塋二百年黃茗生山靈出奇鬼膽驚天以文字開青盲譬窠正書儼泐石波磔端好無款傾摩崖赫赫露姓氏回山田界誰敢爭牛眠吉壤亦天與菑昧心田天不許呵護爭傳草木靈喚醒奴隸山川语

先賢名節炳千秋一脉鍾祥出浙陬婺人指點絕雄採兩字黃山萬古留

○百歲壽母賜果圖 四首 選二

五福華堂向日開斑衣膝下尚嬰孩羣仙赴罷瑤池晏
歸把蟠桃賜老萊

金堂垂蔭東華春玉佩坤儀百歲身覓向棗梨呼孺
子不知兒是白頭人

慈闈聖壽祝天家寰海爭將盛事誇錫類即今容
孝治九重諄看旌
恩詔貴金花

金莖垂露更千歲，圖繪爭看彩筆靈。敬為
聖朝貯瑞牒，蔥雲愛日畫丹青。

長椿寺 三月十八日 補抄

醉遊曾記舊因緣，未了名心卻問禪。到眼忽驚春色好，
風光不似十年前。三明禪師手植花木甚茂
拄杖雞園哭友來，哭余浙一同年 撫今思昔總堪哀。彩雲易散
晨星少，到此都教熱念灰。曾偕支子翔、元子和、謝伯潛及予姪小庄遊此，作銅塔歌，今惟予
及伯潛在矣

和陸瑶林五十自述詩原韻

百歲修成古佛身莫將花縣當紅塵詞名江左張三影
政事閩西第五倫喜向相封照舊譜補將無什祝佳辰
聲名宦職從茲顯負荷由來本析薪
天家潤閱歷朝榮理學詩才盡有名閩洛淵源証同
異樣雲門戶賴支撐三峰詞筆泰山色萬斛文瀾
漢水聲剴切將來侍奏議指陳時務愜
皇情
板輿迎養幾依依戲綵稱觴敬不違日永桂庭增茂
豫雨來棠舍更霏微蘭將求慣解相如渴桃實還充
曼倩飢名士襟懷羅漢果畫圖相認是耶非

一瓢渭酒一枝藤禪院隨君問上乘晉水栽花仍有待木天視草竟何曾十年聖殿司香吏一个名場衣紫僧阮籍踈狂中散懶此邦回首愧賢能

井陘 補抄

畿輔西南路山回指縣城平岡生雨氣碎石走灘聲上下千門倚高低萬隴横崎嶇疑蜀道應賦上天行

題陸瑶林 吟

夢醒羅幃夏影寒辛勤細字寫冰紈長吟拄盡平生事便作香閨小傳看

观劇戲題

紫玉红牙舊擅場知音還與盡千觴琵琶一曲红顔老誰向樽前喚四娘

風流猶憶上場时錢管新裁艷體詩莫向漢宮矜粉黛玉簫聲裡熱胭脂

銀刀寶馬石榴裙十字坡前起陣雲皆舊新正鬧利市灯前拭目女將軍

罷袖衫兒百褶裙紅痕翠沮闹纷纷手憐一拂霓裳

譜鐵笛聲高裂(?)入雲

祝岳父帥仙舟先生七十壽

景星卿月煥層霄天誕臯夔輔

聖堯出使麾旌周七省（凡典試者三督學者三觀察者一也）起家科第歷三朝（鄉榜為乾隆癸卯，會榜為嘉慶丙辰）

（道光紀元，遂秉節鉞）庵名老学推前輩會續耆英訪舊僚正喜

添籌（進）海鶴南飛一曲當同邀腰

封疆簡畀

帝恩濃浙水勳猷在鼎彝鐘玉節巡山清魍魎（查辦）南田金隄障海

伏蛟龍（浮理西塘）勤施共惜經三載

垂問頻聞荷

九重遥想西湖今（日裡香花滿口）祝喬松生一旬（西湖言看）

東林當日拔卑寒迁拙補家另眼看兩度音書來晉

水拯晉陝兩（奉慈函）十年恩育懷長安（十年京寓相依）幸叨禮榜陪

多士放信門楣必好官（出京時謁盧南石夫子謂汝為師仙舟请作官必好）耳熟列言

皆治譜早嘗民事最艱難

有女宜家渺且賢幼原生楚長歸燕棲庭悵望三

千里萱帷睽違十六年介壽無由依膝下寄書帶

似話灯前商覃賦，罷思歸省翹首湘江搭問船。

石门口早行

歷盡艱難冷宦情，崎嶇世路苦難平。流泉百道山千尺，安穩無如緩步行。

雁门

疊疊千峰插碧天，長城相望勢相連。鵰盤曉影沉荒堡，馬踏秋聲過亂泉。緩帶書生吟出塞，捲旗戰士罷防邊。承平郡縣勤耕鑿，直剗山頭作大田。

○出殺虎口

雁塞迢迢幾驛亭，欲窮山海北荒經。黃雲南隔

四扇雄關控不扃，揮鞭不遠單于庭。夕陽豔豔秦城紫，春白

草萋之漢塚青部落統歸今版籍山河不入古圖經

東連

路作盤蛇山共轉閣因防虎夜還扃

清宵籖燭數

書生里投還馳馬雨後如聞戰地腥

古戰場

炎天風日總淒涼策馬親經古戰場遺鐵不存兵氣盡前旌相逐馬蹄忙人烟曉色連秦晉鬼哭秋陰弔漢唐西北嚴疆今萬里不因清謐弛邊防

高阜

塞路更奇險茲遊亦壯哉雲邊爭鳥過馬底看山來淺碧秋禾短輕紅夕照開題詩還弔古長嘯單于臺

和林格尔

○和林格尔

沙迷青冢
日氣沉紅嶺風聲遍黑河閬寒秋色早地迴月明多
但覓田禾好都無獵騎過琵琶市門裏競作白翎歌
落暑增煩鬱長途受鍊磨憂心問前路蝗孽竟如何

自紅房清玉托克托城

到眼空諸有乾坤太寂然相隨人是伴生恐路無邊
日壓層雲下天圍大漠圓遙遙一行擬又喜遇人烟

○托克托城

路出黄河外城臨黑水西地無遷士到詩來古人題
物為今創有 自我先題
急雨洗沙淨長風吹日低客來眠不穩款枕聽雞
來朝思返駕 盼鳴

河口

黃河水煖鯉魚肥斗酒河頭盡醉歸壓地芓青禾黍
碧不知何處弔明妃

自三岔驛赴河曲

地據中原外連雲出上方有沙孤徑軟無樹萬山荒
河凍冰行馬田高雪斷蝗民醇知事簡尚勉作循良

赴牌谷

黃河一曲繞邊城策馬頻為出塞行萬疊枯山無寸
草不知佳節到清明

夜至十里長灘

空山不見春落日氣迷津昏黑千山裏多勞引路人

其二

輿馬苦塵埃明燈趁隊開同時行道者方羨縣官來

塞下

古逕千峰秃邊程二月寒磧沙崇作嶺澗冰激成灘

保障秦城固崎嶇蜀道難關門漸灯火高望更憑欄

日初落步過兩石嶺趁渡黃河回好

忽憶飛猱捷高歌猛虎行艱難成遠道迢遞數郵程

陡壁攀躋絶危途性命輕黃河昏黑裏打槳昧冰聲

時值開凍冰凌滿河

由河曲至巡檢司

路多其半里直下多半里平策馬至山底流水還縱橫

山行已十里亂石不成路纔過下山來又被山攔住

步上洴洴坡遇雨 坡在雲梯村極陡峻

不見雲梯頂行人願早休山高風雨惡莫再趕前頭

回有寓

下馬日將夕深堂燭影紅夢魂今夜裏猶在亂山中

○聽琴

聽徹爬沙大蟹行古懷時向靜中生三郎多欲心常

亂輕脆惟宜羯鼓聲

松風撲座燭光搖閒把側颱冰絃慰寂寥尾半焦解道泠泠山水

意跡共殘雪入中條

○代州

千里雁门遊歸程雨作收荒烟沉古戍暝色入邊州
月唱秦时好山雲連漢塞秋風霜滿路險策馬莫淹留

題查二瞻荷鄉清夏圖

炎風六月為奔馳乍睹荷圖喜不支會擲烏紗亭子
上共君把酒過花时

題王石谷輞川積雪圖

朔風捲起古雲烟真个扶筇列輞川如此園亭堪退
隱手中只少買山錢

讀畫

靜室焚香入畫禪，黃金教買古雲煙。果能好畫終爲雅，似此清高也要錢。理契古人宜獨坐，情貪新得悞翻眠。眼前佳蹟同誰賞，畫壁雙瞳燭炯然。

題女校書林天素山水卷

淋盡胭看着意皴，烟雲島朗氣渾淪。儘堪脂粉爲良友，如此溪山屬美人。腕勁欲驚金跳脫，姿清如見玉精神。畫禪舊有尚書數，到底能傳六法真。

[旁注：粉爲閩盧彥；大好；屬；不閑]

○題林讓木洗硯圖

寶硯攜來水上亭，紫袍玉帶間金星。前人

殘瀋全磨（洗）更染新螺註六經

我有端溪手自携山齋獨占碧荷池水雲

墨氣憑誰洗却憶空階夜雨時前人畫夜雨滴空階圖

置硯階上

襄陵

水鳥喧通夕

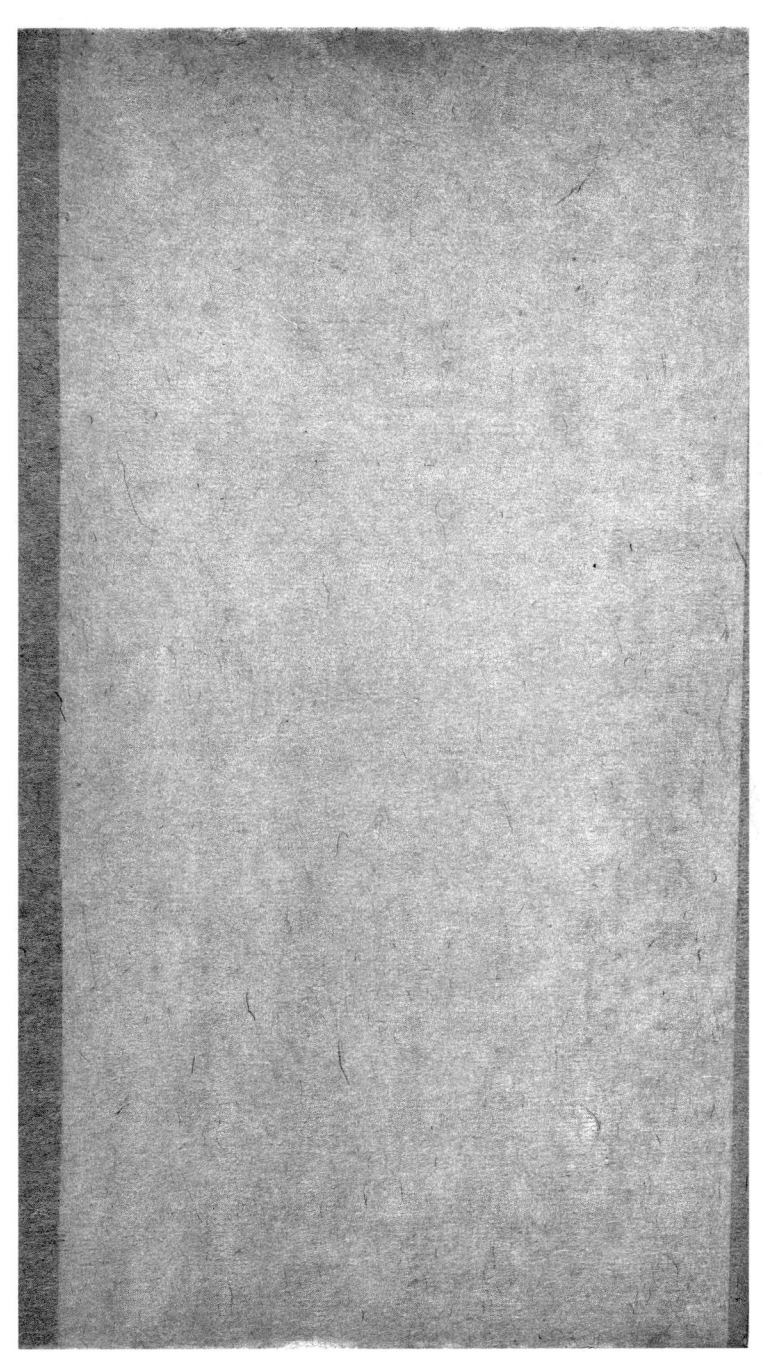

夜坐歸思

花陰
園林寂寂夜迢迢誰把柴门月下敲閒暇光陰團聚

柴讀書燈影照團圓

讀書聲裡過良宵
春

國士橋

國士今長往名橋七度過詩窮無累句興盡廢高歌春草要離塚秋風易水波（少遊佛印經要離冢無詩易水金台）當年同擱筆不受古人磨

舊鄉里古蹟因上頭有崔灝題詩概從擱筆

感興

往日苦單寒來期老境觀一身天外可萬事眼中難冷淡花生筆豪華月在欄現今逢壽道老驥敢懷安

寄懷

琪草瑤花古洞春神仙不過是閑人官情無味嘗逾苦

野趣家常樂最真張翰莼鱸堆耿適陶潛於菊不憂貧何當拋却烏紗去重向西山作隱淪

西河鰲釣倫

題張船山詩集

玉署棲遲未厭貧夙生傲[夫君夙]骨太嶙峋謫仙曠代呼前輩（公有大呼前輩李青蓮之句）坡老奇才此後身傲世未能容俗物犖家雖以畫風人詩名長在官期短翹首峨嵋一愴神

讀漁洋山人詩集

天人手眼擅清華錯向羣賢極口誇才子科名多早歲本朝當貴屬詩家唐音不愧譜之玉未穩

自印潭二月

吴體菁甲樹〻花掃盡蜩螗寒瘦枝半天風雨看龍拏

霍州

流泉濺〻石牙〻，一逕穿入州城曲復斜。淺绛雲山横鳥道，淡黄霜樹帯人家。談來岳瀆心原壯，看到園林眼亦花。未要春風矜富貴，當前晚景自清華。

遣悶

耽〻三生恨悠〻，一片心長年漆白髮。贍書豈愧黄金，夢入迷途遠愚蒙。泮水深平生慣清苦，負舊園林

閲陳澗山同討典被劾感懐有作

堅忍平生慣奢豪一(片)念差債多難作主官險
豈舊家（俗云以官為家誤人不淺）雲梯三年榜春風一(流)點花泛
知才力短無復活生涯（感念朋友能無自傷）

封印夜飲

世界(立)貧猶我閒門日為誰無才難日解有印又何為
困帶因詩瘦途(場)慣酒悲告之余所以天道有盈虧

立春前一日大兒自京因署甚後作感懷
(裡家何在)雲(?)帝門遠煙中象新惶惶動無底債飄泊未歸人
安命切長壽債年因好因官惱六親相知淚爛燭同我淚霑巾

摩挲餘舊物慷慨負初心

竟有狐裘在

百孔從何補双南不可尋經過這番苦從此重千金

和崔養吉見贈原韵

作令逾三載依然老塾師當官慚政拙談藝隨

言卮燕士惟餘鈍吳儂未賣癡当前逢有道何

以立民彝

詩酒歡初會連宵共短檠教思時雨潤匡話大河

橫槐陰争覌李雪门欲立程笑余甘敗北文陣遇

奇兵

董浚江畫蘭爲崔養吉題

花爲人服媚畫以况先生品壓春芳倒筆隨秋氣橫
湘江騷客怨靈谷至人情家世烏衣巷長偕玉樹榮

題紀文達公集

中秘親窺四庫儲晚從編閱贊佐黃閣箋疏每自輕餘子道學
從來諸謂老儒近代滑稽同得少一朝潤博稽人無丹鉛
最許升菴筆更遜三通在就草廬盃

公於前明推楊升菴於本朝宗推許鄭其深他及杜佑馬端臨皆稱其學皆無公之福摩也

題小倉山房詩集

少年咏史晚遊山[illegible]眼[illegible]二百年[illegible]斜解泉富壽到頭今亦少
瑕疵任指没終傳[illegible]山老[illegible]滄海橫流[illegible]玉石
仙佚榮絕靈無更定江河浩蕩愧前賢

最羨常恨少文画不堪多　水滿晶缸魚在空　海
肉魚名歸白耳枕中靈籍秘蒼牙　蛇画足蝌無腸
詞艷金鸚鵡才高蠛鳳凰霜啼雛暫蹶風翮空高翔
夢繞遊仙枕魂消選佛場　雁紅新竹里蟬碧舊槐
堂　白鶴性高非解舞紅鸚才媚遂能言　磨東儆
性澥輸鵝　祭餘韓文鱷亦靈　梅雨潤香篝
野渡未生草飛流猶掛冰　雉媒蒴芽油碧草　席穿毀骨赭黃山
兩声如聽瀑淺冰烟篆帶連憐懂字　虎氣
席旗懸餅肆馬鐸送肩輿

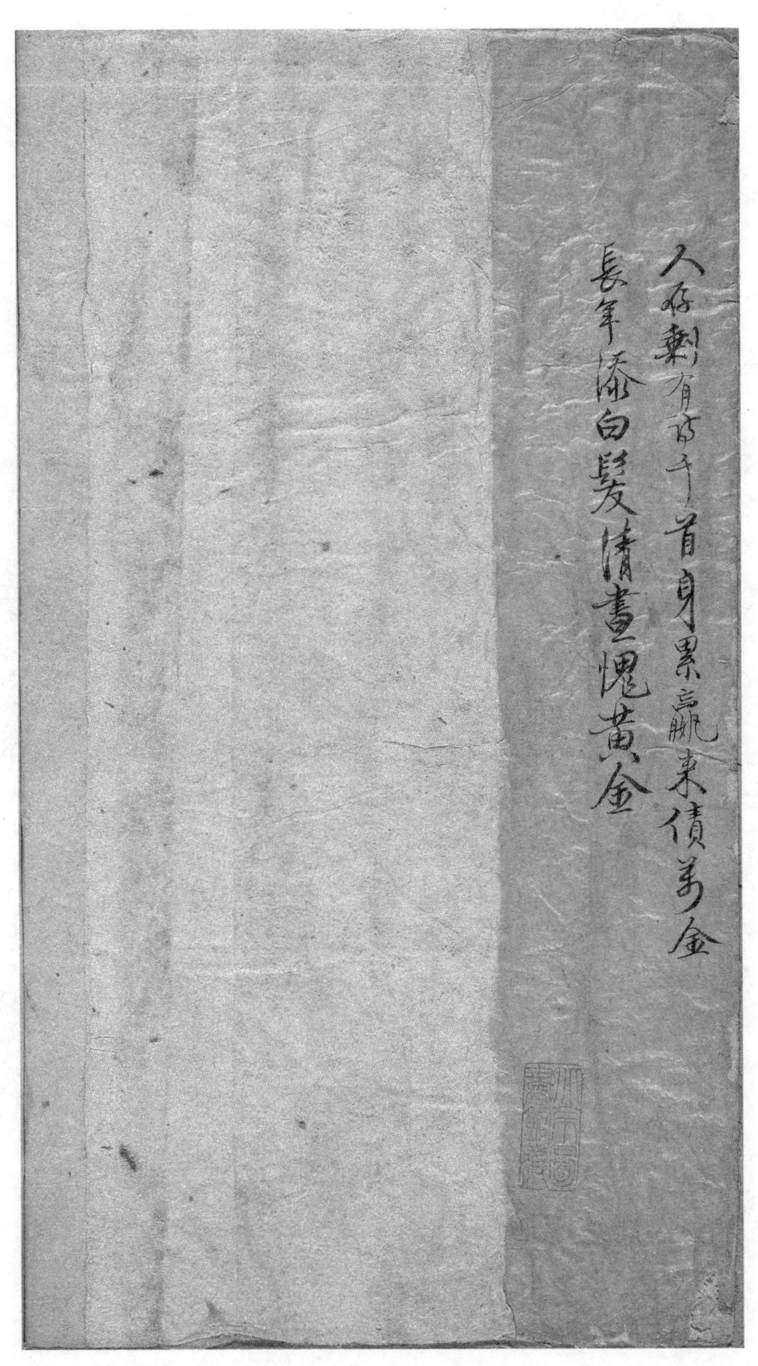
人存剩有詩千首身累贏來債萬金
長年添白髮清晝愧黃金

鐵香書屋詞稿

涿鹿楊衡叔冰氏著

漁家傲 遊柴台

破廟烟寒秋鎖綠，平臺土圻松根露。訪古尋詩時小住。斜陽暮。胭脂影淡將軍樹。　野曠林深風勢怒。墓門千載英靈護。夜半行人行欲怖。疑埋伏。神燈紅墮崖尤霧。柴台曉霧寨城八景之一

人月圓

三春被盡封姨怒，跋扈更飛揚。山園拭目，烟雲黯黑，沙土昏黄。　催花有信，長刀大剪，花豈能當。曉來一

陳晚來一陣吹箇精光

西江月　芭蕉

葉濶摇風力軟，深叢鬧雨聲𧆑。美人貽我一函書，却被東風開讀。　小院一窠相伴，勝他松竹蕭疎。吟牕靜悄晚涼初，月白燈紅天綠。

行香子　贈石和韶

講座無塵，壁水波淪，鐸𩑿𩑿、我有同寅。繁文擺脫，傲骨嶙峋。任出無車，食無肉，坐無茵。　談笑京都，誰主誰賓。好時光、轉眼芳春。櫺星門外，兩箇閑人。且月同看，花同賞，酒同斟。

一半兒 詠水仙

買陂塘 金魚

問漁師者般顏色水鄉誰共鮮灼天然二寸浮空出不比淡鱗拖墨嬌無那旱烟水桃花塵網千絲脫桐陰晝妥看丁尾塗金圓睛圈雪波面噴紅沫 投香餌曾把丹砂碎嚼香蟫紅豈能過傳湍河池一樣膨

享腹量有尺書藏著知渠樂但風雨龍門燒尾何時
躍園林寞寞且墮斤吹花沉思罥藻綠動一缸活

卜算子 和施梅村贈繩妓蘭兒

地上舞弓腰馬上翹蓮瓣人面桃花十載情怎不將春
戀 小字記猶熟舊曲聽原慣相見衷腸不得伸何
似無相見
補帳綠能挑翦紙花增冶却爲今朝憶往年不覺情
牽惹 一月任何久七日意難捨把箇連環放掌中
君將何自解

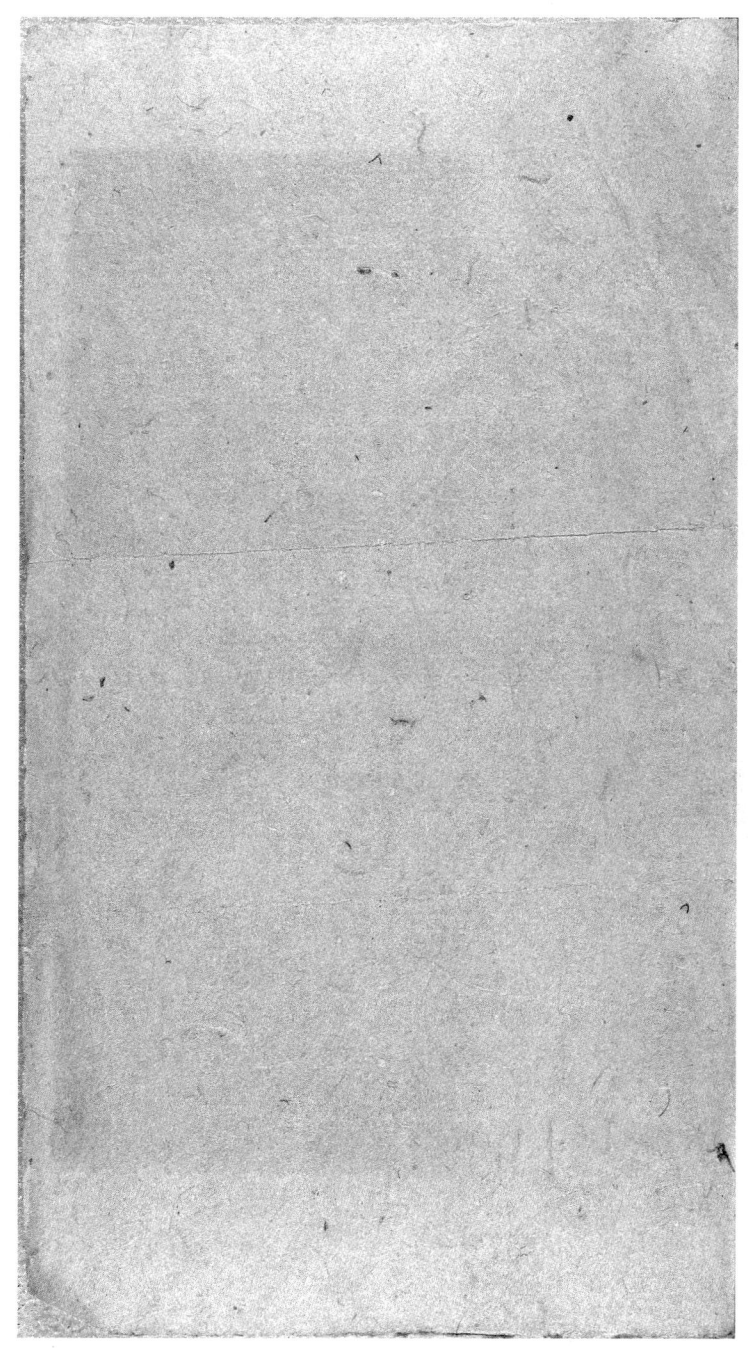

瓊華續集

俞廷瑛撰。二册。

俞廷瑛，字小甫，號紫卿，吴縣（今江蘇蘇州）人。官鄞縣縣丞、浙江通判。著有《瓊華詩集》四卷、《瓊華室詞》二卷等。

此本卷前題「己卯除月同縣小弟汪芑拜讀並借加墨」，後鈐白文方印「汪芑」。按，汪芑，字燕庭，諸生，工詩善書，有《茶磨山房詩集》。

正文題名「瓊華續集」，署「吴縣俞廷瑛小甫」。共五卷，收録自清咸豐十一年（一八六一）至光緒五年（一八七九）所作詩詞，按編年排序，卷一至卷四題名下標注干支紀年。末有俞廷瑛自序，署「光緒九年冬十一月吴縣俞廷瑛自識於杭州旅次」。按其序知此本爲俞氏手自編次并校訂，初編於清光緒四年，修訂於光緒九年，因其在咸豐四年曾「自編次所作古近諸體，共爲八卷，名之曰《瓊華集》」，故此集名之曰「續集」。

此集涵蓋内容頗廣，部分詩詞有雙行小字夾注，或附有小序。集中詩詞多作於仕途旅次，觀其作，知其行蹤曾至河西務、揚州、台州、松門等地，可爲其行藏事跡備考。俞廷瑛在吴地爲官多年，詩作所記多述及當地山川風景，如《南屏山謁張忠烈公墓》《過天台山作歌》《箬山即事》《神尼塔》等。光緒元年，俞廷瑛從鄞縣返杭，受邀入詩社，寫下不少與邊瀹慈、沈昌宇、梅振宗、江順詒、錢國珍等文人仕宦交遊唱和之作，凡餞行、讌集、題贈等事之傳寫正可謂吴地文人生態之縮影。俞廷瑛亦精鑑賞，有《題江秋珊甕算圖》《題徐健庵先生遂園修褉圖》《爲秦澹如都轉題方正學老水寒鳥圖》等諸多題詠之作。又有即景詠物之作，且多以組詩形式出現，如描寫各類繪畫的《石畫》《鐵畫》《繡畫》《烙畫》，詠歎秋天的《秋聲》《秋香》《秋色》《秋影》等。集中亦有關注百姓疾苦生活等作品，如《丁丑歲蝗不爲災誌幸》《打冰詞》等。

此本經俞廷瑛校訂，尚存增删勾畫涂抹之痕跡，可見其遣詞造句之用心，如《宿河西務早發》尾聯原爲「驅馳人漸老，慣是負春宵」，改作「求名原夫計，容易負良宵」。

（顔彦）

瓊華續集 上
瓊華續集五卷 二册
吴縣俞廷瑛著

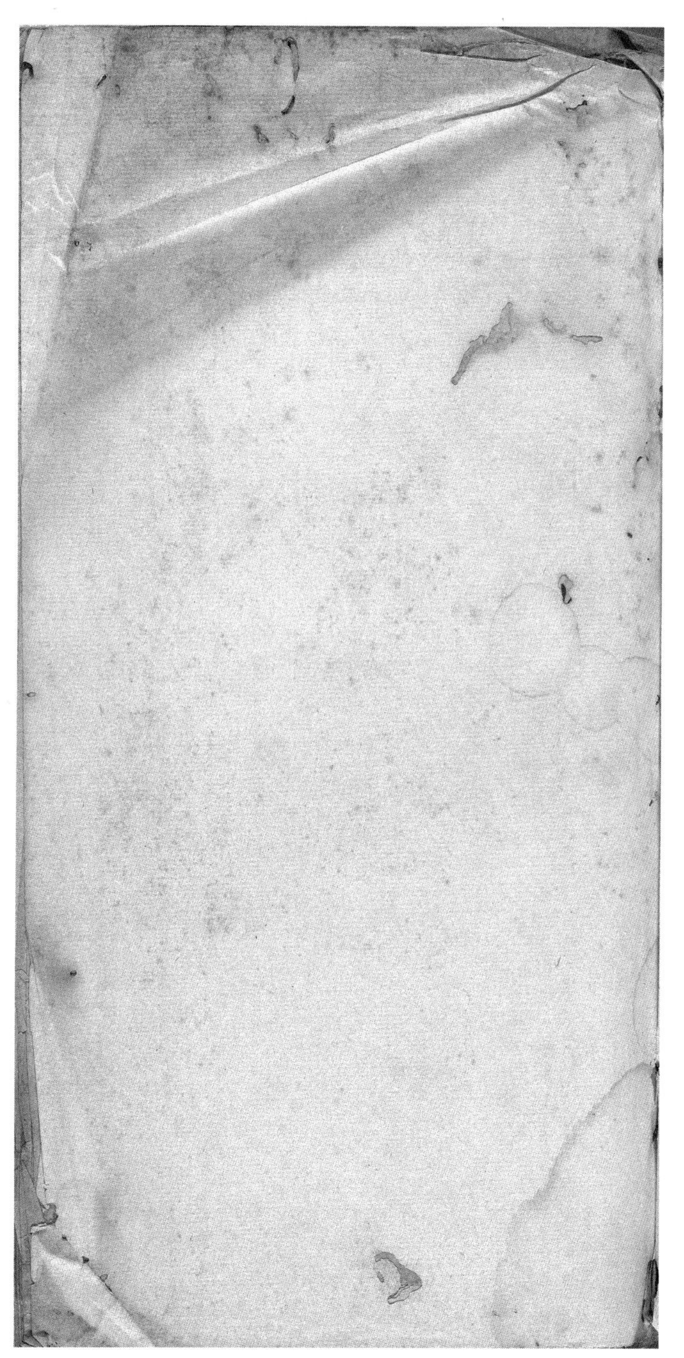

書号
函 一 册
登录号77216

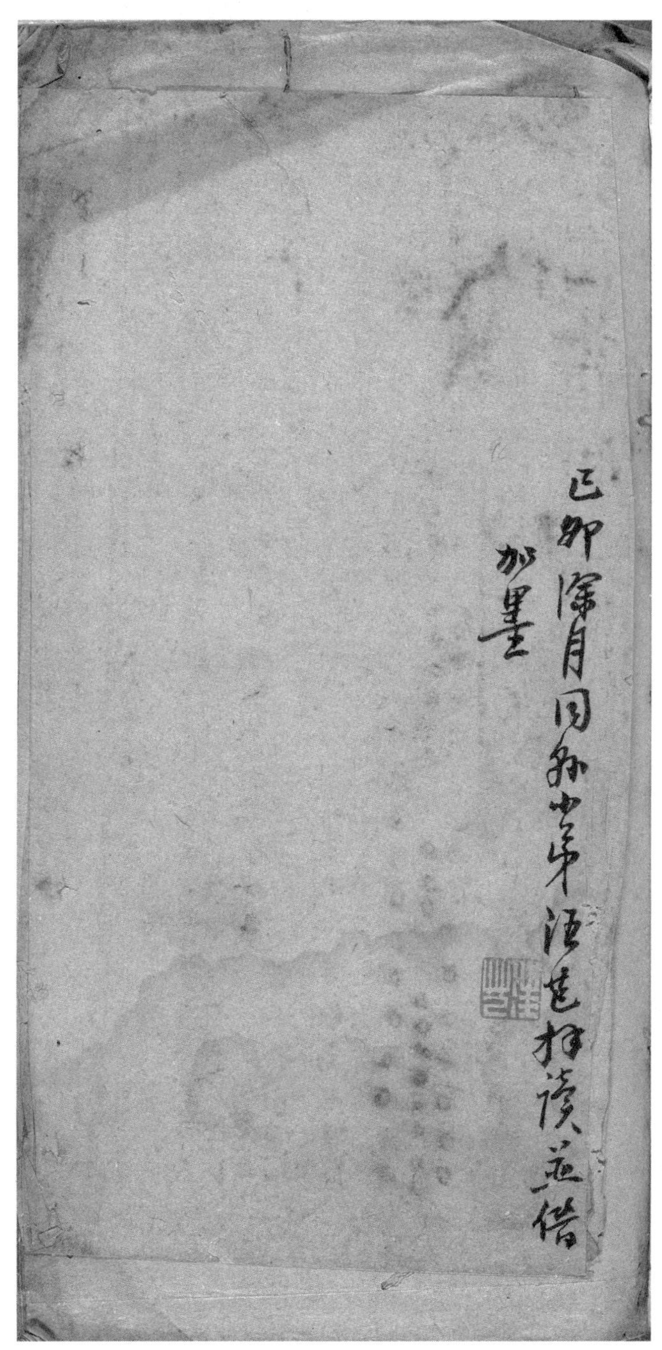

己卯深月同邑世弟汪芭拜讀並借
加墨

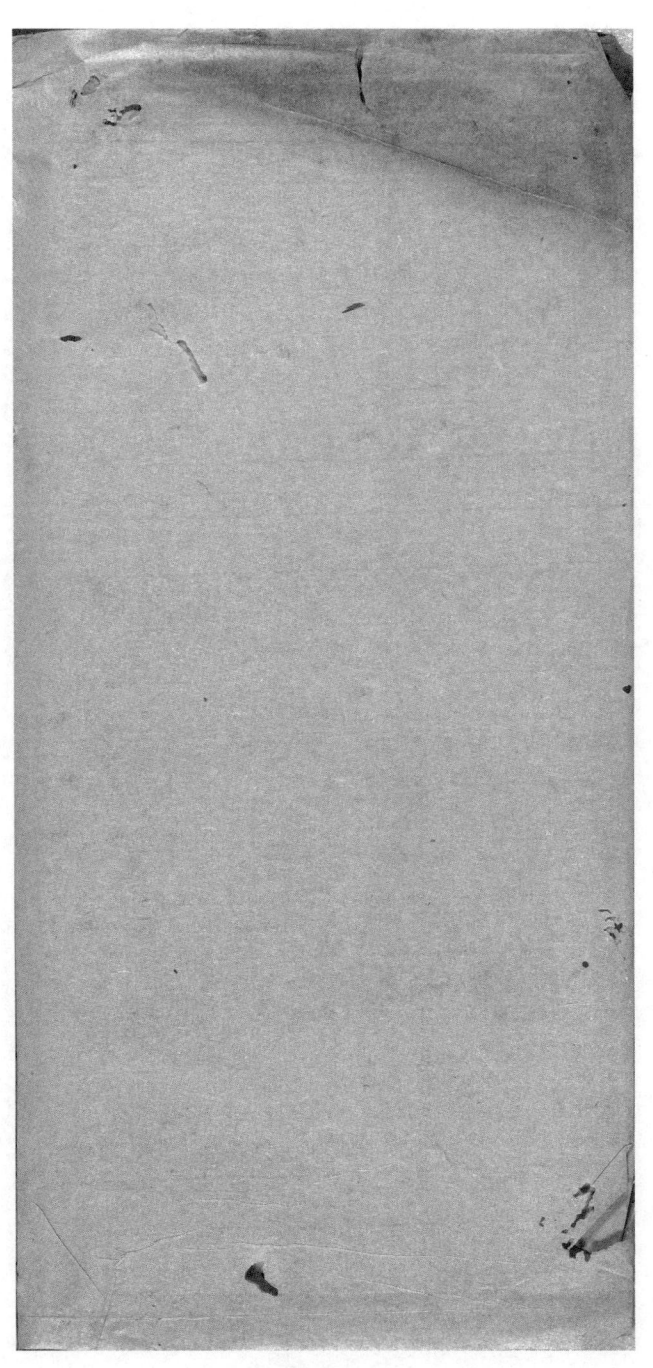

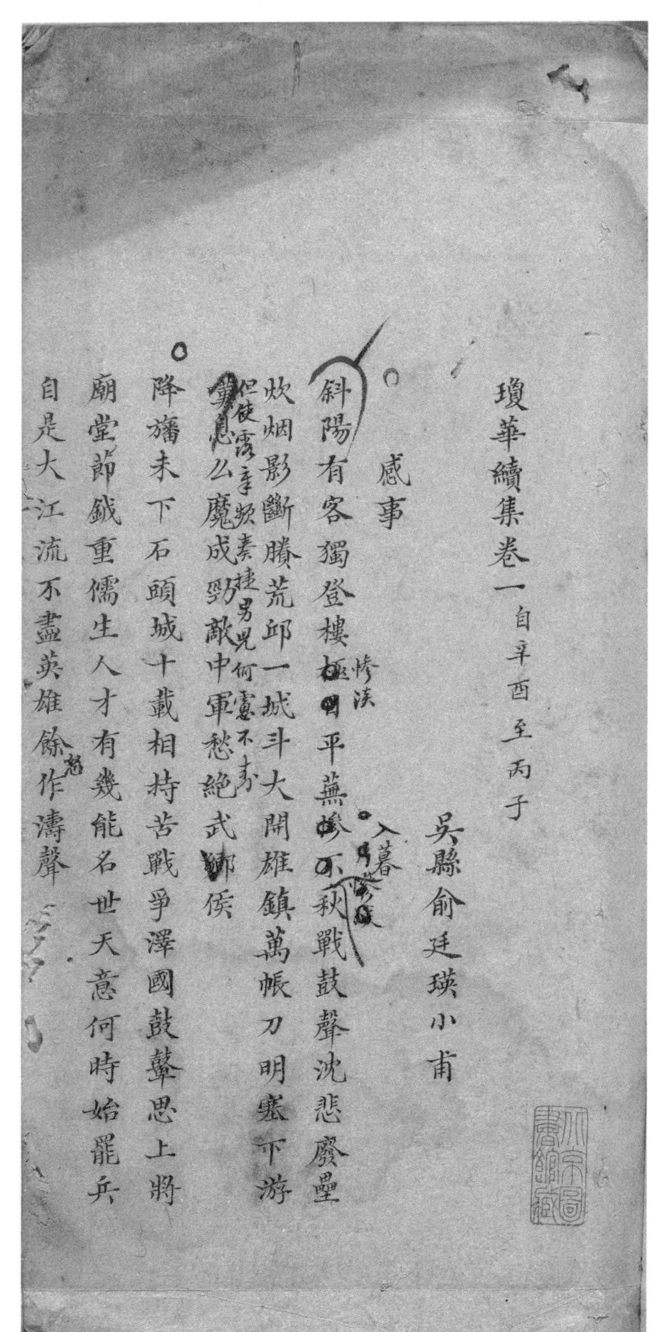

瓊華續集卷一 自辛酉至丙子

吴縣俞廷瑛小甫

感事

斜陽有客獨登樓，極目平蕪慘不秋。戰鼓聲沈悲廢壘，炊烟影斷勝荒邱。一城斗大開雄鎮，萬帳刀明塞下游。算息么魔成勁敵，中軍愁絕武鄉侯。

降旛未下石頭城，十載相持苦戰爭。澤國鼓鼙思上將，廟堂節鉞重儒生。人才有幾能名世，天意何時始罷兵。自是大江流不盡，英雄餘怒作濤聲。

○金湯一擲等頹垣秦越何人肯赴援涕泣重泉難瞑目
風濤萬里竟歸元旄頭未落終遺恨箕舌頻興孰辨冤
冷笑倉皇何水部轉將請室作桃源

○手綰兵符未二年四郊無日不烽煙轉輸自賴蕭何力
守禦誰如墨翟賢從古清流多觸網幾人宦海得歸田
他時倘着黃山屐先訪萊衣五色鮮

○身世淒涼似轉蓬何心投筆更從戎儉如蘇季裘多敝
廉似吳寬釜欲空臺閣有人羞伏馬山林無地着冥鴻
酒闌起舞龍泉意合付長歌慷慨中

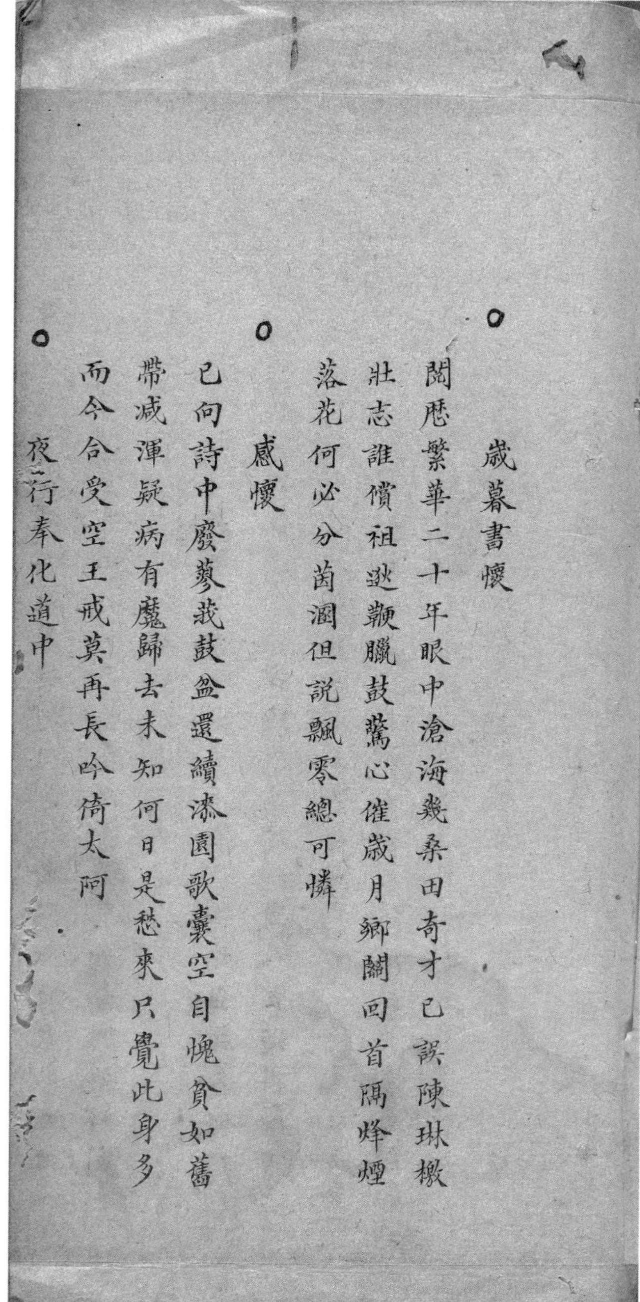

歲暮書懷

閲歷繁華二十年，眼中滄海幾桑田。奇才已誤陳琳檄，
壯志誰償祖逖鞭。臘鼓驚心催歲月，鄉關回首隔烽煙。
落花何必分茵溷，但説飄零總可憐。

感懷

已向詩中廢蓼莪，鼓盆還續漆園歌。囊空自愧貧如舊，
帶減渾疑病有魔。歸去未知何日是，愁來只覺此身多。
而今合受空王戒，莫再長吟倚太阿。

夜行奉化道中

一棹衝寒去宵深客未眠月明疑積雪水遠祇空嫏山
影欹蓬外潮聲落枕邊似聞南渡近名地雞犬漸喧闐

遊仙

丹訣親傳鍊乍成踏雲來往一身輕自從逃出脩羅劫
便向蓬萊頂上行
九點齊烟一笑看芙蓉花下倚青鸞不知子晉何心緒
手把瑤笙立夜寒
銀河一水隔紅牆惜別飛瓊夜未央難得蕊珠宮畔路
伴人還有小蘭香

○君馬黄

君馬黄臣馬驪和鸞載鳴雍容威儀解一君馬黄臣馬白
爰馳爰驅爰整靷策解二君馬黄臣馬蒼式如金玉永保
壽康解三

○空城雀

高城峩峩空無人有雀有雀鳴酸辛吁嗟城空粟亦盡
但覺饑來不可忍饑不可忍將奈何溝渠白骨充腸多

○折楊柳

置酒忽不樂與君從此辭春風將别淚吹上楊柳拔揚

柳空有絲難繫征人衣不如楊柳花千里飛相隨

○丈如張

丈而張羅獲禽孔多獲禽既多釃酒高歌注酒戒其傾取物戒其盈開網布德澤萬類霑陽春

○君馬黃 擬齊梁體

君馬黃君馬良來從西極道路長龍文虎脊軒以昂黃金絡頭青絲韁一日能行千里强貌閑氣定神洋洋嗟哉駑駘敢雁行

○空城雀

空城雀常苦飢啾啾唧唧朝亦無所適暮亦無所依借
問梁間燕主人一去何時歸

折楊柳

下馬折楊柳還看持作鞭笑入吳姬肆春風一路妍

丈如張

驅馬出門去射獵南山岡嚴霜昨夜韻(殞)秋草連天黃弧
矢豈不利網羅亦既張鴻飛寥廓外弋者安能傷

詠唾壺

烈士暮年歌美人別時淚解事乃有君千秋共心醉

○射覆

蠟鐙春酒伴沈吟，才調風流忍不禁。從製新題緘玉盒，暗拈冷字秘金鍼。較如畫鵠難爲的○，悟到靈犀別有心○。應被當年臣朔笑，滑稽初不似而今。

○投壺 限庚韻

酒邊忽聽矢錚錚，立馬何人技最精。花圃晝長分鼓節，竹樓春靜誤棋聲。百還更較流星疾，一笑偏驚掣電明。今日中興名將滿，雅歌誰是祭遵營。

○掃花 限肴韻

羣芳如蝶怯鶯捎擁帚迴環路遍抄香夢和烟成小別
玉顏絕代忍輕拋碧雲無恙階留蘚紅雨初收徑欹茅
爭似瑤池春色永桃花千歲尚含苞

○品茗 限文韻

瓶笙宛轉隔簾聞縷縷茶烟幻似雲落日平臺徵雅集
東風禪榻溢清芬一旗漫作庚辛判三印從將甲乙分
嘗到中泠新汲水瓊漿玉液任紛紛

飛龍引

維

清受
命
景運攸隆民安物阜日熾以豐咄彼豕蛇突起於粵由楚
而皖自吳及越
文宗赫怒遂興師征
宵旰用瘁大功未成吾
皇御宇格稟
遺算
上奉

兩宮
旁咨姬旦嚴脩武備益厲士心捷書疊奏渠魁就擒民騰
歡聲
帝有憂色憫此災黎水火既極爰減逋賦爰蠲逋租請賑
請卹
詔無不俞羣臣之勳
一人之福億千萬年
湛恩永沐方事之殷如絲斯棼惟
聖繼

聖克殄逆氛小臣不敏學陋才寡謹頌
中興俟采風者
○走馬引
去年走馬南入閩今年走馬西向秦問君走馬竟何意
胡為馳驅多苦辛君言少年負才氣碌碌羞為刀筆吏
一腔熱血世莫知願灑沙場征戰地即今甘涼方用兵
棄繻敢請終軍纓吴鈎三尺誓滅賊國家恩重頭顱
輕寄語元戎容借箸鵷鸞終見雲霄翥功成不必自言
功會泛扁舟五湖去

○前有一尊酒行

置酒高堂上勸客客莫辭酣嬉為起舞慷慨前致詞自經兵燹來舉足皆險巇但冀脫鋒鏑遑敢悲流離一朝陰霾散三吳遂清夷擾攘十餘年復覩承平時代馬依北風越鳥戀南枝曰歸猶未得已慰枌榆思骨肉幸無恙貧賤分所宜人生貴適意不飲將何為

○門有車馬客行

門有車馬客云是故鄉來攬衣出門訊未語腸先摧吳越昔遭兵竄跡深山隈前年馳露布始挈妻孥回荒衢

蹊逕改異物親朋猜園圃積瓦礫亭榭埋蒿萊滄桑如
轉轂浩刼猶餘灰語罷遽揮手輪蹄渺黃埃迢迢空澤
湖峩峩姑蘇臺登高望不極雪涕空徘徊

簾波 得香字

玲瓏犀押未禁颭皺出湘紋縷縷長麈影不飛深障曲
烟痕欹活淺留香輕捎燕翦風初定低浸鸞鉤月自涼
擬倩通辭還隔面由來銀漢是紅牆

香篆 得簾字

霏霏烟靄繞芸籤波礫分明乍啟㰝凝就一規仙解脫

熏成卍字佛莊嚴迴文錦展濃芳爇博古鑪開小印添
最是撥灰閒覓句相留未擬捲重簾

○悼紅吟有序

桂卿者四明人也綠珠絶色碧玉小家室侍慈
蔭鄰依大樹所居在後市大樹廟側擲梭客去肯令白壁
沾泥投轄人來頓許黃金躍冶紗將繫臂錦與
纏頭月誓三生雲行一度豈料妒聞獅吼釵竟
輕分叟燐釁起狐疑劍難終合音塵隔矣形影
淒然每當鵲噪蟢飛猶穿望眼無奈鸞飄鳳泊

欷碎迴腸一病懨懨遽醒梅花之夢九原渺渺
莫招桃葉之魂嗚呼僕本狂人生多恨事弔桂
林之黃土别桂福於青樓均有詩載璚華外集芳字適同
悲懷何極緣慳識面早縈平子之愁語出傷心
聊當步兵之哭書之匀碧悼此落紅

銀潢不流蟾彩缺滿地瓊英落如雪暗風颯颯吹鐙青
仿佛有人語嗚咽女兒十七傾城姿問名笑指丹桂枝
羅綺不華絃管賤綠窗自惜駒光馳悄駕鈿車遊陌上
珠輝玉映世無兩頗疑昔日秦羅敷行者坐者各惆悵

五馬何處來使君豪華意氣迥不羣顧指参昴作盟誓
蹇修一再通殷勤黃金別起藏嬌屋繡幕周圍燦花燭
盤龍光照新上頭羞澁猶看翠蛾蹙合歡酒熟瀲灧酣
定情詩成宛轉吟雙飛雙宿鳥比翼一話一言蘭同心
芙蓉帳暖春雲膩一宿空桑豈初意劉家婦人興風波
捐扇摧齎等兒戲榴花五月紅易飄蓮花六月香又銷
秋飆轉眼墜金粟此人此樹同蕭條深掩銅鋪病無力
海棠褪盡臙脂色紫釵空費十萬錢依舊井瓶斷消息
噩夢驚魂事事非細胥甘逐輕烟飛薄命不如紅淚點

瑩然留得在君衣君去迢迢邑國衛縮地長房更分袂

鳳簫聲咽秦樓傾一慟歸來撫孤棲鴛冢三尺碑十通（黃土淒涼碧草封）

夜臺應唱負情儂不知與我干何事也濕青衫一兩重

○邀邊雲航司馬淪慈飲即席成四律句送其之官大梁

海角論交誼傾心獨有君雲霄欣得路風雨惜離羣遲聽歌三疊先邀醉十分杯盤原草草聊以致殷勤

去年當此際君正捷南宮科第傳家早文章應　制工臚從　金殿唱夢竟玉堂空迭聽長安信歡愁一瞬中

捧檄匆匆去中州我舊遊笙歌競梁苑燈火話樊樓擾攘今何似繁華定不侔監門人在否懷古涕應流

親舍違千里馳驅定省來高軒因我過荒徑為君開薄宦踪難合殘宵漏莫催茫茫留後約珍重濟時才司馬尊人仲思觀察現知甯波府事

壽鄭母五十

吾將迓王母招麻姑飛鶴蓋乘鸞輿前擁金支後翠旄衩珠珮玉紛仙曹英妃撫琴秦女簫雙成吹笙聯涓璬碧空萬里天香飄左呈迴雪舞右奏賓雲曲遠臨通德

門親授長生籙是時春風二月有柰如瓶有棗如瓜惟
有綏山之桃初着華更俟三千年後桃子熟再邀蘭姨
瓊姊躋堂介壽斟流霞

●戲有贈

三生宛轉奈情何吹到春風水易波笑指章臺楊柳色
此中消得壯心多
碧雲慣是隱牽牛一角銀河瀋不流聽徹采春囉嗊曲
聲聲移入小梁州所居地名小梁街
笙歌點綴畫堂春棐几湘簾位置新羨煞王軒修到福

相逢偏是浣紗人（其人有西施之譽）
瓊臺回首劇流連曾晤桃花一月前吳市金錢拋未得
寸心分付薛濤箋

○病中雜感兼懷梅鷺臣

屈指全家藥遍嘗（八月間寓中大小上下無不病者）恰留一我作收場
怯寒翻笑秋無賴驚夢生憐夜未央繞徑葉聲風瑣碎
滿窗竹影月淒涼靜思十四年來事雪鍊冰磨盡可傷（予於庚申歲始入官途）
萍蹤偶此滯明州歲月催人易白頭薄宦生涯聊養拙

騷人心事慣悲秋已拚割席辭三雅未擬揮毫咏四愁

幸脫餘生亂離後可憐於世更何求

目覩中興事業新通侯多半出風塵奇才何必皆名世

要路無妨且讓人矯翼從知黃鵠健會心祇覺白鷗馴

荒江可奈秋飈冷瘦絕文園病後身

藥鑪經卷强支持曉日披衣起坐遲螻蟻命輕狂不惜

鰥魚味苦病方知無家已冷還鄉夢有悟偏深出世思

惆悵都官剛別去待聆七發欲何時時鷺臣適赴杭州

梅鷺臣見題外集即用原韻報謝兼以奉贈

詩未能狂酒不豪，漫從綺語託牢騷。春風將我胸懷曠，秋水如君眼界高。鶯囀宛然聞柳浪，蟬吟聊以答松濤。素心且喜居相近，無事郵筒寄夜舠。

湖海元龍氣自豪，奚須痛飲讀離騷。鳳樓才調金閨重，鷲嶺聲華玉局高。文字論交融水乳，功名得路羨雲濤。探梅會踐孤山約，共泛西泠一葉舠。（君有明春同赴杭州之說約）

○聞吳子述表弟舉京兆試喜而有作

泥金帖子喜題名，不負津門此一行。（子述以鹽經歷分發兩浙，去冬奉委津門海運，事竣遂入都應試）京兆尚傳前試卷（外大父有庚先生暨引之舅氏皆以順天試中式狀元好繼舊家聲予述之曾叔祖棣華廉訪叔祖姓舫少宗伯皆以第一人及第關心連日戌西笑彈指春風賦北征洗耳預儲千斛水聽歌霓曲到蓬瀛

題厲太鴻樊榭山房詩集即倣其體

新詩昔見吟南宋今日始窺全豹斑徵士聲名動吳越閑居蹤跡託湖山陰何心苦人誰識鄭衛音淫句必刪悵絕遊仙三百首塵寰無路可躋攀樊榭有南宋雜事詩百絕集中未載

彭厚甫喪其偶予過慰之值延僧禮懺留飯則蔬食也戲調以詩

舊雨相逢快舉觴奈何厨傳斷羶薌狂奴解辦如泥醉未解清齋學太常

俗吏偏高隱士風料量春韭與秋菘漫言肉食人多鄙却在封侯骨相中

營奠營齋亦可哀思憑善果懺輪迴壽登八百君家祖可似何充佞佛來

舉箸當筵寂不歡攢眉如對廣文盤伐檀一○什卿知否君子由來不素餐

○甲戌五月童蒓舫户部招飲於城西之新居鷺臣

首唱一詩以示余且約同作甫屬草適以事阻
匆匆半年猶未能脫稿也既而蒓舫索之急因
別作一篇報之

童君卜宅城西隈竹石楚楚無塵埃今年五月梅雨霽
方池千柄荷花開郇廚夙戒具有核平明速客馳輿儓
賢兄適自始甯至入門握手驚于思（謂令兄鏡涵學博）都官工
詩（謂梅君鷺臣）弁陽畫（謂周君齋庭）鯫生能事惟持盃斑騅陸郎
來最後（謂陸君健甫）飢腸累客鳴如雷合坐剛符竹溪逸各
豁胸臆無嫌猜縱橫摶陣逞豪氣經營腹稿奪奇才梅

君首以一詩唱九天咳唾飄琼瑰邯鄲學步不自量騷壇妄冀相追陪苦吟未竟遽擱筆敗興宛若催租催自夏徂冬歷時久負債欲避愁無臺主人顧我索之急心怯珠玉終徘徊昨宵被酒興忽發捐棄舊作翻新裁如墨已傾拾殘瀋如香已燼燃餘灰粗枝大葉良可醜況有鄒衎子難為枚顧君為藏魏公拙更致一語君其咍破費精神作何補蔑苓不及蒲萄醅池南小屋地鑪煖向陽當已舒寒梅何時更一命儔侶同看香雪傾尊罍

三　題梅鷺臣款亭山館詩集

同作明州客傾衿及四年揮琴春握管刻燭夜攤箋體擅星郎妙評爭月旦先報瓊無限意一讀一流連鷺臣曾題余外集七律一首

鷺臣以白秋海棠見惠戲用紅樓夢詩社原韻酬之

喜分佳卉到蓮門泉溉泥封早購盆含露尚疑珠迸淚怯風應倩玉招魂倚來翠袖慵無語寫向冰紈澹有痕聽取芳名尤着意好燒銀燭照黃昏

鷺臣以詠厲齋花木及有感諸詩見示因即用末

一首原韻奉答

我嗜與君同佳卉羅不少手自修治之眠遲復起早高潔若梅花幽靜若蘭草類殊品各分按譜恣搜討未覺歲華流但愛顏色好泥乾汲水澆葉落攜帚掃小盆養金魚生趣溢萍藻中峙石玲瓏匠手劚亦頗巧願之舉一觴欣然欲忘老因念斯世人甘苦異芹蓼似聞玉關西干戈猶俶擾又聞燕齊間雨澤久已杳睠彼將相臣憂時坐枯槁

○五十初度口占

春鶊秋蟀遞相催荏苒流光去不回廿載讀書成底事
一行作吏本非才飢寒倖免他休問離亂曾經志易灰
屈指百年剛及半繁霜已上鬢邊來
當年捧檄向明州那料星終尚此留看劍未除豪士氣
墜鞭猶憶故園秋無多兒女偏為累儘有神仙不耐求
且擬添栽花百本舉觴一笑當添籌庭下盆花一百餘皆手植也

○祝程叔漁封翁七十雙壽

春風閬苑集羣仙弧帨同時祝大年立雪門庭看鳳翥
登雲家世羨蟬嫣　恩承　芝綍三霄遠彩煥萊衣五

色鮮回首生平應一笑壽杯晉自宓琴前
孟宗林筍孔融梨孝友當年播弋溪琴劒四方朝策馬
圖書千卷夜聽雞鄭莊驛遠紛酬贈魯肅囷饒任取攜
雛鳳聲清閒自課姓名早向桂宮題
僊人作配有劉綱高士相攸有孟光佐讀宵分勤紡織
承歡朝起事羹湯臂纓自昔心無與黻佩於今鬢共蒼
屈指杖朝緜歲月孫曾繞膝慶同堂
鯫生薄宦寄明州喜聽循聲本燕謀見說安車來子舍
擬投短刺阻庚郵鶴飛好倚江樓笛兒酌從添海屋籌

太史料應書瑞事句章分野壽星留
○壽陸紫泉先生
常州古毘陵風俗最厖厚薰德多善良觀型重耆耇龢
龢紫泉公詩禮幼稟受至性播戚黨僉詞稱孝友演易
通六丁讀書過二酉不屑爭市朝而甘隱隴畝白雲卧
堦除青山當戶牖生趣託禽魚佳味珍菘韭（先生日食戒殺尤喜
放生）邈然忻會心莞爾笑開口對月閑撫琹看花快傾酒（能歆
善琹）逸豈華陽同樂與啟期偶餘事訪長桑奇技誇從
梛時軫濟世胸妙試回春手（精於醫學而不以自見有請診者授方輒效）慈

祥寓仁術澹泊貞素守狼豕學垣熾麋鹿蘇臺走出險適如夷用晦竟无咎可知蒼蒼天特相皤皤叟年今臻七十澤尚吞八九視聽益聰明精神卜悠久有子紹箕裘為親屈升斗順風吹鴻毛春日泛鷁首色笑瞻庭闈歌咏頌岡阜鯫生抱欽遲握管自忘醜抽笛譜鶴飛遥以介眉壽

將去明州留别諸同人

十載琴書滯海濱者番欲去轉逡巡早知疾病難為客無奈飢寒尚累人

浮雲變幻尋常事，且為春風惜此身

舊交幾輩託心知雲散風流此一時避暑尚思河朔飲乙巳歲偕童蒓舫農部陳魚門太守及馬玉衡劉子謙兩司馬姚季眉龔梓材朱厚齋三明府為消夏之會飲輙達旦探幽曾和輞川詩蒓舫構新居於城西亭池竹石曲折幽邃前歲招飲梅鷺臣少尉首唱一詩予遲至半年始賦七古一章以報驪駒不分歌相續年來玉衡諸君悉已去甯蒓舫應禮部試魚門亦屢赴滬上鴻爪生憐去獨遲回首四明山色好青青長是繫人思

判牘從容敢自矜銓才衹覺百無能初心豈但求温飽衆口何妨聽愛憎旅況本來巢幕燕前程從此脫韝鷹

當年祖帳依依處，海曙樓高更一憑。（戊辰秋，予將赴省，魚門設餞於海曙樓，大會賓客。既予奉幫辦甯局之委，乃不果行。）鳳泊鸞飄不自由，西風蕭瑟驛亭秋。乍來捧檄成前夢，（予於癸亥春以署鄞縣丞事始來甯。）此去乘槎亦壯遊。（擬附輪舟北上。）對鏡渾忘蒲柳悴，拂衣容作稻粱謀。黃花晚節心期在，他日相逢更唱酬。

○夜泊西興

東風吹我去明州，直到西興古渡頭。亂後湖山迷舊蹟，望中雲樹入新秋。一千里路縈鄉思，五十年華誤宦遊。

自笑阮囊羞澀甚未能浮泛作閒鷗

瓊華續集卷二丁丑

吴縣俞廷瑛小甫

丁丑二月北行口占

鵾鵬且暫息扶揺，橐筆先教賦早朝。卅載未嘗行役味，一聲風笛最魂銷。

落拓名場愧不才，飢鳶腐鼠任相猜。此行一吐英雄氣，破浪乘風萬里來。

中江風月冠吴都，嗜好儂偏與俗殊。别有一般惆悵在，冶春時節去西湖。

鳳城兩月寄吟身榾火明時好返輪紫氣燭天牛斗避
待看干莫出風塵

○有感

莫怪孫陽眼倦開風塵畢竟少龍媒試看駑馬鹽車下
一樣長鳴得意來

○宿河西務和壁間韻

芳樹烟痕斂遠山黛色皴驅車來此地剪燭憶同人客
路風霜苦　畿疆景物新勞勞殊未已何日乞閒身

○河西務早發

殘夜催車發和霜度板橋樹遮燈影暗○風送鐸聲遥○歧徑昏難辨寒威曙未銷馳驅人斷老慣是負春宵（求名原失計容易……良）

阻風戲作

去杭州日為留行下溜河時人阻程我道風姨如厚我但須相送莫相迎

前詩成後次日竟得順風惜未一時又轉而逆復成一絶句

打鼓催船響未終榜人解纜去忽忽分明片刻蒲帆挂也算今朝遇順風

秋花雜詠

蔦蘿

葉為鳳尾舒莖作龍鬚嬌丹英媚孤松山阿夕陽悄

晩香玉

噴麝難為馥雕瓊未足奇幽蘭堪伯仲無奈葉離披

海棠

風露黯墻陰幽姿益增媚今日斷腸花當年思婦淚

燕支

景陽樓下井秋芳裊其側采采懷美人貽之好顏色

○蘆

忽忽西風起漫天作絮飛斷絃甘不續生恐作兒衣

牽牛

葉浣波痕綠花分草色青永夜長相望天邊織女星

素馨

細朶全欺雪繁枝不畏霜珠江好風景一例說芬芳

○紫茉莉

也呼抹麗名一笑渾不似衣白更衣黄人但憐阿紫

僧鞋菊

分得陶家種居然並晚芳大千秋世界何處不遊方

〇豆花

涼月竹棚秋三更露如水離離花影垂蟋蟀鳴未已

〇芙蓉

生長秋江上容華自可憐長紅還小白一見一回鮮

芭蕉

綠陰滿窗紗美人來不速相伴更相憐一雙紅蝙蝠

雁來紅

征雁唳長空征人淚灑紅一痕沾小草顏色勝丹楓

○蘋

汀洲淡無容，留得餘芳在。盪槳誰家娃，誤作菱花采。

○蓼

畫出蕭疏態，漁汀夕照留。忘機漚鳥在，冷伴一枝秋。

雞冠

紅紫艷奪目，似花還非花。新婦作羹忙，十指搓丹霞。雞冠一名洗手花

○鶴田春歌

白雲夜就西湖宿，南屏一犂春雨馥。山人愛聽九臯鳴

瑶草和烟耕未熟翀霄雙翅垂襹褷仙禽毋乃臣朔飢
苕溪給諫亦好事芝田二畝欣相貽衍波箋走龍蛇字
產不千金代為置珍藏莫作馮驩焚歲歲年年稻粱飼
秋風有客驚催租道場山前月影狐試問乘軒舊采邑
桑海猶存右契無

○固園看菊花

經營泉石記吾宗（園為長白固畫臣太守囑俞君雲收所葺）今日携樽訪舊
蹤紅樹覩將秋色艷黃花開遍晚香濃客從籬畔評佳
種人向簾前比瘦容已插滿頭歸未忍思來廡下賃餘

春園有餘屋
可以戲居

○丁丑歲蝗不為災誌幸

江南古揚州其穀本宜稻民以食為天所慮惟旱澇今年暘雨時嘉禾既方早不圖四五月蝗蝻忽滋擾飛空蔽闐河集地盈城堡驅之詎能去捕之不見少鄉人各驚惶日夕憂心擣比為田祖祈彼向社公禱眼看田中苗岌岌勢難保之蟲竟何知乃獨饜芹蓼無何邁風雨遂爾蹤跡杳西成慶豐登轉比往年好是惟吾 后德至誠格 蒼昊因之我有感爰謂鄉父老爾茲歲有秋

驩然際熙皞不聞晉豫閒赤地嗟枯槁閭閻半死亡鬻賣及繈褓大吏上書言痌瘝　帝在抱發粟更輦金庶幾沐再造試為易地觀性命已腐草人聞沈督部手自具疏稿謂除蝗與蝻收子尤要道去惡莫如盡價買須及早苟能搜采勤自必根株掃爾勿憚胼胝爾勿惜蓬葆力田乃逢年稼穡實惟寶兩江沈幼丹制軍近上收買蝻子一疏

秋香

滿林商意覺蕭然何處幽芬忽暗傳撲鼻迥非蘭麝品會心何但木犀禪十分涼沁風懷爽一縷清分露氣鮮

且莫興悲同宋玉氤氳留結靜中緣

○秋色

溪山深處好憑欄評騭清華興未闌籬菊佳含宵雨潤
井梧老過暮煙寒十分絢爛看無盡一片蕭疎畫亦難
更上慈恩高塔望西來風景滿長安

秋影

洞庭木葉下西風妙（別）有神傳恍惚中四照欲迷容鏡幻
一層應訝菊屏空涼（白）生虛室難為句（看難辨）畫（紅）入斜陽別是紅（繪未工）
最愛澄江如練淨深（細看他）涵飛雁太（飛度何事太）忽忽

○秋聲

瑟瑟蕭蕭聽亦驚清商都作不平鳴一燈孤館風初起
萬木空山月正明刻意催人年欲老幾番攪客夢難成
讀書却笑歐陽子千古偏留作賦名

題嵇康絕交書後

言言肝鬲吐無餘畢竟狂奴態未除貧賤自無人過問
絕交何必更貽書

○南屏山謁張忠烈公墓

生不能輔中興為唐李郭復不能佐偏安如宋劉岳天

心已去挽不回四顧茫茫足安託跳身海上十九年始譚家洲終南田孱王走死驕帥畔臣力既竭心彌堅身可殺不可辱土窟囚柴市僇生前狀不識真卿葬後名．猶託張祿勝朝殉難不乏人如公抗節尤艱辛表彰何幸際　聖代忠烈兩字垂千春西子湖濱荔峰麓鬱鬱佳城禁樵牧幕賓侍者左右依曰劉子木楊冠玉我昔廣四明訪公之里燕已平我今遊南屏拜公之墓涕先零嗚呼公一孝廉耳成仁取義乃如此求諸當日誰與比桂林瞿南都史

寄衣曲

良人西去玉關遥，六月天山雪未消。檢點寒衣遲不得，江南還是可憐宵。

珍重明駝寄一篋，沙飛戈壁欲寒天。殷勤為向西風説，讓妾衣裝到在先。

石畫

誰扶雲根秀，如將粉本披。神情都逼肖，肌理抑何奇。自得精華藴，何勞采色施。閒窺英德本，學步信堪嗤。石出滇南大理府，近則來者絶少，而粤之英德石乃盛行。

○鐵畫

妙繪由良冶，居然奪化工。金銀三品外，筆墨一鑪中。竟得鉤摹意，憑收鍛鍊功。小園懷往事，惆悵壁燈空。予家園中壁燈有以鐵畫飾之者，凡四盞。

○繡畫

五色相輝映，丹青出繡牀。難尋針線迹，恰稱綺羅香。妙手追雙管，靈心擬七襄。伊誰珍絕技，祇許看夗央。

○烙畫

曹陸空揮灑，疇能策火攻。香留紅燄活，筆抵白描工。意

得吹嘘外神傳刻畫中小池容水繪應是匠心同

題江秋珊甕算圖

蕭然夜對一燈紅富貴都來幻想中自是人情何必諱

飯生心恰與君同

海濶天空意境殊頓忘長物祇區區偶然昨夜輕伸脚

笑煞朝來甕亦無

又題敬亭山頂放歌圖

皖南勝境推宣城奇峰四面芙蓉擎就中敬亭獨傳播

身雖未至心嘗傾一夜山靈忽見詔云從何處來狂生

逕造巔頂發浩唱白雲欲裂天為驚將扃岫幌請回駕
兩耳免聒轟雷聲我謂山靈勿孟浪爾知狂生何姓名
秋珊先生旌陽籍醴陵花管超羣英耽吟酷如李供奉
慣携謝句青山行爾得一顧足光寵是豈宜拒惟宜迎
山靈唯唯倏而去我亦推枕揩雙睛癡人由來善說夢
急向江子輸前情自後裹糧躡游屐慎毋亂作洪鐘鳴
萬一遭逢不解事下逐客令顔其頳此時幸藉排解力
居然芥蔕歸渝平一笑詢君何以報春醪五斗猶嫌輕
會當乞取濟勝具唱酬同結騷壇盟

題西湖圖有序

湖舊有圖兵燹後板燬矣近吾鄉翁子静涵大澂復為之境既詳備筆亦疏曠勝舊圖遠甚予購得一紙戲題其上

一別西湖二十秋此來無處不勾留未能日日騎驢去
且買新圖作卧遊

○十一月二十二日飲於錢子奇明府國珍春暉草堂分咏飲中古人予得山簡

昔晉羊叔子遺愛留襄陽巋然峴山碑仰止如甘棠山

公繼秉節庶幾追前芳是時四海一無復軍書忙俗喧屏絲竹樂事尋杯觴高陽習家池風景堪徜徉暇輒呼騎去滿酌春醪香酩酊始言歸斜日頹西岡倒着白接䍦道路歌洋洋迄今邈千載懷思獨難忘醒為八州督醉為一酒狂大綱苟不紊小德庸何傷惜予生也晚未得同游翔此中有真趣知之惟葛彊

○又分咏寒具各一予得皮韈

屨人兼效掌皮功暖入雙趺迥不同豹師略存形製古鳧飛真見羽毛豐○蒙茸且喜霜堪履温軟何須火更烘

郤笑紛紛珠綴客可無躑躅向西風

● 追和吳蘭雪九里洲梅花歌用原韻

我生於世無所求惟求勝地作勝遊苟值奇葩與佳樹
便是起居飲食處桐廬山水名浙中田種梅花如務農
連塍幸免遭兵燹計畝無煩算釜鍾霜雪横飛苞蕚坼
千株萬株成一白花光熠燿比（誤）琉（留）璃（黎）花氣氤氳異安息
九里洲圍四面山山容窈窕出花間衝寒有客騎驢去
索笑何人載鶴還新聲妙倚江城子唱入蒼茫烟霧裏
暗香疏影儘流連口未銜杯心醉矣似此邨墟似此花

萍蹤願就花為家不用登山頻着屐不須涉水遠乘槎
芳信息息時易失韶華過眼難重覓廣嶺尋春負夙懷
羅浮同夢期他日蕭然紙帳歲將更鄉思吟情兩合并
鄧尉山前銅井路青鞋來往足平生

二、疊前韻

蓬瀛方丈遠莫求挂帆近作錢江遊桐盧城外見梅樹
尋香直到花深處居人居在梅花中種花勝於圃與農
終年勤動足自給歲饑無煩籯一鍾笑指南枝苞乍坼
張眸已覺離離白春信日催花日繁接畛交畦開不息

一灣綠水兩岸山山迴水抱花中間雲烟萬頃自盤鬱
風月四時相往還我携小蠻招鶴子（小蠻酒榼名見香山詩註）怡然
獨酌花陰裏酒酣欲作梅花歌歌未成章鼾作矣梅花
伴我我伴花我與梅花成一家知己得此亦奚憾封侯
肯羨張騫槎叵耐雞蟲爭得失老大猶將稻粱覓姑留
一語慰梅花有田不歸如此日昨宵歌枕聆寒更啁啾
翠羽聲相并我憶梅花殊不釋不知花可憶鯫生

○玉茗花

琪花瑤草總尋常別擅瓌姿壓衆芳落日平臺留俊賞

春風曉鏡助新粧（用疑雨集詩意）種分寶相難為品夢入臨川舊有堂（蔣心餘先生著傳奇九種臨川夢其一也）供養祇宜梅作伴愛他一樣耐冰霜

孤山尋歲寒巖石刻

巖以歲寒著書為坡公傳標題僅三字名勝遂千年我玆躡屐往徘徊孤山巔俯視西湖水蒼蒼浮暮煙

○春秋列國宮詞

舞雩新樂奏雲和導從宮車取次過牆內花多牆外笑揮鞭無奈圍人何

別館新開汶水東香車小隊駐春風後宮齊唱南山曲
不在臺萊頌禱中
驪戎二女恰齊肩阿姊何緣寵愛偏夜半深宮歌舞歇
有人掩袂泣君前
攜手河梁淚滿巾難析二十五回春可知永巷淒涼夜
尚有終身未嫁人
青山曲抱杞城迴版築登登阿監催忽聽鸞鈴齊俯首
夫人親賜午餐來
小院春歸燕子飛寡人相送最依依如何一樣房中曲

不賦關雎賦綠衣

胡帝胡天世莫儔鵲飛如報渡河秋誰憐别院衣如雪

掩淚燈前矢柏舟

玉輦經過小市頻隅帷花颭一枝春兒家也擬稱私淑

環佩璆然拜聖人

薰風初見芙荷開打槳池塘日幾回明識君王心膽怯

笑舒玉腕弄船來

雲雨高唐豈夢中年年無語向東風三千宮女如花貌

不及夭桃一樹紅

方城月落事酸辛銅輦秋衾夢不真宮側忽然喧萬舞
關心祇有未亡人
春風羅帳夢初回忽報羊車入院來手賜並頭蘭一朵
謝恩先進合歡盃
鶴市香埋絕可憐豈知金盌出重泉傷心最是君王后
愛女重逢竟化煙
採香人倦酒微醒銷夏灣前鳳舸停聽說青娥傳令旨
明朝同幸錦帆涇
雪霜寒不到瓊臺公主笄年下嫁纔佳壻風流人共羨

玉簫聲裏鳳凰來

倉皇兵火夜三更，誰負君王小妹行。他日香衾同夢穩，想提前事尚心驚。

憶梅

又是同雲釀雪時，寒芭欲坼尚遲遲。遊蹤寥落青山在，夢影迷離翠羽知。驛使歸來應有信，美人別去最相思。何當策蹇清溪畔，領略春風第一枝。

尋梅

杖藜閒步趁蕭辰，鐵脚將無笑道人。仙鶴從容如識路

蒼虬隱約慣迷津暗香疏影知何處流水空山别有春
覓得繁葩親供養膽瓶長伴歲寒身

○賞梅

一庭晴雪報花開不負年前着意栽縞袂相逢閒倚遍
隱囊小坐喜銜杯傳神合仿蕭洲本覓句終慚水部才
夜起巡檐還索笑凌風擬上最高臺

○惜梅

風雨羅浮憶夢中生憐香影一時空金鈴但願春無恙
玉笛還愁曲易終東閣吟情猶欵欵西湖遊興莫悤悤

和羹事業而今始為問羣芳孰與同

● 霧凇 雨雪着樹嚴寒鬱之久而不燥凝結成顆似珠似沫粘連一片名曰霧凇

是冰是雪雨朦朧并入嚴寒一氣中着樹密凝珠顆小黏枝遥認玉光融凍肌生栗應相似老眼看花覺不同喜聽閭閻儲飯瓮可知佳兆叶年豐

○ 報國寺古銀杏樹歌

一株銀杏撐青空梵刹不驚烽火紅五百尺高十圍大枝柯拏攫看猶龍真龍聞之下與鬬急雨横飛風怒吼霹靂聲中一爪摧開花結實還依舊 去夏雷雨劈去一枝

雪湖歌

渺渺烟波漾微綠北風夜折虛窗竹鵝毛作勢舞繽紛側出橫飛眩雙目山翠空濛黯欲收恍從閬苑見瓊樓二分壁月寒相照一片銀雲瀋不流琉璃世界看難得西子今朝淡粧飾嶺梅三百一時花似與鉛華鬬顏色蒼茫玉戲畫圖中載酒何人泛短篷笑向湖心亭上望人間此是水晶宮

梅花酒

風前不惜酒頻傾自采寒葩醖釀成缸面早知清氣別

甕頭秖覺暗香生移杯合共逋仙酌荷鍤宜從鄧尉行

麴蘖鹽梅無二致由來相業重鈎衡

○雪水茶

快雪時晴擬一嘗小窗手自揀旗槍煎來寒夜聲初沸

歌到陽春味更長團月一甌融絮影清風兩腋沁梅香

羊羔美酒渾閒事留與人間沃熱腸

○一品鍋

洞天留石交暇日歌洞酌高張玳瑁筵滿泛鸕鷀杓割

鮮命良庖薌脯出鉅鑊供乃刀匕俱盛之筐筥若光耀

金叵羅品逾銀鑿落其形圜以闊厥量寬兮綽舉異盌
齊眉用殊鐺折脚四時調滑甘一器備珍錯或有如鴨
臛或有如雞臛或有如膴胖或有如脾膿水火功相資
醯醢味不薄五侯膳合鯖萬錢俸分鶴羞豈藉櫻桃和
惟需芍藥無煩梁雉拱奚須池鱠斫晏想午莊陳製自
辛盤拓大烹同養賢旅酬甯序爵進匙豔紅綃列鼎崇
黄閣拂鬚笑沾濡炙手畏熏灼覆餗且勿憂伴食斯堪
作燮理屬平章陶鎔覘制作正位中央宜榮名令公託
獨坐尊莫尊老饕樂復樂恰稱都堂餐絶勝屠門嚼頭

衘光祿夸腹負將軍譪卿厨未足多崔單尚嫌略越俎謀空勞轢釜聞應愕愧我生菰蘆處世饜藜藿值此饌初登欣然箸先攫何必羡駝羹庶幾敵羊酪飽啖開心胸餘芬溢齦齶

十二月十七日招同二屏醝副鳳藻江秋珊大令順詒錢子奇國珍汪詠之昌兩司馬小飲寓齋成即事一首

緹室早報葭飛灰滕六未放陽春回自上月十八日冬至後雨雪連綿至今未已消寒雅集視成例一時壇坫争先開賦詩酌酒洵

樂事鯫生何幸容追陪今朝忝作東道主前期掃徑除
蒿萊村庖安能備珍錯家具聊復樓尊罍相邀擬仿八
仙飲不速偏少三人來宗戴之醴尹鄧雲泉楊也村兩司馬均以疾辭不至唫毚
堆紫次第擘峰青江上宜為魁橫空硬語力排奡居然
餘刃遊恢恢文通筆花擅五色梁園角逐鄒偕枚鳳凰
九苞振奇采水雲一曲翻新裁琳瑯滿目歎觀止手書
口誦心低徊譬若諸侯迭雄長齊晉秦楚交相推蒙也
等之鄶以下號寒祇覺蟲堪哀悔不竟藏魏公拙徒糜
魚網磨松煤北風穿窗氣凜冽圍爐榾柮呼童煨身御

重裘尚瑟縮且拋筆硯同持杯儀文脫略酬酢簡談鋒
四起轟如雷初為拇戰繼射覆明瓊一擲人環猜風塵
自憐俗吏俗糾觴偏笑官無才忽聞高歌發郢唱還聽
鄉語操蘇臺酣嬉淋漓莫可詰盡醉那惜傾香醪但惜
近年量衰退蒼顏容易其中頹矇朧勸客勿遽去林端
叵耐歸鴉催出門踏雪訂後約人日共訪孤山梅

○補林和靖放鶴招鶴歌有序

昔東坡在彭城為雲龍山人作放鶴亭記末系
以歌至今熟於人口而孤山處士之廬無聞焉

是不可以不補爰為之歌曰

鶴飛去兮南屏之南啄青松兮躡烟嵐飲則有九溪兮浴有三潭彼其稻粱兮慎勿貪曳縞衣以遐舉兮謝弋人之耽耽

鶴歸來兮孤山之巔蕭然一室兮容汝蹁躚梅花開兮夜不眠依主人以為子兮餐烟霞而俱仙歸來歸來兮無流連

○謝貞女詩

比翼鳥不獨生連理枝不獨死負氣含生類如此若貞

女者堪舉似〔解一〕貞女謝姓安康居幼習庭訓嫻詩書許字羅家郎未駕親迎車羅郎一旦病且殂貞女聞訃傷何如〔解二〕言辭父母側來詣舅姑前麻衣撫郎棺慟哭呼蒼天白虹一道袖中出顧攜郎手同歸泉幸哉捄之得無恙一時姻戚族黨莫不嗟其賢〔解三〕貞女已無夫夫兄猶有子下以續宗祧上以侍甘旨女身霜中筠女心井中水霜寒節益堅井深波不起〔解四〕貞女之貞之死靡佗學士大夫競為詩謌傳之千秋萬載永不磨古來城有杞笄有摩以方貞女未足多君不見一九婺女星光輝

夜夜明嵐河五解

即事

地僻塵難到，天寒酒共斟。飛鴻今日爪，歸鶴故園心。良會易陳迹，長歌空好音。夕陽人散後，殘雪滿疏林。

打冰詞

大船行行行不去，小船尾之亦復住。船中貴人急赴官，怒問船停何以故。長年叉手前致詞，今歲天寒異往時。雨雪兼旬河路凍，雖有篙櫓將安施。屈指郵程驟難達，似此堅冰利用伐。得尺得寸且向前，三百役夫連夜發鏦鏦錚錚金鐵鳴，登登憑憑版築聲。水晶宮殿一時豁，馮夷失色陽侯驚。一夫邪許衆相和，撲面難禁北風大。手皸足裂姑勿論，最是朝來腹中餓。上命差遣那敢辭，隆冬辛苦誰得知。頗聞貴人被酒卧，模糊猶責冰開遲。

再觀打冰詞

初成打冰詞，纔誦梅村詩。詩中打冰一再咏，意何所託深難知。今年隆冬大雨雪，匝月嚴飆吹凜冽。奇寒酷冷異尋常，河路紛歧皆斷絕。豈無孤估客官懋遷來，亦有行人度歲回。到此躊躇不得進，白棓相率敲冰開。攢花作紋

紋欲裂碎玉起稜稜不滅漸聞流水聲澌澌一霎征帆去如瞥我做梅村詩再賦打冰詞冰雖可打猶多事會有東風解凍時

赴同人銷寒讌歸感而有作用東坡聚星堂韻

冷淡剡溪舟一葉鶴氅人來踏寒雪名流觴詠本雅事千百年來漸歇絕吾輩同在風塵中五斗能經腰幾折不若及時且行樂身後虛名聽漫滅一篇組織鬥心機五色文章迷眼纈會將豪興付金尊仍有清詞霏玉屑盡醉方為緑蟻浮催歸祗恨白駒瞥此身無恙幸飽暖

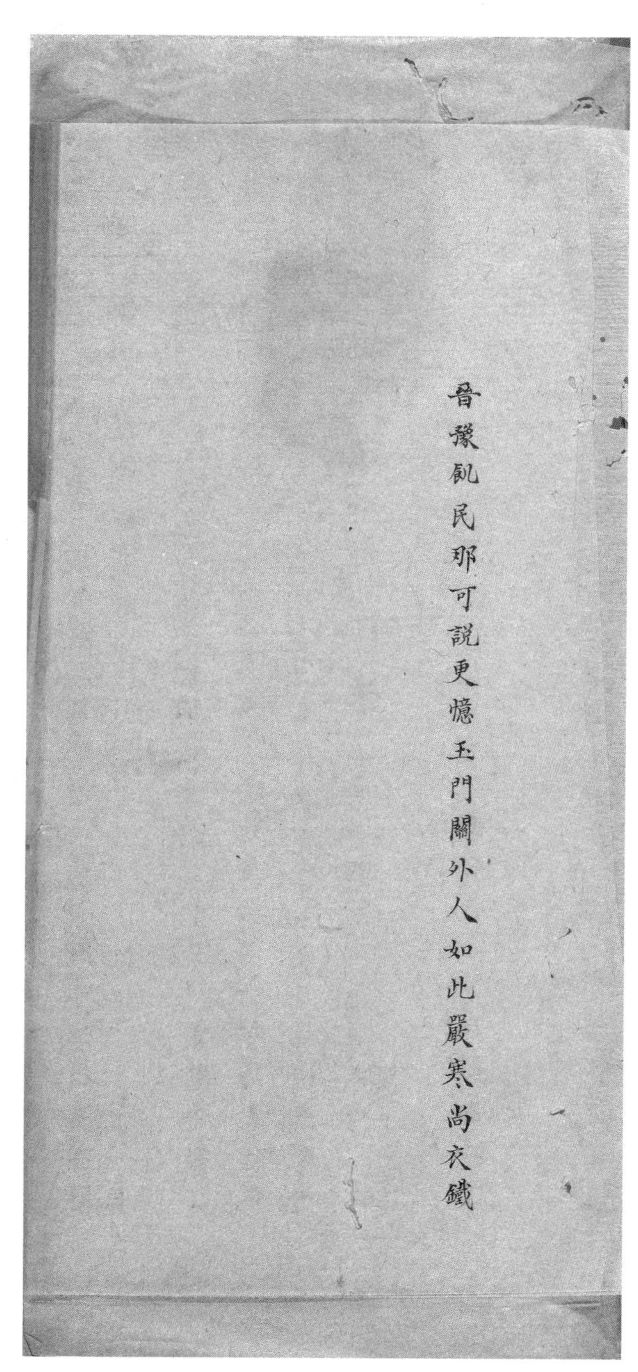

晉豫飢民那可説更憶玉門關外人如此嚴寒尚衣鐵

77246
瓊華
續集
二冊

書名
冊數 2 版別 紙
議價
編號 字第 2220 號
北京市圖書出版業同業公會印製

138239

瓊華續集 下
98356

瓊華續集卷三戊寅

吴縣俞廷瑛小甫

○戊寅立春後九日同人公讌秦瀞如都轉緗業於吴山之太虛樓分韻得人字

旭日初開霽春寒尚泥人湖山留勝蹟觴詠及良辰鴻爪天涯客梅花劫後身騷壇耆宿在何幸接清塵

○買鐙詞

元夕東風遲玉漏月波軟浸天街繡萬家鐙火燭霄紅寶馬鈿車競馳驟聽盡笙歌酒未消金吾弛禁例三宵

綠章奏展繁華限特許金錢進紫標魚龍曼衍看無極
依舊雲霞輝五色鳳闕重開不夜城鼇山仍峙長春國
銀花樹樹爍光芒雜遝香塵士女忙海宇昇平藩鎮富
至今人尚說錢王

○食新會橙

妙證團欒果當筵味乍諳金齏瓜比脆玉液蔗分甘踰
豈如淮北來原自嶺南伊誰親手擘春讌正傳柑

○題江秋珊夢花草堂詩集

新詞早聽唱玲瓏君著有願為明鏡室詞已刊行又向詩壇拜下風斗

酒百篇齊太白筆花五色擅文通許身稷卨才何愧託興湖山句更工莫悵萍蓬交太晚廿年前已應求同咸豐己未庚申間曾同客於三衢

閨詞 戊寅花朝秋珊邀赴冶春詩社作此辤之

綠窗風雨鎮無聊一縷愁魂黯欲銷薄酒易醺寒未減惱人春色入花朝

塵滿針箱懶未開繡牀同伴莫相催揀花風起鶯聲老勾卻傷春事再來

花朝日秋珊招飲於所居之花塢夕陽樓予未赴

也翌日子奇以是日所作見示並以不到為訊

和韻報之

廿載離鄉居異地一椽湫隘同蝸寄酒酣耳熱慷慨歌往往敲殘鐵如意三冬松柏三春花松柏有心花有芽我獨胡為若柳絮隨風漂泊天之涯天涯喜有同心客觴詠流連共晨夕借書時過鄴侯家問字頻經子雲宅諸公亦恨識面遲氣求聲應如連枝每一相逢輒繾綣心為之曠神為怡百花生日邀杯酌準擬花前恣談諧呼車偶赴武功招是日予飲於姚季眉兄處脩箋竟失文通約忽展

湘靈鼓瑟篙春風恍覩賓筵樂和詩索我愁難償筆墨疏懶詞章荒少不如人已可愧況今鬢鬢皆蒼蒼名山事業成虛願空惜光陰計分寸銜杯且謝竹林賢王戎敗興應同論何時築室南屏巔花塢夕陽名並傳逃詩逃酒休相笑占得樓居便是仙

○選佛詞有序

昔曹唐創為遊仙詩後人遂多做之而獨不及於佛暇日偶繙内典因摭得若干首即名之曰選佛詞云

早從初地悟無生拓鉢重來舍衛城敷坐拈花迦葉笑
諸天齊放大光明

初陽紅射講經臺花雨繽紛錫路開八部天龍齊俯首
達摩今日渡江來

鈍根慚落箭鋒機莫向風幡說是非祇有此心泥絮似
天花散盡不沾衣

誰將沙數問恒河自涅槃來幾刹那不信方壺員嶠地
住持偏是道人多

伏虎降龍法力深慈雲普蔭去來今皈依已遍三千界

采蒓女兒不避人秋蒓雖好不如春美味東南推第一
勝他鯽尾與猩脣

夕陽倒浸綠波中覷得桃花分外紅待看月明應更好
酒船歸去莫匆匆

江南詞客庾蘭成白髮飄蕭百感生莫怪看花倍惆悵
河陽回首不勝情（謂錢子奇明府）

振衣遠上韜光去筋力衰頽我自知不識誰家年少子
綠楊陰外騁纖離

萬家烟火隔重城湖上春來未見錫（馬上逢寒食春來不見錫不見錫見唐沈佺）

期詩

天氣半晴還半雨，淡粧濃抹不分明。

龍井茶甘舊有名，清明節近怒芽生。一甌清絕山家供，不負春風是此行。

幾多劣粉與庸脂，一樣搔頭學弄姿。不是吳兒心木石，世間原少好花枝。

勝蹟標題玉局仙，我思小小亦殊賢。美人若蹈爭墩習，先占堤名五百年。

嶺上梅花樹樹開，無端烟雨黯莓苔。自從處士廬蕭索，仙鶴雙飛去不回。

何事天魔不信心

菩提非樹鏡非臺歡喜園成絕點埃特供伊蒲新樣饌
邀他鹿女踏花來

割肉無難捨此身袈裟着後早離塵如何祇樹夸精舍
尚有黃金布地人

三昧休教誤野狐天龍一指出迷途摩登伽亦風流甚
毀得阿難戒體無

薝蔔花開鷲嶺秋辟支說法集緇流於今震旦多頑石
誰契真如一點頭

瓔珞莊嚴滿月容自然卍字現當胸三車高演無遮會
聽取靈山百八鐘
煨芋中霄宿火深泠然梵唄徹山林十年宰相渾閒事
領取慈悲一片心
石幢高樹戒壇寬翠竹黃花取次看願與文人脩慧業
莫嫌饒舌是豐干

○西湖冶春詞用王漁洋虹橋冶春絕句原韻

西湖風景甲天下紅羊劫後不曾來今朝相見猶相識
西子嫣然笑口開

妙相庵中花似錦，平山堂下草如烟。平生遊屐都難忘，說到蘇臺更可憐。

酌酒看花且目前，西湖春色自年年。人生聚散渾無定，不見鴻飛各一天。

○戊寅三月二日子奇招飲寓齋，出其同里朱君石梅所刊虹橋秋禊圖索題，因賦五律三首

不踏虹橋路，於今四十年。予於道光己亥侍 先君子赴豫，道出揚州，歷遊平山堂、虹橋諸勝。忽從圖畫裏，更溯亂離前。雅會聯裙屐，清商契管絃。但留毫素在，世事任雲烟。

邗上多風雅，錢君更絕倫。相邀寒食節（是日寒食），共醉永和春。松柏精神健，芝蘭氣味親。西泠同寄迹，酬唱不嫌頻。

祓禊今猶昔，風光春復秋。詩人多老輩，明月自揚州。顧我長為客，何時更一遊。徵歌憩下里，且付寄書郵。

雨遊湖上

春光無歲不悤悤，今歲春光更惱公。鶯燕風情花世界，消磨多在雨聲中。

彌望煙雨〔雲〕乍有無，水光山色總模糊。何人更寫西湖景，補入髯翁笠屐圖。

斷橋西去酒旗飄水閣誰家倚玉簫残月曉風偏不唱惱人祇唱雨瀟瀟

一道蘇堤水欲平綠楊嘸遍鷓鴣聲醉來擬上錢塘啟何不驅雲向北行自去年冬至至今春正月杪雨雪連綿不已交二月始晴二十餘日陰雨復作迄今半月尚無晴意而豫晉等處連年亢旱至人相食直隸亦旱荒閏二月中旬邸抄知尚未得雨也

○楊花曲

買棹西湖來放棹蘇堤去四顧綠濛濛遍是垂楊樹陽春二三月正是花時節東風着意吹盡日飛如雪風吹未得休花飛難自由殷勤雙燕子銜上最高樓樓頭香

夢鶯樓外喚黃鶯黃鶯喚不已似惜春歸矣春歸還復
來人去何時回感此飄零意瓊瑰落滿懷羅巾纏繡領
生怯瓊瑰冷偷揾向東風添入桃花影夕陽花影低珠
箔望中迷一番風信急催過斷橋西斷橋無限春春水
鴨頭新浮萍倘相識好與證前身

○將赴台州留别西湖作四絕句並示諸同好

風塵鞅掌奈官身六月呼車向海濱難得有情吳季重
一樽湖上餞行人吳季高貳尹餞予湖上
杭州閑住兩年秋畫舫清尊幾度遊今日欲辭猶未忍

捧心人本最工愁

吟鞭一笑指天台愧乏興公作賦才名勝不知誰甲乙

待儂遊後品評來

渡江行李太悤悤吹斷西興一箇風嶺上梅花堤上柳

暫時交代與諸公

○過錢清

蕭湖風急片帆輕自倚蓬窗記水程兩岸綠陰人不見

暮蟬聲裏過錢清

○過天台山作歌

吾聞天台山高一萬八千丈其上欲與蒼穹連道書所
載天下十大洞天此其一旁列齊回互嵯峨如兒孫拱
群山 都
揖高曾前瓊臺玉闕蔚然秀碧林瑤草芳而鮮石梁千
尺虹天矯瀑布三折雷喧闐勝景良難屈指數山經地
志紛流傳曩時聞之輙慨慕謂當何日登其巔左把豐
干袂右拍玉女肩不與寒山拾得共遊戲即與劉晨阮
肇相周旋此念藏胸中忽忽三十年一朝行役適經此
黃塵不憚揮吟鞭遥指翠微出天半胡麻未飯先流涎
淹留費無出 簿書促迫期難愆
巨奈眷口輜重列無息肩地又慮糗糧芻秣行橐無餘

鑯加以舟車跋涉甚矣德況值炎官火繖行當足（空中懸）人生
飲啄自前定權非操我其由天憶從四明來杭州無時
不泛西湖船韜光靈隱竟未到每一蠟屐心惘（茫）然今茲
名勝在咫尺清遊大可窮林泉既非蓬萊方丈可望不
可即併無弱水環三千胡亦交臂坐相失金庭欲入徧
無緣張老相逢拍手笑笑予初意誠（佞客）拳拳惜哉失脚落
宦海抗塵走俗殊堪憐靈境由來不易到（豈容重滓辱）速余迴駕毋
遷延上馬行行且前去回頭華頂迷雲烟赤城霞起望
不極但聞鐘聲百八隱隱斜陽邊

○箬山即事

豪氣除難盡，來為海國遊。魚龍開異境，鷹隼入高秋。世界空千古，神仙自十洲。浮沈隨所適，吾欲羨沙鷗。

占得樓居勝，危欄獨倚時。千帆浮浩淼，萬瓦俯參差。風怒潮來急，山高月上遲。悠然滄海意，何處寄相思。

寂寞殊難遣，聊傾酒一觴。有時閑弄筆，無事獨焚香。滋味安菘韭，光陰付稻粱。棲遲容我懶，一笑日方長。

風俗他鄉異，從教耳目新。山多甌脫地○箬山多石而無木民多棄而不治海有陸行人○自松門至箬裡有海道長十餘里來往者須潮退乃行潮來則一片汪洋也閩氣偏鍾盜台郡民風蠻悍民無賴者往往為盜之訛言屢降神俗尚巫覡有病輒迎巫禱神今秋時疾頗多神屢下附於巫乘輿張旂鼓吹導從日出巡行令民齋戒祈醮夜則點天燈支更鼓云以驅疫為所附者狀如風顛以利刃自刺頸臂洞穿不痛無血土人益駭而信之自慙司權吏何以化斯民

有感

物力今非昔艱難況海隅已嗟空杼柚何忍盡錙銖吏竟貪無厭民真痛不辜定知當局者撫輯有良謨

赴松門

十里平沙一徑開高低峰嶺翠周回午風不起潮初落

穩臥籃輿渡海來

○晚眺

烟染山痕碧雲連海氣黄蒼茫分島嶼隱約見帆檣
獨
落落
鳥飛殘葉
葉鷺歸鳥趂鐘冷夕陽○憑欄西北望何處是家鄉
葉遲歸鳥○

二二歲暮有懷

記與孤山别忽忽又半年寒侵微雪夜春入早梅天老
鶴應相憶飛鴻衹自憐此間無驛使誰為寄詩箋

瓊華續集卷四 己卯

野行

平疇渺無際，一片菜花黃。野水鸕鷀瘦，春風蝴蝶忙。草屎前夜燒，藷飯隔村香（年土人多以番藷為飯）。渴吻何由解，茅柴（村醪）試一嘗。

前歲銷寒初集，分咏寒具，內有湯婆一題，予偶得「伴我黃昏」十四字，子奇司馬亟賞之，然而未成篇也。今春適需是物，憶及前句，因足成之

誰銘鐵具煖宵衾肇錫嘉名直至今伴我黃昏容抵足與卿白水共盟心冬烘差免他人笑春夢偏宜此夜尋珍重歲寒投分在性情彌淡意彌深

○邊仲思觀察葆誠改官江蘇書來話別並索贈言因賦五律四首以奉寄送其行

忽聽驪駒唱羈懷覺黯然書來千里外人別兩年前楊柳江南路梅花驛使箋自憐從役遠不得領離筵向日心難猶壯負垂天翼更飛聲華覘績效行李肅征騑家待移吳市程先問帝畿定知離甬日道路亦沾衣

棠舍看無恙猶思領郡時功名循吏傳心事道州詩士幸瞻韓早民嗟借寇遲祇應淮水月夜夜照生祠

蒙也疇青眼惟公特愛才論文朝授簡説士夜銜杯已悵音塵隔還期笑語陪金昌亭不遠會就菊花來

〇閒眺

偶臨（登）絶巘豁雙眸萬里風煙一望收滚滚波濤來巨艑
重重巒嶂隱危樓魚龍出没蹤（偏）幻鵰鶚飛騰勢自遒
豈有浮雲能蔽日遥看西北是神州

刪

又春

冊

交春今兩月非雨即狂風天氣寒逾甚人情嬾亦同一
樽持寂寞四望入冥濛昨夜奇鶬嘯陰霾未易空

○題徐沅青觀察士鑾太常仙蝶圖

蝶兮蝶兮爾系何出生何時得毋雲峰巖洞之分支厥
棄炎嶠居京師夢不莊叟幻情不韓憑癡軼事早經説
部載仙蝶事載熙朝新語中者頗詳
睿藻上荷
先皇知長安三月春融怡翩然乘風來鳳池紅藥叢中
飛透迤南州使君屢見之思以佳語千秋貽適揭滕王

帖更題謝逸詩玉臺筆架珊瑚枝恰好儂才咏仙蝶飄
飄自具凌雲姿當代名流競謌咏木難火齊光陸離一
朝出守郡五馬之江馳天台山下行倭遲黃衣老道倏
而至停鞭熟視驚且疑三千里外竟能達始信摩詰言
非欺（王君信甫詩註稱仙蝶往往訪舊數千里外故及之）周旋殆亦有夙分豈徒
蹤跡夸神奇披圖感昔遇郵簡徵新詞輒生無語鐵手一
危酒酣忽忽憶前歲蹇驢曾向盧講溝騎隔城咫尺奉常
署真面惜未廬山窺漫從粉本意中似搦管欲下猶矜
持脩眉薄翅不足道祇愁唐突西家施蝶兮蝶兮爾儻

南來重訪舊良慰使君別後思苟不嫌予俗朕俗括蒼

蓋竹與爾選相期

二二　庭色

庭前之花柳無可驗春風偶爾（然）看山色悠然（因之）見化工（刻）頓

儘（銷）黃慘慘（淡）今（漸）轉綠濛濛（淇）悟（前身雖如舊）得循環理（榮枯迴）生生不窮（同）

相對原雖　慈鮮然自迴

〇二二　風

山勢丘壑盤鬱

萬有山迴抱風能四面來閒古空有鐸濼避無臺簾（飛煙吹不定急雨捲仍迴）

任終朝下

偶暫時捲窗從何處開（將從難一隙）輸他楚宋玉作賦在蘭臺

〇二二　何豈意　自笑

著山有肉而無菜蔬酒亦（劣）薄不堪飲戲詠之

二

自笑（豈意）和羹容徒為食肉人菜根難得味竹葉不成春（澹）

（泊思□□今當日從容愧此身）

福原前定心齋豈等倫萬錢揄□□不遜庚郎貧（虛下著偏□翻羨）

三

寓杭兩載身以外幾無長物今之所攜者皆敝衣也有見而笑者為賦一絕示之

羞澀空囊强自支赧顏猶是恐人知懸鶉百結曾何（休相笑）□

（滿）笑酌貪泉且賦詩

意有未盡再成一絕

刪

列年破產事（啖）看花裘馬翩翩事狹邪今日祇應同乞食

白鬚那更稱繁華

即事

霧重山全失，風狂水欲飛。陰霾何太甚，三月尚寒衣。

偶步

偶出門前步，蒼然欲暮天。鐘聲流水外，帆影夕陽邊。隴野青無際，山花紅可憐。鶯語正纏綿。

愛山如畫黃知步來行歌誰與答林外一鶯啼

猫

虛有於菟表，空傳白老名。魚香供飽啖，鼠竊任橫行。婉婉依人態，喃喃念佛聲。可憐小兒女，提抱若為情。

雷雨後月色大皎

早起雷雨夜月朗徹

天意誠難測俄然雨復晴雷施新號令月放大光明雲遠
岫看如沐寒聽尚驚舉杯邀影對
盡淨無迹潮來激有聲衛樹渾不語一笑又詩成

刪

錢

方圓輕重細平章九府初開法自詳世上事原由汝辨
生前人總爲兄忙青雲可羨終難望爲附白水能流豈合藏
我亦頻思作廉吏只愁大獨微無物壓空囊

雪清明後五日作

穀雨看看近春寒勢轉加錯尚疑風捲絮豈意雪飄花衣
薄裘難脫樽空酒更賒可憐濱海地原不稱韶繁華

○○雨

去年春在雨中過不意今春雨又多獨上陽臺愁日暮
可堪巫女妒嫦娥近日雨多以夜故云

繁
風鈴簾動雪珠跳似想簷花濕未消轉憶當年居甬上
挑鐙兀坐夜迢迢暗一片春愁鬱不甬東舊庭院
争禁有竹有芭蕉

删

杜鵑花

海天吹到杜鵑風染得深山處處紅自折一枝籠攜袖返去
頓看晴春色滿簾櫳

演劇

刪

連日喧金鼓高臺俯（歷看）廣場斯人皆引領有客獨迴腸燕
市春如許申江夜未央昇平多樂事尤憶是家鄉

有感

（一覺）落花情何限繁華夢未（難）忘（是）故鄉異（鶯花）地記為五（裘馬）少年場夜
月笙簫（沸）敞春風錦繡香西（樊川今老矣）令回首處不算負韶光

（前歲）
前歲辭家向鳳城游蹤逐日記分明今朝偶爾重繙閱
又似京華一度行

復雨

略有三分暖纔能兩日晴窗糊忽改色簷溜又聞聲黯黯春將暮瀟瀟夢欲驚願言東作苦時若慰農情

偶成

悄悄細雨濕征衣豆[蠶]莢初花[開]麥[燕]肥何處讀書聲忽[送]

一叢脩竹隱雙扉

罌粟

豈以米囊號移將麥隴栽紅[嫣]知[疑]非躑躅紫[豔]信[競]勝徘徊柔

欲隨風舞嬌猶冒雨開可憐傾國色偏具殺人才

删

轎行口占

今日遇狂風昨日遇暴雨衹期盡我心何暇論辛苦

删

平原

平原一望綠冥濛顔色天然各不同濃淡淺深無複筆
始知名畫屬東風

海國

海國栖遲近一年盡抛書卷事（莫）繙錢軍備（須）鄭重原無奈
民力艱難亦可憐不作聰明聊守拙但求（安）溫飽豈稱賢
愧他微白傳虚譽之（盼）衹盼瓜期且息肩
近來更覺精神減

晝坐有懷同社諸子

晝長無事簿書稀，自卷鈎簾向翠微。小曉腥風鯿鰂上，野灘晴雪鷺鷥飛。一尊且喜春寒卻，千里生憐客夢非。魚雁近來疏懶甚，暮雲春樹獨依依。

書王文成傳後

程朱傳道統，吾獨重陽明。闡寺無能搆，潢池不足平。勛名歸實學，經濟出儒生。憶昔姚江過，尤深仰止情。

予於去年六月涖箬，今又及瓜時矣。閱歲將周，歸期不遠，偶成二律，用以述懷

經年司榷愧無功屈指瓜期此月中行橐從容籌暇日
歸帆安穩趁秋風備嘗苦況鬚都白偶聽虛譽面轉紅
多謝商人承錯愛秖憐宦跡本飄蓬（去年來署理石塘沙角嶺頭及太平瀝邑諸商人致送珠牌緞旗以波……）

別後西湖已一年……何處不纏綿長堤草色春……外
遠寺鐘聲夕照邊……畫舫故人……吟箋
關心最是……想見魚羹味……鮮……（更有魚羹美在……）

二

偶成

待足何由足思歸只合歸西湖好風月已是一年違鷗夢……歸客懶魚羹美差較故鄉鮮只愁同輩夕夕星散重泛輕橈一惘然（近知同社諸子皆已他去省留者惟江秋珊宗載之兩君矣）

七夕偶成

家家翦紙作方亭，處處焚香祭七星。我欲勸人除爆竹，怕他天上夢驚醒。閩人七夕有小兒女者，率以蔬果祀牛女，曰祭七星。兒則設小紙亭，女則設轎，兒女兼有者並設之，日暮焚化，佐以爆竹。雖有兒女而已逾十齡弗祭焉。

雕陵有鵲慣填橋，銀漢秋期話此宵。滿望洗車車不洗，可能別淚灑明朝。時旱甚，盼雨綦切，故云。

〇〇戲作

可是年來耳不聰，牛鳴雀語總難通。分明戰國的吳地，也在南蠻鴃舌中。

风舌

莫倚東風勢枝頭得意鳴可憐春盡後到死總無聲

夜坐

玉宇高寒夜氣清憑欄俯仰有餘情潮來欲共山爭赴雲走偏疑月倒行遠閣燈明微見影小船櫓急暗聞聲披襟獨坐渾忘久銀漢西斜又四更

〻〻苦旱

烈日當空灼炎風刮地吹安能川不竭真覺水難爲估客心如沸農家淚欲垂滔滔似東海何處計盈虧

〻〻蠅

褫汙原難近，貪婪自易親。怒來應拔劍，休更怒讒人。

爾是何蟲豸，營營亦苦辛。酒漿從果腹，藩溷且容身。擾意揮難去，營聲聽莫真。問誰能拔劍，應不怒讒人。

三 有村

有村倚海濱，一望盡蕪穢。藤蘿翳天日，森然氣陰晦。我欲前問之，狂犬突而吠。須臾聲遍傳，猜猜不可耐。……尤憤憤，謂客從何來，……

……畏進不知遲速……見機更置……我……

老翁亦既聾且瞶，持杖遲逐客，所言尤憤憤。

返書此聊寄慨為語世間人孫行無冒昧

○、明妃

手抱琵琶出漢宮讓他桃李自春風美人不是黃金畫

祇未甘心賂畫工

○、戲作

杭州歸去路迢迢行李仍呼擔子挑說與諸君堪大噱

時苗留犢我留貓

○○笑指

笑指杭州路仍攜眷屬行十年勞榷務千里數郵程輿

尋舊夢

秋風辭旅舍 計排日計

轎三番換舟船六度更可憐衣與食辛苦此浮生

自嵊縣至嵩壩舟中偶成

清清冷冷水一灣高高下下山四環兩岸綠陰覆如幄扁舟終日行其間一廻一抱勢若阻前望幾疑無路去一曲一折境忽通眼前祇覺青濛濛憶昔停橈七里瀨水複山重互襟帶烟靄蒼茫竹樹深好景分明出天繪不圖橅本乃在此形似已難況神似惜哉地僻人莫知鷺鷥閑立聽唫詩

題徐健庵先生遂園脩禊圖

玉峰佳處認園居勝日招邀話祓除前輩衣冠覘大雅
吾鄉山斗屬尚書林泉杳靄春無盡觴詠流連興春[有]餘
千載話圖傳韻事好偕定武共收儲

觀物四首

不分明處似分明粉碎虛空結撰成枕上迷離雲一片
燈前惝恍月三更是真是幻都無據非想非因竟莫名
指點邯鄲舊時路幾人到此悟浮生夢
寸衷脈脈付伭佪入世原根至性來一代倫常留正氣
千秋詞賦見真才吟風弄月天機暢覆雨翻雲薄俗猜

笑我欲忘猶未得蠶絲難盡炬難灰 情

眉[illegible]閒心上費支持萬古難消酒一卮落日關河征戰地

殘秋風雨別離時茫茫此境偏相對渺渺予懷祇自知

騎省年來最蕭瑟抽簪贏得鬢如絲 愁

東風寂寞認闌干雙袖龍鍾拭未乾點點輕融冰影薄

盈盈長對燭光寒三更雨共簷前滴一種花留砌下看

聽到琵琶衫盡濕憐他悵觸太無端 淚

餞菊

繁霜昨夜隕南山惜別黃花淚暗潸三徑曉風開祖帳

一籬殘月譜陽關酈泉水逝杯空酹彭澤人歸柳共攀
珍重臨歧留贈語明年秋色早來還

約梅

羅浮消息近何如風雪曾要共起居作伴依依留一鶴
相思渺渺託雙魚銅瓶可許春先到紙帳應憐夢不虚
同醉玉壺原夙諾後庭明月好携鋤

題張意孃簪花圖摹本

簪花前後圖雙幅韻事都傳己卯年摹本又逢今己卯
化身三見影翩翩

名流歌咏盛當時到此真難贊一辭料得畫中人笑我不嫌唐突竟題詩

釀酒

造酒宜冬月料量莫後期論才誰麴糵託興此糟醨品到黄封貴名先白墮知百花勤採掇應笑蜜官癡

明季小樂府

虎踞龍蟠地高皇此建都金川門啟日知有福王無一載偏安局紛紛競是非儲君猶可假何况舊時妃閹黨重收錄清流禍自深軍書星火急猶議殺東林

詔下都城沸君王選後宮可知江北岸烽火徹天紅
冷落春燈謎淒涼燕子箋秦淮歌舞地明月自年年
京洛三千里蛾眉匹馬還背人銀燭下猶唱念家山
四鎮紛爭日調停賴督師苦心籌大局惟有嶺梅知
年少專城將功高興姓王都將家國恨分付與紅粧
傳檄清君側全軍指石頭椎胷長太息畢竟負臨侯
扶杖東皋去重尋舊草堂忠魂招未得八桂夜飛霜
恢復知無望南田且負嵎東風吹血淚流恨滿西湖
萬里滇南路孤忠賸李王平西何太逼一夜渡瀾滄

題吴梅村詩集

麥秀歌成涕淚潸北堂有母鬢毛斑辭官早作陶元亮
避地難為庾子山公論可憐青史在初心祇乞白衣還
新詩讀罷增長歎有客西田自閉關

題朱竹垞詩集

制科當日試鴻詞朱十才名海内知銀燭夜燃脩史早
玉堂春冷出都遲從容歲月憑書卷落拓江湖付酒卮
自有青箱傳世業　九重徵召又孫枝

題王漁洋詩集

尚書門第重山東文采風流迥不同入蜀詩堪齊杜老歸田錄早著歐公盛名一代揄揚遍軼事千秋掇摭工為問商邱宋開府中原旂鼓孰稱雄

題查初白詩集

玉堂人艷翰林呼　天語偏聞喚釣徒佳話祇今傳館閣盛名已早播江湖才逢敵手唫尤健語雜仙心味自腴可是白描高手筆龍眠而後替人無

神尼塔

神尼何許人埋骨乃在此流俗工傅會競説開皇事考

据非我長不欲一辭置聽其自相傳點綴西湖志

銀瓶井

消息何處從問轆轤女兒甘為父捐軀千秋不了黃泉恨

獄底風波井底無

吳門五山人歌并序

吳中舊有三山人詩合刻一西脊山人秦君膚雨一茶磨山人汪君燕庭予皆得而友之矣其一為骨母山人朱君子馨則聞名而未之見也近同里錢耕伯明府復以靈巖山人自號而予

曩亦有鄧尉山人小印因戲作吳門五山人歌

示膺雨燕庭耕伯

秦君詞壇老斲輪早有盛名傳搢紳口無陽秋腹無鱗
惟餘傲骨攢嶙峋取義西脊非無因茶磨與之爲近隣
八年作客西湖濵每逢讌集笑語親忽吐肝鬲驚諸賓
詩狂酒狂併一身別有胥母交以神面目未識匡廬真
何如畊伯詩清新班香宋艷次第陳投筆一笑靈巖春
惜哉此才吏風塵玉堂視草伊何人賤子閱歷多苦辛
願爲鄧尉耕田民欲去未去意莫伸朋從且喜銜杯頻

虚名攀附偶効顰有若晉楚及齊秦亦知宋襄非等倫
史稱五霸名則均山靈或不争齗齗只愁重被梅花瞋

送汪燕庭還吳門

折柳何須唱渭城纔臨岐已不勝情我留異地君歸去
轉向樽前說送行
落木蕭蕭解纜遲故山猿鶴久相思滿天風雪吳江路
中有歸人無數詩
梅蕚香飛徑乍開到家樂事我能猜著書自得名山壽
先要稱觥補祝來

湖山佳處慣勾留，此去還應憶舊遊。記取明年二三月，
春風重醉兩宜樓。湖上酒樓名

和汪燕亭留別原韻

歷落嶔崎可笑人，廿年宦海寄閑身。往還有客多同里，
風雅如君恰比鄰。款款論心尤莫逆，悤悤分手太無因。
似聞祖帳羣賢集，偏我端憂值采薪。同人約期公餞，予適以病未擾

送行詩早疊紅箋，轉瞬流光又一年。十里梅花香雪路，
四山楓葉晚霞天。消寒會罷餘留別，學易功深等絶編。君今年值五十大誕
悟到不如歸去好，羨君還是在山泉。

朱門掉臂本無求，對鏡徒為白髮羞。自勵清操從割席，恰逢仙侶喜同舟。時與秦君霄兩同舟歸湖山風景前遊在，蠻觸功名一笑休。指君所著說部試問明年還到否，祇愁松菊苦遮留。

豈必探著與演禽，早知泉石勝冠簪。名山自富千秋業，明月長懸兩地心。莫忘臨歧吹玉笛，深慙學繡乞金針。近以拙作就正何當茶磨山前路，來訪先生共醉吟。君自號茶磨山人白樂天有醉吟先生傳蓋自謂也

瓊華續集卷五

吴縣俞廷瑛小甫

為秦澹如都轉題方正學老木寒烏圖

金川門啟宮中火姬旦稱尊當殿坐麻衣入哭方先生十族甘心同受禍當時大節嶙峋若齊若黄皆殺身先生之死死尤烈讀書種子今無人五百年來一彈指收拾滄桑付青史一片高山仰止心索向零縑與殘紙梁溪觀察工蒐羅法書名畫家藏多先生繪事世希覯千金購得欣摩抄老樹一株勢拏攫白項九烏共依託

題無年月有姓名云為朝宗右相作朝宗者誰汪廣洋
比匪卒為惟庸傷先生得毋有深意擇鳥擇木先幾藏
酒酣呵壁將誰問忠佞千秋聽公論郤看勁氣溢毫端
殿前投筆知遺恨蒙也倚几凝兩眸獲觀此本他何求
不揣與公作品第文文山字差堪傳時有以文信國字求售者索價洋八百元

感懷

一身寥落寄天涯回首平生感歲華不解文章甘作吏
每因疾病苦思家衣無可典猶賒酒鋤尚能携且種花
從古封侯非易事幾人傳作畫圖夸

序

予於咸豐乙卯自編次所作古近諸體共為八卷名之
丑齡入塾首受風詩哦咏之餘覺於心油然有感七八
曰瓊華集後編
歲稍稍學作五七言句日積月累至咸豐乙卯始編葺
之丹者半留者半凡為卷八為詩千一百餘篇名其集
僅為八卷凡得
曰瓊華序而藏之於[illegible]自[illegible]頗未當以示人也適藏
庚申之變[illegible]藏書[illegible]萬卷[illegible]羅劫火僅存[illegible]集[illegible]
歟後流離遷徙轉入戎幕飛書馳檄日昃不遑風雅一途
幾若冰炭同治癸亥以署鄞縣丞事由衢州至甯波閱
十有三年始還杭州其間雖有所作之興任郎邊少仲渝慈常州沈

苗仙丙
節

子佩昌宇上元梅鷺臣振宗先後為文酒之讌時有唱
和然以懶不存稿多年還杭之明歲為同人德江秋珊順詒江
都錢子奇國珍諸君邀入詩社辭之不得乃復東塗西
抹作三五少年伎倆然鄴架既盡邊笥復荒視昔所為
有不及無過之者矣更珍而惜之錄而存之
自視敝帚者亦不可以已乎此之謂失其本心光
緒四年戊寅夏五月吳縣俞廷瑛自識於杭州旅次

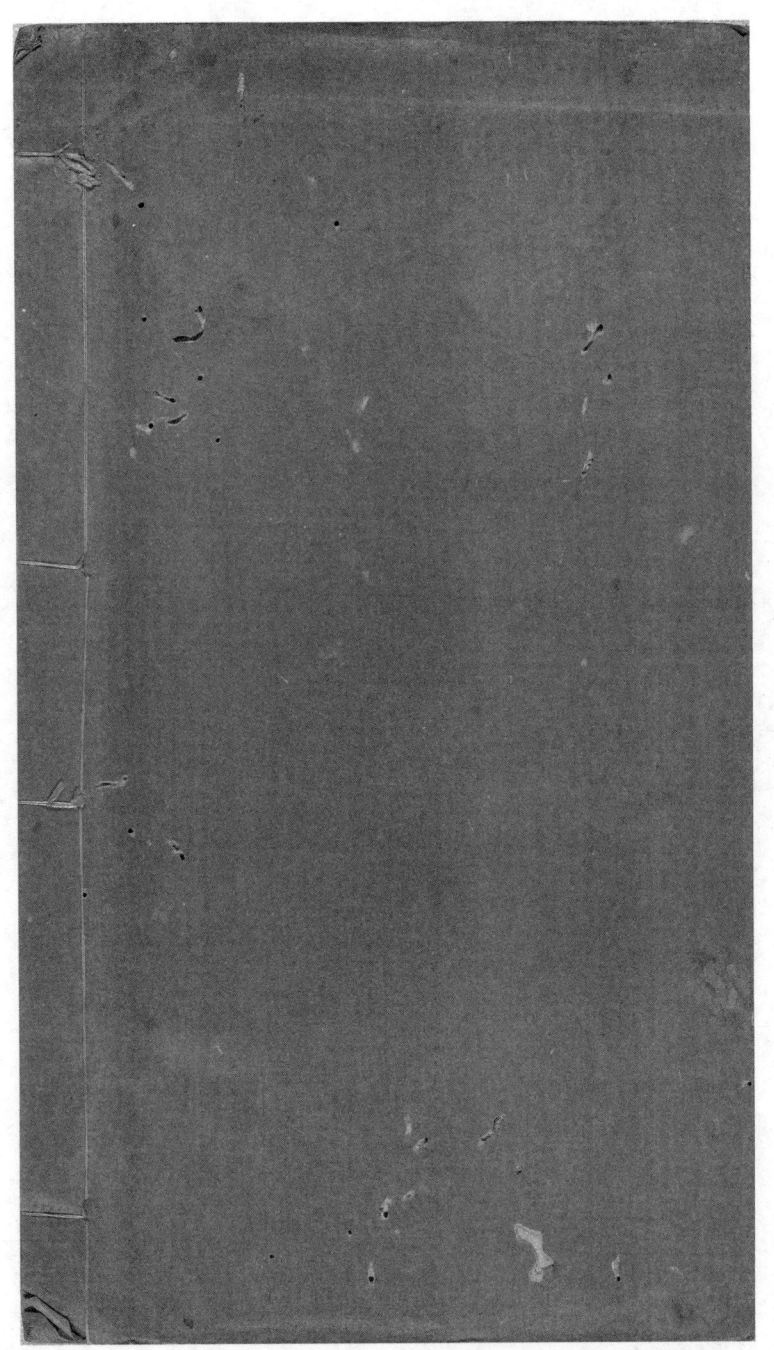

寄庵詩草

鍾梁撰。一册。

鍾梁，字山橋，一字少白。秀水人，諸生。

全書收録一百二十餘首詩，主要是同治十一年（一八七二）前所作，「以後詩所録無多」（《序》）。詩作均爲近體詩。鍾梁倡導近體詩，但世風並不如此。正如其《感懷》詩中所説：「近俗有誰攻近體，競將舉業釣科名。文章强半規摹就，詩句多從拍合成。風氣變遷關世運，性靈汩没歎人情。生今反古吾何敢，志向是非各意行。」「生今反古吾何敢」反映了其無奈的心情。正是由於其詩歌主張，詩句明白曉暢。

書前有同治十一年寫的《序》，其中揭示寄庵得名之由：「人生直如寄耳。……余何人斯，名不聞於朝，功未被於野。而惟是風雨一椽，蕭然坐守，殆亦猶鷦鷯之巢深林，蟭螟之集蚊睫，所寄亦甚微矣。而當其欣於所遇，快然自足，曾不知身世外更有何者爲瓊樓玉樹，何者爲土茨茅階。東坡云『寄蜉蝣於天地，渺滄海之一粟』，太白云『天地者，萬物之逆旅；光陰者，百代之過客。而浮生若夢，爲歡幾何』……又何必拘拘於寄耶？寄庵云者，余室之題額也。歌於斯，哭於斯，歲時伏臘而一觴一詠亦於斯。以斯名詩，若自幸也，亦足悲已。」詩歌内容非常廣泛，生活諸事皆可。有寫景狀物、讀書所感、朋友往來等。從意境、語言上看，感情真摯不誇飾。這種「人生皆詩」的特點即如其在《序》中所言：「後之覽者，倘能憐余之遇，憫余之窮，諒余之愚，恕余之妄，幸於夜雨秋燈展卷批閲時一想像曰：『是詩非詩也，乃驪城東郭先生寄庵主人自寫其一生行樂圖也。其詞辛，其意苦也，乃其境遇使然，非故爲郊寒島瘦，而更效顰於東施也。是則余之知己也夫！是則余之知己也夫！』」作者以生命寫詩，詩皆人生，令人動容。

本書所收詩爲作者選録之一部分。《序》後題記云：「原詩九册，一千八百餘首，今就紙幅各體隨録若干首，待有餘紙餘暇再爲補録可也。」封二有《觀海有悟》及《望夜雨蠡測一首》，似裝訂後補記。

詩稿抄録工整。行間有修改文字。有浮簽及散頁。浮簽上文字爲評點、修改之語，如「當云」「誤」「可省」等。簽小者僅一字，可見其認真嚴謹。

（彭文芳）

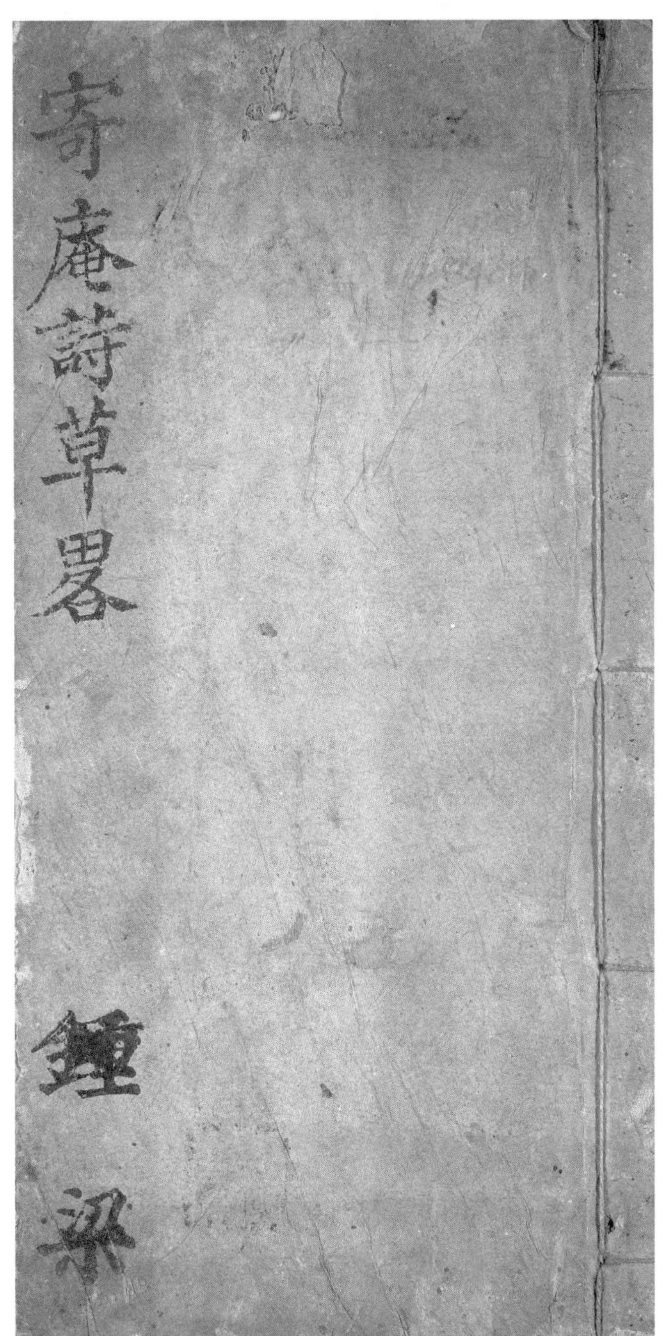
寄庵詩草畧
鍾 梁

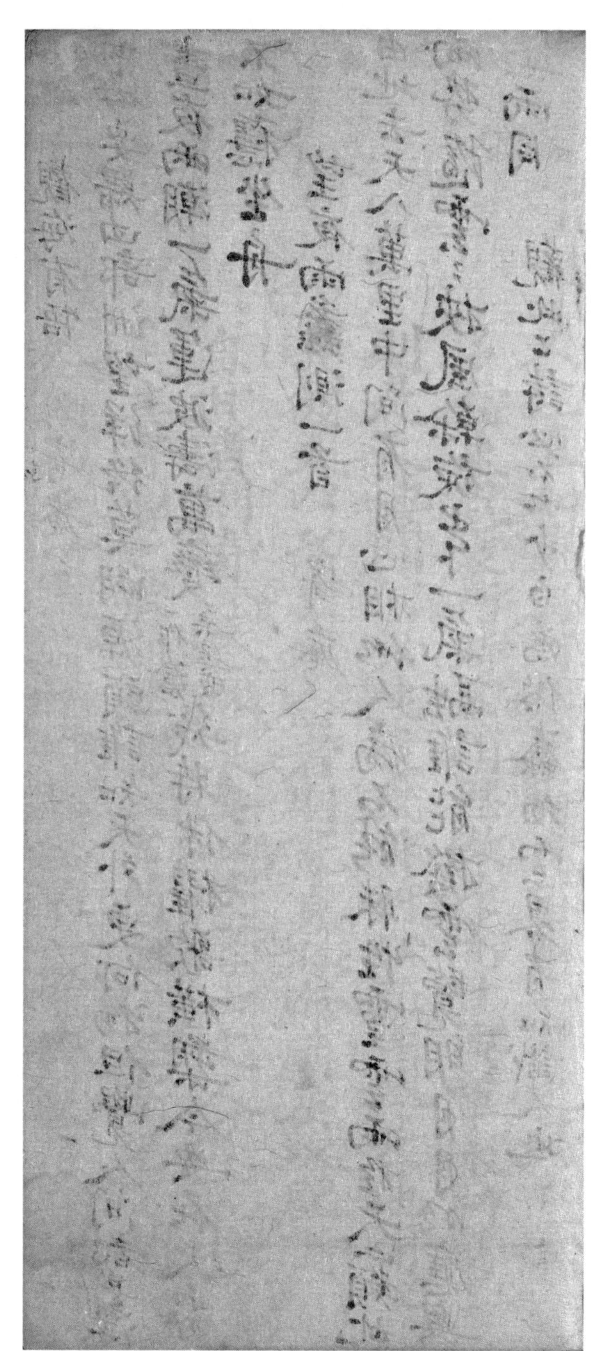

觀海有悟　寄庵

四海要歸四部洲，望洋終莫溯源頭。誰知天外更何物，但覺人間都是浮。晝夜兩潮一氣運，波濤萬變（一作滄桑屢變）幾時休。櫂歌橫槳今安在，大衆不如穩坐舟。

望夜雨蠡測一首　寄庵

由地去天八萬里，中間有月心相似。人病不能昧性靈，雲雨從天亦類此。雨勢隨雲雲挾風，斡旋上下一氣融。誰能撥雲覽明月，月明應與無雨同。

觀此二詩，必不以少白為俗蠹物，而亦畧有知識人也。

人生直如寄耳百歲之時光有限一身之精力無多當未就衰朽時不稍思做作而甘與草木同腐則是天地間何必生我我抑何必而生於天地間哉彼夫以功業爲念者則寄身於廊廟矣以肥遯自甘者則寄心於林泉矣以及學士文人牧豎樵夫其寄身之處無非寄心之所 余何人斯名不聞於朝功未被於野而惟是風雨一椽蕭然坐守殆

亦猶鷦鷯之巢深林蟭螟之集蚊睫所寄亦甚微矣而當其欣於所遇快然自足曾不知身世外更有何者爲瓊樓玉樹何者爲土茨茅階東坡云寄蜉蝣於天地渺滄海之一粟太白云天地者萬物之逆旅光陰者百代之過客而浮生若夢爲歡幾何由是觀之則宇宙間何一之非寄何在不可寄又何必拘拘於寄耶寄庵云者余室之題額也歌於

斯哭於斯歲時伏臘而一觴一詠亦於斯以斯名詩若自幸也亦足悲已後之覽者倘能憐余之遇憫余之窮諒余之愚恕余之妄幸於夜雨秋燈展卷披閱時一想像曰是詩非詩也乃驪城東郭先生寄庵主人自寫其一生行樂圖也其詞辛意苦也乃其境遇使然非故爲郊寒島瘦而更效顰於東施也是則余之知己也夫是則余之知己也夫

筆意厚淨清幽直入
王韋柳之室

燕居字出礼記論語詩人〻
今題者不如幽居較穩

旨

同治十一年歲次壬申春二月之八日寄庵主人

自序於寄庵之抱影軒 冊中十一年以後詩所録無多

原詩八九冊一千六八百餘首今就紙幅各體隨

録若干首待有餘紙餘暇再爲補録可也

此詩尚有底本看竟即存於 兄處專呈

史康侯神契仁兄法家 哂正並希斤誨是荷

「跋寄菴主人詩卷」

兩度逢君兩說詩，曾將錦段割絲絲。春華努力才歸老，吟豪字向奇。鬼咽簫聲埋（埋）鐵冷，佛憐菴寄護雲慈。武投筆標家乘，莫苦囊中脫穎錐。卷中有品簫諸異詩，故及。又主人在前代爲世家指揮，并以此

自合唐調，此謂詩人之詩。

光緒十一年八月二十九日王砥山拜讀

竹心未定稿拜呈

恰桐之跋

尋鄉夢後得句起坐披衣吟，吟成三嘆息無人諳

「題寄菴主人詩卷」

兩度逢君兩說詩，曾將錦段割絲絲。春華努力才歸老，秋色吟豪字向奇。鬼咽簫聲埋鐵冷，佛憐菴寄護雲慈。我軒投筆標家乘，莫苦囊中脫穎錐。卷中有品簫詠異詩，故及。又主人先世在前代爲世襲指揮，并及此勉之。

自合唐調，此謂詩人之詩。光緒十一年八月二十九日王砥山拜讀

竹心未完稿拜呈

寄庵詩草

寄庵鍾梁一字少白

燕居自題

僻性惟好靜，無事常閉關。身雖居鬧市（雖云居近市何），不異處深山。琴書足消遣，詩酒容吾閒。悠然默有會，得趣於閒（於下脫一其字）。興至隨所適，園林獨往還。

涼風入庭戶，寒雨灑空林。殘燈耿不寐，展轉夢難尋。既夢復得句，起坐披衣吟。吟成三嘆息，無人識

情幽而屑，自然之趣；淡遠冒珠雨滴梧桐之致。

此心

村居雜興

不耐趨城市村居得自由溪清觀撥刺樹暗聽鈎輈處世羞搖尾諳時默點頭吟餘惟引滿此外復何求

性僻交遊少心閒樂趣多花間推盞睡月下倚簫歌案有奇書讀門無俗客撾任教天大事未出懶

過

蠻觸戰

雲窩
潦倒躭詩酒，無營日閉關。此心如芥蒂，何地非雲
山。惟懶能藏拙，因貧轉得閒。長歌彈鋏句，多事笑
馮驩。
衣食頗完足，無贏亦未虧。習勤從婦好，慣懶任兒
癡。痛飲懽時酒，微吟靜候詩。寡才甘落寞，樂命復
奚疑。

春郊

雨遍芳郊綠漸繁園林好處繫詩魂天開圖畫江
山麗地接笙歌禽鳥諠拾翠人來桃葉渡沽春客
入杏花村時光況逼清明近及早出遊趁霽暄

委順

世事浮雲變滅痕逆來順受任乾坤賦才每愧東
坡筆飲量空懷北海罇焚券郎令誰市義贈袍從

古獨邀恩人情默會點頭足味酒品詩只莫言

雪窓戲題

風雪連朝動曉寒塵生破甑酒瓶乾蕭卿有木摧
薪得石廩無糧糴米難自少心情追孟浩誰曾慰
問到袁安江天滿目瓊瑤景可要先生帶酒看

與沈鶴亭旅邸話舊 時隨海城縣正堂易抵任

二十年前麗澤同驪城一别各西東驟然覿面燈

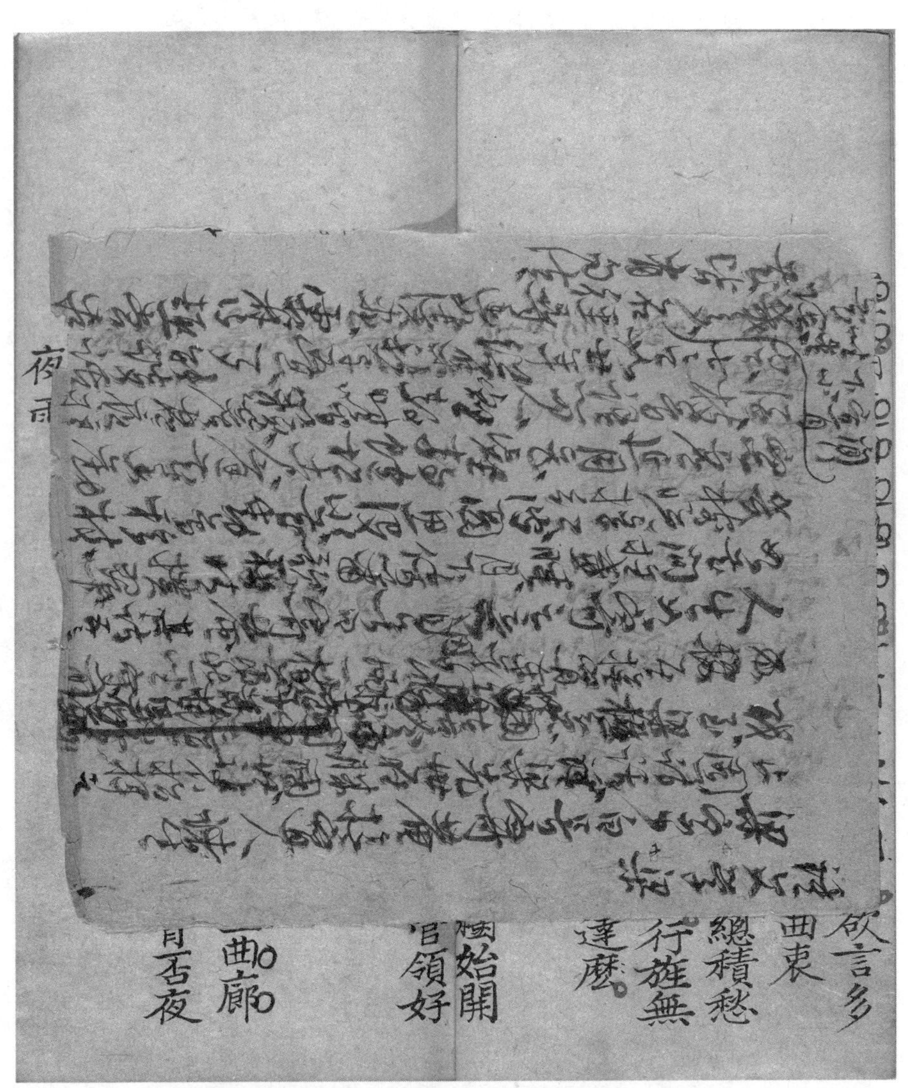

此頁及下四頁均爲文中夾籤。

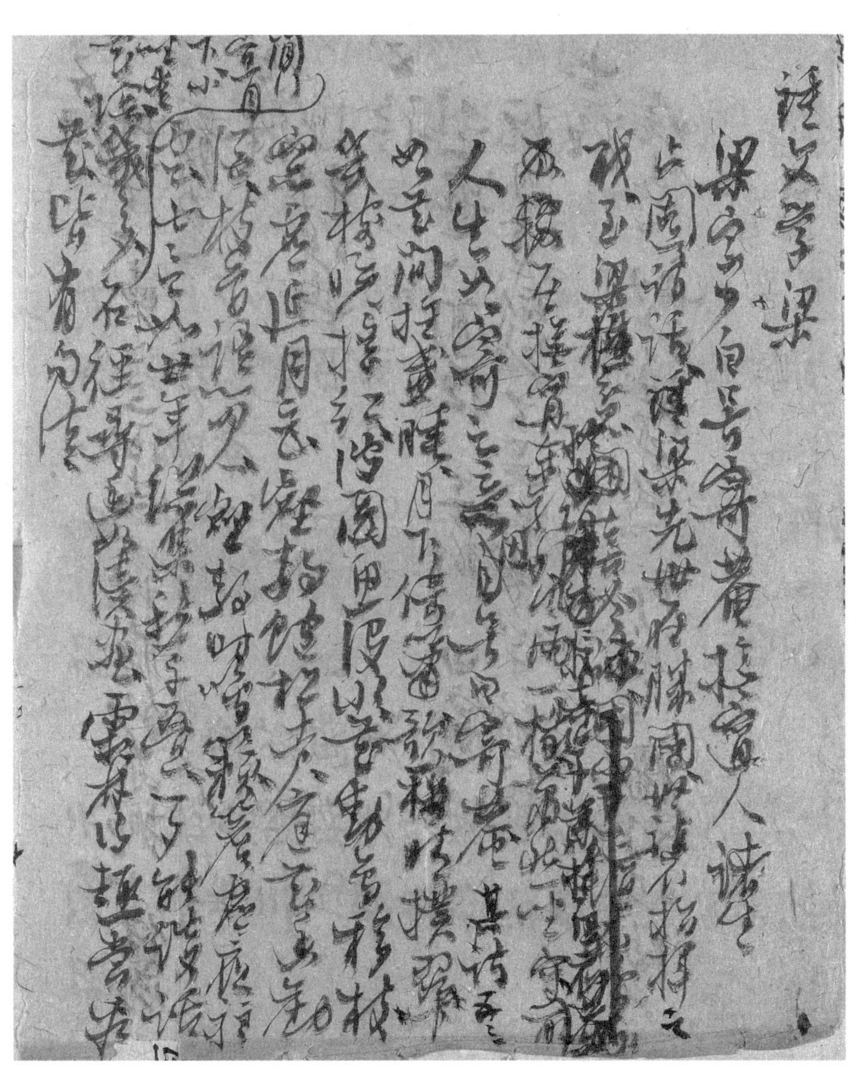

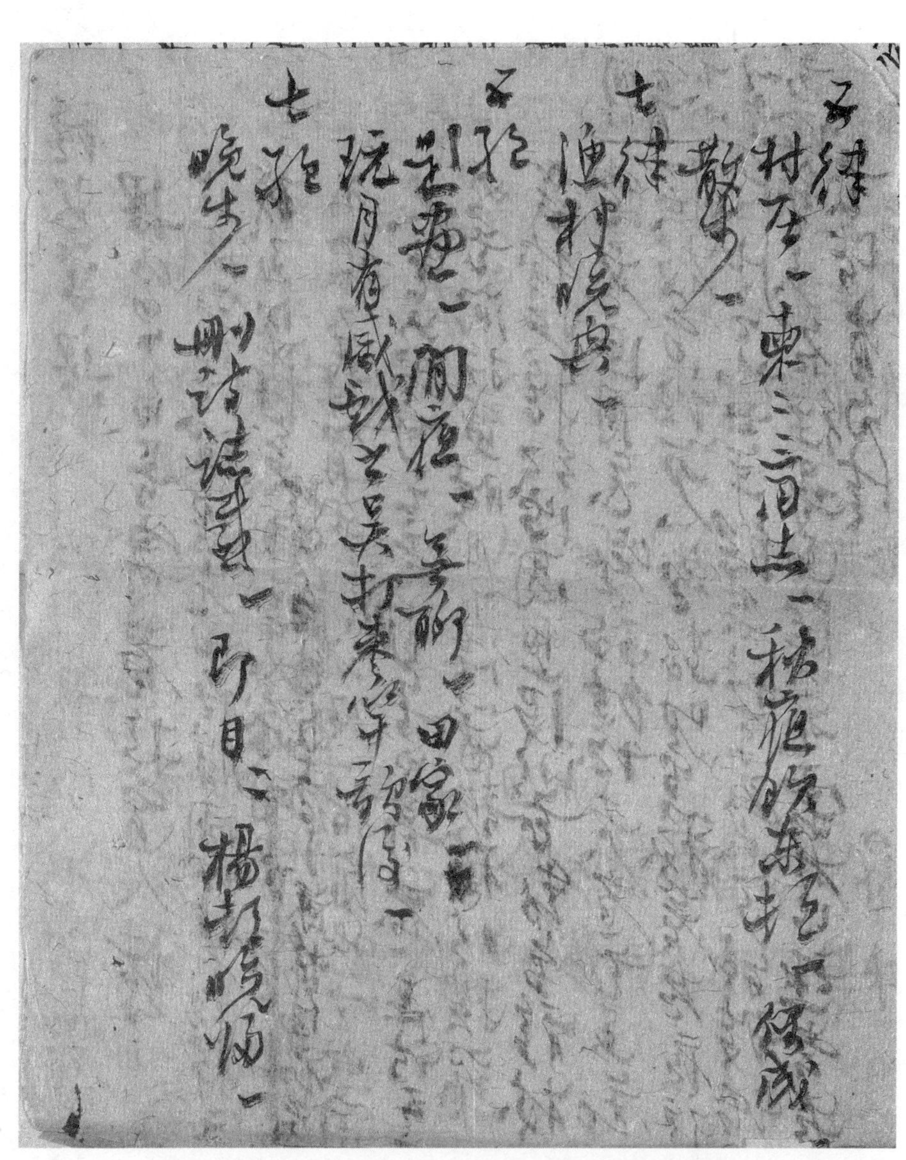

二十一都懷古詩乃朝鮮神交友金梅隱秉善所贈、周尚未閱竟砥山借去二載未送命人去取知在兄處亦姑置之後送到內有書信二封一誤再誤其中曲折惜無俊筆達之漫成八絕畧記事實耳敢言詩耶

送來二十一都詩僧代開函白不知誤認珠璣都入目明心非是故延遲

及向街頭遇砥山問來知是未曾看歸家欲送渾忘却俗景匆忙已歲殘

神交已是年四三朝；伴坐未交談北平再刻存
詩集敢望一言到寄庵（原作永平此後刊重集遽莫采詩忘寄庵）
從未逢人說項斯半生心血幾篇詩而今已遇
砥山老更向 康侯乞一詞

此雅人韻事也安可不賦只惜瑣屑之才未能摹
擬其萬一拋甎引玉還望啟我不逮 專呈
史康侯神契仁兄 史席。哂正並希 斧誨 敬候
刻安不另 乙酉重陽日隨字附詩一則

寄庵弟鍾少白拜藁

兩次携詩訪砥山適因不遇復携還難辭罪在
殺風景四載於茲几案間
司閽不肯把書投欲登龍門却罷休敢效洪喬
高位置恥為人作致書郵
近就竹林勉和詩攢眉入社一投之數年文字重
翻案始悟因緣亦待時
已把瑶函封錦箋封詩又復苦來纏案頭伴我
神馳久似有三生未了緣

窗下猶道相逢魂夢中。對酒寡歡心悃悃，欲言多
累勢匆匆。何時何地重圓聚，風雨聯床話曲衷。
別後光陰等擲梭，風流雲散限關河。廿年總積愁
千疊，一夕能談話幾多。心緒賴知酒解，在行雄無
奈漏催何。天明馬首仍東向，欲寄音書可達麽。

春柳

裊裊春城柳，風流有足誇。化萍終結子，離樹始開

花繞郭還村外依樓傍水涯年〻二三月管領好
韶華

桃李花時柬二三同志

天氣微含暖時光小閣陰花開春院靜人立曲廊
深好景推三月韶華抵萬金過從詩酒侶肯否夜
招尋

夜雨

夜雨茅齋冷無眠剔短檠微吟貪坐久一滴一心清

一夜瀟瀟雨園林發杏花夢回天未曉詩思落誰家

題畫

漁翁撐小艇穩繫蓼花洲月上貪盃酒却忘投釣鉤

當云對客賞雨

綠水周三面，青山界四圍。雨中黃葉路，扶傘一僧歸。

秋晴晚眺

落日烘（澄）秋霽，丹青畫未工（意烘）。樓晴撲翠幾，樹晚皴紅。寂歷蟲號野，高寒雁唳空。歸遲應更好，步月小橋（一作榔）東。

客至同賞雨景

漁方罷釣溪風起，客邇到門山雨來。絕妙雲林誰繪得，小窓吟望信悠哉。

讀蘭亭序書其後 一作書蘭亭集序後

遠承和循上巳

世事無端何所似 人背抄誤 作平起 飛鴻著雪雪留痕。

偏留 遠少雪泥

當年修禊人誰在。只有蘭亭一序存。

仙人脚蹤

都道仙人體最輕，如何石跡印分明。想來也怕紅

塵險腳立不牢不敢行

晚晴 時讀誠齋詩因效其體

晚晴聊散步林曲復塘坳驀（窣）地聞啼鳥回頭在樹梢朔風嚴（准）短景餘雪耿平郊歸到燈窗下新詩取次抄

老（一作詠）梅

杈枒老態背時宜肩雪含香自（出）一奇直是枯槎無

水耳如何槁木而花之稀疏絶少完全朶古怪偏多倔殭枝寫出手神神妙處一簾清影月來時

古梅

庭下古梅久不華皮皺腹裂臥堦斜甫從老榦經番雪忽起一枝開數花陸凱應愁難贈友張騫誤喜可浮槎逋翁宅眷[屬]雖奇醜得享遐齡亦自嘉

蠟梅

格律似楊誠齋

梅花所不愧花王加體天然袍尚黃每値陽春北
開闢也如盤古略鋪張松諠竹靜儼班立鶴守禽
棲嫻拜颺寄語羣芳休曠職早從庾嶺頌封章
蠟梅畢竟異羣芳雪壓霜封透暗香錯落疎花存
古意脱離俗態背（卻濃）時粧似憎老婦面施粉漫學雛
姬額暈黃最愛近窓開數朵伴人清坐月低廊

歲首書事

元旦家家拜賀忙桃符幡勝交輝光年豐羣作鬧
穰會俗古爭邀傳坐觴燈市春風充里巷秧歌夜
月達村鄉太平景色誰圖繪收入詩人錦繡囊
滿城爆竹徹重霄好夢驚回已詰朝節酒深憑如
酌醴春聲細味恍聞韶靈符貼户免童喜綵勝簪
釵婦女嬌獨幸鄙人無箇事逢場作戲任逍遥
爆竹聲殘一歲遷舊年人喜入新年沿門婦女簪

花勝近郭兒童泊紙鳶一改山河日暖烟霞麗里巷風和幡勝騫夜飲難辭朋會地春遊莫妨雨晴天家居安享清閒福報答韶光又一篇

良辰美景隨時有樂事賞心須自求錦里日晴烘作畫紙鳶風定穩於舟需花豈一作那可惜春費秉燭誰能辭夜遊暗換流年人不覺嬰驚白髮苦尋頭

春遊一句别有詩稿

人日即事倣李義山

仿古極肖

天[illegible]雅度

人日題詩爲重人。鏤金剪綵表韶春。銘留魏翕登山蹟。俗尚武侯踏磧辰。鳩鶵徵。祥誇瑞應。雲龍奉詔。嘆。清新。伯符樓下遊觀盛。何似成都現法身。

宋詩

宋詩翻閱徧最愛是誠齋不露雕鏤相能摹雅澹懷傳神。多。入妙。涉趣。便成。佳。虧（絕怪）得放翁服無人可（舉朝誰）

一作 惜陸放翁詩云我不如 又改結句云俗子漫嘲笑

甚與儕誠齋比倫[illegible]同云 放翁甚與皆

晚步~~飯餘散策倣彭澤體~~

月上林梢晚飯餘，村南曳杖步紆徐。隔溪燈影穿籬出，知有高人夜讀書。

月下獨酌傚晁君誠

天街雲斂淨如揩，小院無風亦自佳。皓月當空（一作月色）溶溶人意好，攜將壺酒酌閒階。（首句原作夜凉何用惱吟懷）

漁村晚興

自然入画

漁家鱗次結茅廬綠水環村畫不如渡口人歸潮落後椰梢月上雨晴初夜來偶漉新篘（一作偶索婦前藏瓶）酒客至旋烹出網魚醉臥黃昏無箇事（一作沙灘鷗是伴）夢魂直欲到華胥

晚涼散步

雨過炎蒸微少減飯餘散步晚風前花叢露挹千珠（一作塘坳陂陵半陵）月雲霽星輝一線天羈旅笛聲悲怨慕（一作咿啞）

斜拖烟練白村豪酒政苦糾纏一作池荷側裊露珠圓聽來看去縈心曲
爭及夜涼圖早眠上句一作眼前景好雖堪賞

紅葉

謾言秋葉勝春花同是箇紅色較一作過差爲鬭霜林
凝暮靄何如溪水浸明霞斜陽古渡鵶千點孫驛
斷橋人幾家此向桃源不是路武陵舟子可迴槎

詠梅 江爲詩云竹影橫斜水清淺桂香浮動月黃昏

梅格清奇迥有神余梅知已代傳真摧殘質類朽枯木彊項性同古怪人是鐵如何盤榦曲疑槎又復綴花新暗香疎影固佳絕掇拾江詩落後塵

三九後一日雪

梅出五花已壯觀六花較勝舞簷端九天只說如春暖一雪不聊作臘寒大地頓成銀世界小齋也換玉闌杆就晴消亦遲些日留此樓臺月下看

真境真詩
真人真語

偶吟

鶯花無定主，風月屬閒人。須識（不足）憂能老，何妨（爲因）病且貧。

愛靜常扃戶，苦（偷）閒還（郎）讀書。性原躭冷淡，境不厭蕭疏。

未護（受）錢神顧，反爲窮（詩）鬼磨。每勞（窮工何足病）詩餞送，不去（脫稿自吟哦）奈渠何。

學豈爲干祿貧仍不諂人小詩存幾句權當寫吾真

元日試筆

三百六十日數起自今天罇酒餘殘臘盆梅老隔年綵幡花作勝春帖草爲聯愧少河清頌聊吟七始篇

草木

逼近晚唐
而開宋調

草木冬枯死，逢春復鬱葱。如何人隔歲，不脫此根窮。

春園

靜領春園趣，當前景即詩。波圓魚沒水，花動鳥移枝。物態呈生意，人心發雋思。最奇楊柳下，迎面惠風吹。

圓一作搖　沒一作戲

梢

不寐

良宵淑不寐起視夜如何微雨助愁緒。殘燈馬（醒）睡魔。村沽佳釀少借（荆借）看異書多立脚應須定光陰等逝波

一室借少陵題題白衣庵之西廂

此心無所累一室足清娱曲徑饒花草晴窗展畫圖行藏同聽漢建立（避）等潛夫不用買風月相需惟酒壺

晨雨　夜雨　二題亦仿工部

小雨泛晨光空濛映草堂苔痕侵水緑花氣隔一作撲簾香濕霧霏鴛瓦炊烟殢女墻清時原作朝莫虛度濁酒可澆腸

夜雨代更籌泠泠與耳謀堦空疑碎玉屋小擬維舟人語疏窗靜燈明別館幽蒼涼一作夢尋雲水國一作外直認一作泛洞庭秋

花欄遣心　和少陵水檻遣心原韻

地僻無人到憑欄興轉賒需余三昧酒賞彼四時

花賊（柔掃）就風纔定盃乾月（階前日）每斜陰晴多有致清景（何必住）撥

山家

小院過朝雨欄花韻曉晴當軒風景别照眼露華

清客少成孫賞○禽多莫識名○閒憑堪送目詩思逐

時生

戲題惠野人北山穴居

茆簷甕牖罩烟蘿此是先生安樂窩再種幾株桃李樹暇時携酒好相過

讀宋人驅蚊詩落落數百言搓手摩掌幾至欲揮老拳真令人噴飯此特未悟諸葛赤壁事耳試爲拈破聊資一笑

小醜權思以火攻扇頭借取幾番風餘烟未熄四

山房精加勞
裁定勝於詩

逃竄何用老拳揮向空

紀遊二郎廟 距山海關八里在城西北

甲寅夏家居煩悶正思一避暑之所以消長夏適值藺臚三折柬相邀招遊爾赴約日間非流連沼畔郎逍遙乎綠柳陰中解事主人頗謂不惡一日李子錚鐵林解曙村煜同張小峯諸友人過訪邀遊二郎廟之可琴亭亦備得酒肴幾星携帶簫笛數事拓郤鼓吹遊山惡習相與步屧而往是時也日以西下晚霞四起尋逕迤邐不計遠近將及山半已暮色蒼茫矣而回視郡城燈火熒然而望顯淡萬籟無聲此特此景其與太虛遊乎至

寺叩閽僧導而入秉燭坐次羅列酒肴吹彈唱答各盡所長余爾時無所能惟有倚欄靜聽而已稍焉月上海天一色松梢風度時作濤聲宵行熠燿草際泉聲嗚咽灘頭耳得為聲目遇成色飄飄然栩栩然若聞仙樂若界仙都所謂洞天福地者不是過也爰綴五排律一首以紀其事

久有登臨興同心得數朋招尋當日暮迢遞入雲層壺榼分攜便笙簫各帶曾嶺頭傳夜梵林際聞村燈倚檻松風度開軒海月升淺斟羣籟寂高唱衆山應此會良非易重來或未能紀遊思記勝惜

入唐人之室不徒摹其音節

不遇詩僧

友有善歌度曲者招飲卽席吟贈

人間知夜永，雲淨覺天空。吸盡盃中月，歌殘扇底風。

閒夜

夜涼人未眠，閒窗燈欲滅。無意去尋詩，徐步階前月。

月澹野橋烟五字近雅

春遊即景 以前十五篇係記錄以下則按次年摘錄 起于咸豐元年辛亥春是年拾芹年二十

綠陰門巷隔溪橋欵段徐行鞭不敲正是詩情無着處酒旗斜出杏花梢

秋夜飲於東郊友人處歸途詠此

幽期今不負端賴主人賢共聚歡中趣渾忘醉後顛風清流岸露月澹野橋烟秋爽身輕健飄飄若欲仙

信宿而歸可省

同王砥山遊椒園寺信宿而歸

信宿椒園寺山靈似有緣堦花明檻外簷果落樽

前樹暗雲壇（迷）鑿溪清石咽泉夕陽回首處天際兔（蝶夢悟）

峯懸（莊仙）

兔峯用懸字押不住

領畧椒園勝宵來景最清窗虛延月色鑿靜飽松

聲怪鳥號深碉寒蛩聒短蓴超然脫塵俗無語坐

王稿詩吟秋鍾簫閑曲度成

三更

怪鳥聯云云意不如秋闈王硯爲切

閒夜（一作閒適）

黃昏人靜悄（悄靜）無事可縈心雲斂晴空適（淨）春鏡（藏）曲院深閒行宜月下○小坐喜花陰○此意誰能識清風自（倏）過林

新秋

一雨炎[illegible]秋入夜[illegible]豆花香席（梀）地看（流）雲影移罇就月光清寒衣露坐若爲滌

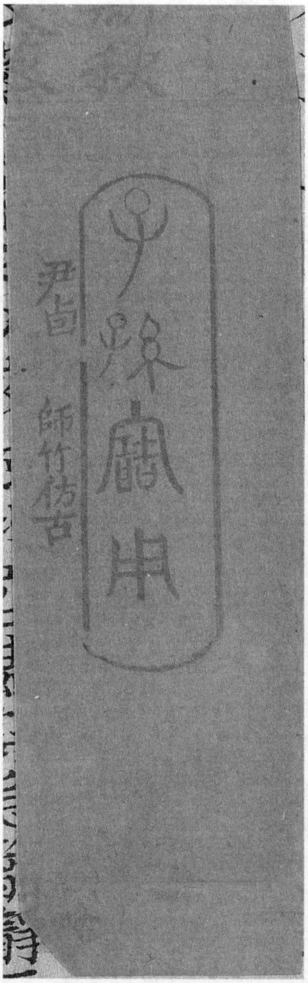
君旨
師竹仿古

閒夜（一作閒適）

黄昏人静悄，無事可縈心。雲斂晴空迥（淨），春鐃（藏）曲院深。閒行宜月下，小坐喜花陰。此意誰能識，清風自（倏）過林。

新秋

一雨炎蒸退，新秋入夜凉。堦空（鶯催）蟲語急，籬靜（領略）豆花香。席（掠）地看（流）雲影，移鐏就月光。清寒衣露坐，若爲滌

席地看雲
无此情景

詩腸

秋日登紫荊即景 此一首應抄在卷首係是道光二十七八年間所作

清秋風景屬詩家勝地登臨興倍賒石徑尋幽如讀畫霜林得趣當看花村邊樹簇炊烟直溪外山啣落日斜古道徘徊歸路晚枝頭啞啞集棲鴉

十月一日掃先慈墓

繞塚荒烟簇草叢慈顔隔絕憾無窮心同錢紙灰

成白淚映楓林血較紅曾爲和丸勞母志未能榮
命愧兒衷早知奉養無多日負米權當列鼎隆

夜夢

明珠今入夢宜合掌中憐頷下誰探取驪龍想已
眠

庚申歲朝

歲月匆匆去浮生懶較量未臻遲暮境漸過少年

塲把酒春無限徵歌夜未央閑門辭賀客靜坐自焚香

水仙

雅致出天然虧渠號水仙無風能作態得月倍增妍倚石排如筍凌波潔似蓮重簾不捲留取色香全一簾下脱一数字

杏花

紅杏臙春色，霞烘十里堤。有花皆雨潤，無樹不鶯
啼。陌上遊驄倦，樓頭醉眼迷。興來訪友墻，認一枝
低。訪上脫一誰字

桃花

爲愛桃花好，閒情向小園。逞嬌渾欲笑，作態却無
言。色艷迷人目，香清醉蝶魂。相看殊不厭，恍入武
陵源。

梨花

梨花開小院標異傲同羣雨打香飄雪風迴陣幻雲蝶衣穿處亂燕翦望中分月下門庭寂溶溶色不紛

海棠 附西府海棠

海棠開月夜玩賞近花陰嬌愛呼應語柔憐撫不禁睡情妃子態憨笑女兒心欲照燒紅燭多方護

西府非西扶也
未見分析

惜深

雖別西扶號花開一樣看醉容輕暈粉笑靨略施丹西子粧初竟楊妃浴未乾嬌姿愁燭炙玉質愛單寒起句改別派原同種

牡丹

移植沉香亭牡丹尤著名貴妃嬌寵態學士醉吟情國色呈春艷天香入夜清開花王讀作去聲羣卉獨

愛可憐生

澗泉

磵邊（幽人每愛）俯流泉細溜（滴瀝）響涓涓洞澈（清淺）疑無地清泠（涵溶）別有天一灣芳草綠（映）兩岸野花鮮逝者常如此相看意爽然

偶成

雨過夜深淺無眠心緒煩推窗驚鳥夢燃燭覓花

㥏抹晴腰月半
枝抹字有出處
於押下土痕字

四山寺门四寺
二字相碍

碗樓暗烟（炊）滿（無）影天空月抹（晴）痕草堂涼意足且喜酒
盈罇

題畫 江村晩景 江天雨景

漠漠炊烟低（不見）壓村四山（園山）黯澹歛（欲）黃昏寺門隔（鐘聲窗）雨一
僧立溪樹搖風羣鳥喧（一作翻）
翠竹白沙江上村蕭蕭涼雨逗黃昏數聲啼鳥傳（歸）
清（林表）響幾點炊烟入暝痕

嘗云雨夜思友

忽欲兒女技題不倫

烟巒翠欲滴雨艇浪不撞入畫無多景蓑笠釣篷窗

因 火 龐

翁云看蓑笠

雨夜不寐思及同窗諸友

一夜瀟瀟雨幽人聽不曾氣寒凌卧榻風濕動窗

侵

燈同夢話兒女連一作聯牀憶友朋遣愁鐥酒右花落

精 往日聯詩酒 無酒可

尚無憑

剩殘燈

張觸疎鐘得句撞

靜夜

當作和蘭臚三見贈

結聯仍是四句意不是祝賀臚三為切

夜闌酒醒客懷降靜悄不聞語雜哤殘月西斜花弄影分明畫稿印疏窗

和蘭臚三士元兄見贈之韻 原作附後

停雲落月影欹斜寄無列寒溫別緒加芳柬適承心倍切無函空遞恨無涯情移聯句思琴曲夢奪新詩艷筆花自愧應酬多不及尺書還未到君家

榆塞春衣珍重否連城雁信慣重覘

使星傳語夕陽斜百里相思百倍加殷羨寄書

榆塞春衣珍重否。連城舊

當作和蘭臚三見贈

结聯仍是四句意不及和臚三為切

夜闌酒醒（寄懷）降靜悄不聞語雜哤殘月西斜花
弄影分明畫稿印疏窗

和蘭臚三士元兄見贈之韻 原作附後

停雲落月影欹斜寄㥘（列）寒温别緒加芳柬適承心
倍切蕪函空遞恨無涯情移聯句思琴曲夢奪新
詩疊筆花自愧應酬多不及尺書還未到君家
使星傳語夕陽斜百里相思百倍加殷羡寄書

投渚畔曲江懷反憶天涯緑毫夜夢題芳草王
笛春風譜落花憑眺伊人在何處青山一髮是
君家

春光好

明媚春光好歡情到處同飾妍憐婦女衣綵樂兒
童馬走章台路儺賡達巷風上元燈月下一作夜百戲

辛酉正月十六夜

正月適當十六夜，年光（一作華）欲去勢難留。留年不住憑年去，秉燭且爲良夜遊。

春晴

一雨近清明，邀朋略散行。無心穿曲逕，隨意聽流鶯。芳草滋（逢）春暖，桃花艷（夾岸）早晴（朋）。興來吟步遠，著眼盡詩情。

當作趙向暉招飲

之下不用七眠二字

雨夜無眠

風敲三徑竹雨濕一庭花靜領閒中趣無眠亦自嘉

趙向暉煜三弟招飲醉後一作至醉

不有良朋會將何遣此春庭花香勸酒枝鳥語留人小院風光別平臺月色新不須重秉燭已醉苦吟身

風箏

此日心存天祿高命同紙薄枉徒勞從教四野人
爭看獨對春風亦足豪
紙鳶制作料相同全仗吹噓待好風平地若無人
引線怎能直上碧霄中

得鐵簫誌喜此簫係北郭樵人於西山寺後掘得流落未得其主予聞之急往因以賤值購得之
風塵埋沒甚(剩)堪憐麼涅猶虧本質(循抱虛心鉄性)堅一物亦原有
不幸(用着)人間流落廿餘(幾千)年

並未出仕去何用歸田○亨字不对洩

誰仿竹簫製鐵簫知音未遇太無聊等閒明月清風夜此（而後乃）物從今不寂寥

於其間少得佳趣題白衣庵之醒了軒

「羣才方（工）鬬捷一士（吾意）獨謀（樓）翁痛世（忘）祇（長）宜聽歸田（心）已息交讀詩知泌樂占易得亨（謙）爻月下閒門靜除僧不許敲」

自得閒中趣翁庵托此生詩書堪適（诘習）志風月足怡

柳帶園花與草芽意思無別

卽景二字不習

情繞砌花叢放（初）跳枝鳥換（恰）鳴近無塵事累心跡喜雙清

初春卽景

細雨隨風勢微雲籠日華室寒蟲屈蟄坡暖草生芽岸柳將舒蒂園樹未著花新春無限景清興在詩家

送客春餘酒懷人思茂

杏枝插瓶 有謂戕物之性不開花者有謂開花不如在樹長久者隨口答此

杏枝插瓶内隨意也開花几案生春色應憐一抹
霞
莫把重簾捲瓶花可代香不教風雨妬翻覺耐時
長

惜花春起早以題爲韻五首

百花已〔春〕曉嬾〔開〕我猶戀衾〔枕〕席是此〔報道〕好時光辜負殊可
惜

花不可說落若是
落是人便與惜字
不粘連

夢回開倦眼旭景上窗紗微雨夜來過新開幾朶（樹）
花
花開風雨妬花謝蝶蜂瞋人世繁華夢能容幾日（爭）
春
惆悵欲何之闕心園林裏苔迹少行踪我獨先人（爲花）
起
花落春還（明春）開人老難（一驚此日老 切莫待鶯啼）再好光陰若電驚行樂須及

添入清風
來難

早

愛月夜眠遲以題爲韻五首

皎皎明月光入我窗櫺内似友不期來清輝令人

不速夜夜

倩

愛

對飲

清風有時來亦復有時歇戀戀最多情惟此天邊

捲簾相來越

月

索句正宋門主人俗客

物候有變更人事有代謝有酒在牀頭有月即好

芳訊君爲通

夜

花階風露重。況值晚涼天。不是貪看月。多應早去眠。

穿雲偏弄影。隔𣐈忒多姿。不怪人來早。翻憐月上遲

梯取雲端
休推我欲
心怯
微
似相期。可意
嗔

避囂

蕭寺多幽致。安居物不譁。閉門防俗客。闢地種名

非僧里亦珈
供佛

花學畫時翻譜敲詩偶試茶便係無上諦何必定山家

齋外桃花盛開因憶釋開上人字鑑源本庵僧係僧會司有學問

前此桃花下清談塵共揮故人今不在景物未全非

丁已與王鴿臣立廷表兄同肄業於白衣庵之西廂彼時可與往來談論者祇鑑源一人而已壬戌復設帳於此地猶其地人非其人云云

新翻子夜四時歌之一原四首

當作和人傷春

調笑向春園緩步銀鞦韆顫蝴蝶來(簇)裙邊羞落桃花

太寂寞
佳有感慨

片

無緒（一作無聊）

別館淒涼夜孤燈伴苦吟有心憐月色不語步花陰

和友人傷春之韻

人生行樂戒（易）蹉跎飛絮飛花轉眼過君即（若）留春春卽住君（也）應無奈（語向）此春何

梅落感賦 時當考塲閑戶家居故云

眼見滿城桃李新南枝寂寞減精神老梅也似達
時務廻避春風得意人

讀史誌憤

趙國有廉頗危逼藺相如行看勢如虎無難出避
車當時僕從人不免笑迂疎未思秦廷上完璧何
安舒豈一匹夫勇無法為剪除待觀先國論然後

知不如肉袒負荊至交誼遂如初

儒生

儒生落魄狀堪笑實堪嗟惕惕羊觸籬纍纍犬喪家耕無栗里田種乏東陵瓜煖不得燕玉飢難寬胡麻行賈敎交道幾見鮑叔牙常存抱璞惜翹首望天涯

靜坐吟

閱歷深邃之言非出定慧者不能道

靜坐觀世人，孜孜圖名利。竟把有用心，置於無用地。求名詎有實，求利易忘義。耗精而勞神，未必盡如意。有時博富貴，自鳴爲得志。有時坐窮愁，又灑英雄淚。與其患得失，不如不從事。轉覺意閒適，悠然無所累。

不夜天不切中秋

當云宿楊處士山莊

訪水泉楊處士山庄留飲值宿（同貢伯詔乃彤名德謙）

水泉眞勝地，闢戸向溪旁。花影滋苔院，松陰蔭（帶）草

灯出林杪恐是此筆

堂有珍多夙備果熟及新嘗兄弱葡萄酒何辭累十觴

因羨山居樂相邀特訪君村燈林杪出山犬渡頭閒磬靜時鳴籟簷虛夜駐雲更誰高格調此地絕塵氛

中秋

院落盡張筵真成不夜天漏纔三點下月恰十分

爭字太鍊

圓兒女爭瓜果樓臺肆管絃興餘頻把盞誰肯早
安眠

田家

我愛田家好猶然古道存家家驅犢處斜傍杏花
村

桃花源記黃髮垂髫並怡然自樂較猶字有來歷

我愛田家好風微雨力輕夕陽空翠裏蓑笠趁新
晴

意致不減儲王

傍水涯是漁家非田家也

多字再斟

渟字屬諄不必另押

我愛田家好生涯傍水涯早凉身爽健草露濕芒鞋

（種秫崖酒香）

我愛田家好千山落照微候門多稚子喜見荷鋤歸

（歡）

我愛田家好黃昏各到家豆棚遲月上團坐話桑麻

我愛田家好人情尚樸淳暇時攜酒過彼此互爲

（率　真　有）

賓
至此止選二本詩多紙少取舍實難然所録者未必盡佳體猶未備

王香汀枉顧且約重來過期不至因柬以詩

言論頗風洽吾交甚所稀草茅疎禮法蓬蓽起光輝瀟灑落殊堪愛粗豪或不譏日惟清茗候肯否款柴扉

散步

困人屬春晝散步夕陽天花發似圖畫鳥鳴勝管

睥晚

絃機心捐物我悟境觸魚鳶儘有濠梁樂長歌泌水篇

答人 余最不喜堆砌典籍以不出自性靈也五言只此一首七言則人日効義山之作也

詩甯投水國酒幸破愁城睥睨唐劉四羿狂晉步兵醉無妨少飲賦祇當閒情一任呼牛馬蜉蝣過此生

刪詩誌感

亾子猶存没廿憂吾人分外敢名求世間留得幾
行墨不羨榮封萬户侯

著意便更遒拍

滿城風雨未終篇楓落吳江一句傳身外物多翻
足累集中詩少或增憐

閒居自遣

未脫痕迹

謀生計拙且安愚風雨蓬窗類守株興到擘箋吟
得得醉餘拊缶歌烏烏窮途哭泣知何益陋巷簞

著述相

瓢儘可娛堪喜近無心跡累胡爲軒冕胡泥塗

清秋晚眺（一作步）

徘徊村落外縱目海天空紅樹歸楓岸黃花入菊叢千山明夕照萬木撼秋風興盡歸途晚人來暝色中

寒夜書懷

唧唧寒蛩繞砌鳴一天風露作秋清祇緣趨熱花

多恨頗可衛寒酒有情消渴病成漢司馬窮愁書著趙虞卿荒齋自爾饒瀟灑悶坐西廊待月明

由石門歸醒了軒作　後改抱影軒

此身何處寄行藏結箇茅庵水竹旁一悟盡爲閒歲月隨緣有好時光田園儘許陶潛樂禮從容阮籍狂濁酒一壺詩一卷還勝名利日奔忙

醒了便　惺空　盡書　法逃拘　輸他

緣下脫一頗字　禮下脫一法字

九日豆花書舍賞菊

籬下菊花放開懷逸興添無勞人送酒把盞傲陶潛

途次上邨一作前官地述所見

盈盈十五一作微步誰家姝矮髻簪花儼畫圖長袂迎風頻屢拂似將留客飯彫胡

鬖髾作矮髻非

香車

香車寶馬駐青娥下蔡陽城沒奈何人世不隨花

墮落塵天女只一維摩人世一作身世

詠柳陰績女

誰家小小一青娥荊布束粧勝綺羅韡袖微飄露嫩笋香裙輕疊隱凌波動容靜默語言少舉止詳妍態度多已是消魂禁不得可堪再聽懊儂歌

雨

細雨如散絲隨風亦不遲分光塵一作求樹杪作勢灑

一作上 花枝庭院陰偏好簾櫳暗適宜披衣覺涼甚下我讀書帷

夜品鐵簫誌異

窗譜重翻盡變徵去聲深知神物默依憑老妻不合殺風景定要停吹遞我燈我一作與兀的滅燈恐嚇人是妖是怪是仙真渠固喜聽儂忍索屈尊且退待良辰

變徵二字上声四紙韻非十蒸平声也出史記刺客傳荊軻事○兀的是曲中字詩中少用○二詩未寫出誌異情景

雨後喜友至 分詠八景之三 附

月下豆棚涼露重，雨餘苔院晚風輕。兩三（欲招）好友不期至，取次花間酒共傾。

雨歇猶憐月上難，將明又復隱雲端。宛如好女隔簾立，未易容人仔細看。 雨後月

曾叨栗里五株名，嬝嬝婷婷弄曉晴。雨露乍逢腰便折，輕柔似覺愧先生。 雨後柳

三詩未出，於是雨後月、雨後柳二題亦未穩。

雨後青山喜見人蛾眉螺黛總含春盈髻女子初
粧竟不御鉛華色轉真　雨後山

雨中塊坐無聊喜族弟楷族侄有禄見過且
各攜有酒肴此雅人韻事也安可不賦

久雨屋湫溢暑減生微涼足不及庭户起坐一匡
牀日對者何人子女及糟糠雖有杖頭錢愁難沽
酒漿有客興不淺志達形迹忘肴酒各有攜相與

當云雨中喜弟楷
侄有禄見過

華意再練

造草堂感子多好意深情愧不當賓主且休論賞此雲水光蔬果堪下酒草薦煨黃粱性定覺身安藜藿具清香而況人之生鬢髮易為蒼總多閒歲月歡醉能幾場

小兒 生於乙卯時年四歲

小兒出語發興奇謂天可上山做梯凌空攀雲視下界星辰日月皆為低驟聞此語甚詭異咄咄逼

人稱怪事排空馭氣等閒看即此可卜將來志兒生中秋之明晨普天同仰月如輪瓜果家家羅拜夜巧爲一人祝壽辰轉思此論未可定一生安排原有命片言豈遂核終身總之順受乃爲正

中秋夜小酌窗下

中庭瓜果徹小閣綺筵開捲幔風侵座傾壺月入盃黃童歡意足青鬢笑顏迴時值桂花發誰家歌落

拜當

続抄

雅李二字詩中並未李均去此為省

梅 侵一改作盈 入一改作浸

玩月有感戲書吳村棗笋歌後

做天固不易做月亦實難難得天下人同向喜中看 吳歌曰做天且莫做四月天蠶要温和麥要寒彼種小菜哥哥要落雨採桑娘子要晴乾

欲東某顯者行而未果

……此一

人日即事倣李義山

人日題詩為重人鏤金剪綵表韶春銘留魏翁登山跡俗尚武侯踏磧鳩鸐徵祥誇瑞應靈龍奉詔嘆清新伯符樓下遊觀盛爭及成都覩法身

率成一律並希 背面附録李義山之原作人日即事詩之烘

予以作重人日是我山以刻劃七字誰是

晒改続希

飛非以服

朗鑒不宣 寄庵鐘渠未定艸

自稱辨之

村余挂月女釵头喜具寫刁逗邀十二鈌圓不

虛度又從今夜看從頭

鄉儺 即令時之秧歌也

古禮存鄉儺相傳未盡訛聲容堪導鬱舞蹈自宣

此爲上頁標籤背面。

文王喻復今朝是，子晉吹笙此日同。
舞格有苗旬太遠，豳歌流火月難窮。
鏤金作字傳荊俗，剪綵爲人起晉風。
最是道衡詩思苦，離家已在二年中。

予生平最喜性靈詩，最不喜此等詩，集中亦甚多，以見是不作耳，非不能也。

結妙

拜當

梅 侵一改作盈 入一改作浸

玩月有感戲書吳杯秦箏歌後

做天固不易做月亦實難難得天下人同向喜中

看 吳歌曰做天且莫做四月天蠶要溫和麥要寒彼種小菜哥哥要落雨採桑娘子要晴乾

欲柬某顯者行而未果

聞說禮賢賢有餘未逢徐孺榻應虛可能波潤些

兒惠勺水不枯涸轍魚 顯者一改作某太守

雜感之一

識字多憂患工詩益困窮人生聰與慧厚福遜冬烘

見新月甲子正月三夜

梆梢斜掛月如鈎失喜身爲小逗遛十二缺圓不虛度又從今夜看從頭

鄉儺即今時之秧歌也

古禮存鄉儺相傳未盡訛聲容堪導鬱舞蹈自宣

先師猶鄭重爭奈
和點綴春光好驅除戾氣多
後人何傳一作沿未盡一作事未自一作足
尾句一作習俗待如何假後世

送春日送別

春愁有已夢難醒真箇消魂十里亭相望意中人
不見連天芳草徒青青

嘲淚眼

莫怪相逢語不經慘悽無復舊儀形問君何事傷

得大解脫當各
歡喜頂禮

心甚未向人言先淚零

即目

黯黯春愁壓滿枝東風無力強支持衆芳搖落還同我不似從前富貴時

人世誰還似我癡替花歡喜替花悲花如解語定(罷)相(應)笑問(羲)爾青春能幾時

讀西漢紀

滅秦亭長忽天子輔漢乞兒乃帝師國運傳將三
代後事機愈出愈新奇
六國將歸蠶食秦就中楚漢又相因早知吞併爲
無益留點蒂兒與後人

叅閱當爲一誤字

叅閱李杜全集

韓柳歐蘇文之宗詩則獨推李與杜雖難彷彿其
皮毛法上得中斯有主莫學李飄逸飄逸難與伍

後人無其才未易登堂户學士風流付自天醉後揮毫龍蛇舞所以共目爲謫仙日月烟霞供吞吐莫學杜牢騷牢究何補後人無其遇未免徒自苦君臣骨肉感流離發揮性靈攄肺腑象體兼備開後不愧萬世（一作代）爲詩祖無以竅論區二公之優劣無以褊心私一己之去取人生境歷有不同但（一作且）看詩壇幟各樹吾人既生古人後拭明眼孔與論古

舍字可省棣字宜寫在中

後四句當云、與弟共賦月，月雖代我說，兩地限關山，如月忽盈缺。

格調再煉

月夜憶舍弟棣字雲浦時就業昌圖

骨肉喜圓聚，無端感别離。此時憶弟心，祗應明月知。明月之魄雖在天，明月之光遍人間。夢魂應不限關山，願遂流光度閑閑，兩地一夜相往還。

霖雨

霖雨深閉户，清吟消永晝。樂此自不疲，窮人誚孤陋。眼前有佳景，未嘗不神授。奈無掕天才，樓閣空

中構有如蟲鳥鳴觸機待時候又如水一池因風起微皺覓句棲枯腸難諱狂與瘦吟成復低徊把酒頻搔首

遊踪

（少年）怪來乘興（逸興）去漸（踪跡易）覺入黃昏新月銜山角暝（隱）螢團樹根溪（尋溪）橋通野寺沙岍界荒村問道隨身（足）攜奚囊與瓦（酒）罇（一作盆）

放翁詩云寄丁下君家老瓦盆後日重遊再來取少見多怪

瓦盆作方隨身更亦誤矣

七夕詞 與滕芸莊王紀堂同作

牛女銀河星象懸一年一會鵲橋邊青天不老夫妻在差勝人間百歲緣

重陽悶酌

疾風甚雨作重陽閉戶煨鑪自舉觴狼藉菊花開滿徑無人擾引任低昂

絡緯

絡緯通宵鳴，似有不平事。音聲劇可憐，惱亂愁人意。

雪景

破曉風狂雪壓廬，吹烟無力散糢糊。人賡寰宇承平頌，天與山河獻瑞圖。

曉來天大雪，虛斗室頓增明。池館銀裝就，林亭玉琢成。低迷含畫意，觸撥動詩情。顧我巡簷笑，寒梅太瘦生。

海天雪景海陽道中作

風雪漫天阻路途，凍雲低墜勢堪扶。名園樓閣粧瓊玉，大地山河展畫圖。孤艇聳肩漁把釣，斷橋柱杖客提壺。輸他綺室梅窗下，分韻裁詩共擁爐。

除夜

當云閒把歲月忽忙年

心過日子又忙年，慚愧歲除身一閒。豪氣挫磨詩卷裏，俗情滲盪酒盃間。任教白髮上頭鬢，肯放青

當云守歲同唐人韻

春逢面顏枉做丈夫不得志行將抱道入深山

步唐人守歲之韻高適

寬閒歲月儘貪眠每到今宵各憬然人惜餘一作光波類如此此情此景一年年

新年又戲詠新年景物一首

同治三三載開正雪肇祥聖朝春浩蕩化國日舒長樽酒呈新態盆梅鬱古香鄙人閒覓句拜賀看

人忙
新歲人情好逢春物總宜門欄徧懸勝天地巧團
籬粉壁還張畫桃符更寫詩一樁尤好笑迎面貼
鴻禧

賦得湯圓即今之元宵一名浮圓

燈市人攜返厨娘語夜闌地爐添火活瓦釜注湯
寬粉膩能留箸珠圓不走盤泊浮星點迸衝激浪

花蟠混俗升沉易保身清白難外無稜骨相内具辣心肺爭欲分嘗取誰思歷險艱可憐純潔質與爾供饕餮

强吟

悶填胸臆强吟哦直欲裁詩投汨羅信是處貧智慧短果然識字憂患多淒涼無復丁年夢惆悵空餘子夜歌株守消磨閒歲月荒齋岑寂少人過

輓同庚友趙向暉煜

嗚呼趙向暉令乃入於機未遂騰驤去徒聞挾策一作負笈歸延賓訂交授縞紵將母具斑衣英特著鄉望後君東里稀英特一作年少

代友悼亡

花殘月缺此其時薤露招魂祇益悲最苦秋波臨去轉有乃今吟作悼亡斷腸一作詩有人一作乃今

人日過訪張樂天釣弟留飲

今日逢人日，因人思（讀去聲）故人。感君珍重意，醉我苦吟身。論世三興嘆，忘年各（一作兩）率真。無成悲老大，勉勵在青春。

夜過楊村

歷憶生平友（一作良友殊難得），諸楊獨可親。不因貧薄我，未以（一作肯）富驕人。情切中藏露，談深滿座春。每過必傾

倒公瑾未爲（一作似醪）醇（諸楊謂慶德堂東西二宅楊向欣榮楊瑞長發楊名聲顯楊建勳昌也）

楊村晚歸（向欣步送因丙假道東溪）

四野暝烟匝地生識村莫（一作不）辨況孤城良朋（一作向欣）慮我失歸路指向青山缺處行

賦得餘雪（與楊瑞長發張靜齋朝定同作）

雪晴天驟暖消卻復宵寒剩許封梅蕊遲予月下看（剩一作賸）

題贈朝鮮國神契金梅隱善隸梅花書屋圖

誰將金粉繪金公，妙筆傳神尺幅中。梅影橫斜隱屋角，書聲約略出花叢。前身應是林和靖，佳話還同陸放翁。鄙獨何人殊有幸，披圖猶得覽清風。

題朝鮮神契金小棠準奭懷人集

開函滿眼燦璣珠，恍覩江雲渭樹圖。此後懷人鐫續集，可能吟到寄庵無。

朝鮮神契姜寄堂海秀以五言長篇贈答此

日月風輪轉乾坤水磨旋身軀難百歲名姓況千

年蕉鹿兩俱幻蝶莊誰造緣堂庵同是寄詩酒且

陶然

紙簫 乃予自製

品簫品藉紙

細察聲樂簫惟良巧創自誰捲紙張一制一作器一作品之

不窒不浮聲細長 器

中斯最美八音而外此差強假他雅韻微流露引

我清愁隨㧌楊夜（後月）節庵添興趣歌詩度曲不荒涼過程子泰昌寓居見壁間貼有殘缺折扇半幅廼視之乃予十五年前爲人所畫紅綃燈下待崔生故事詢所自來言於街坊拾得且言愛其工緻權做案頭清玩不禁感賦一詩

自從束髮學丹青便未師承好寫生每被王公（砥山諱豈）（柱故道台瑞徵公之公子）誇蘊藉曾教張子（東農諱振侯以武孝廉得軍功賞藍頂花翎畫重一時）服聰

明何來片故一作紙勞遮護有愧諸君謾品評要識今

朝惆悵意人逢故物最關情

夜訪王漢超得聞瑶琴數奏流水高山平沙落雁漁樵問答歸去來辭

衆聲息靜夜即此可聞琴灑落七絃下猶存太古音

當云較前遜三焠足之二字可省

此擬不忍贈之須切乃合

贈樂師劉子與

胡琴今樂耳劉子藝何精觸手移人志不爲世俗

聲天然中去声音節步驟絕和平有技能如此亦足

挽我二字俗且與益友不貫

見高情

悼藺臚三士、（字炘香）元一兄、臨、渝、名士、

贈字可省 二兄可省 時掌教順天府六字亦作某居

生平一益友，挽我向荒丘（三年公車北上從學笛始諳音樂後來書逕勉學喜體）孤竹聲名在（每歲考古必以二人自命）臨渝道義（一作燕爪迹）留（曾九上京師未博一第）琴絃彈自斷（曾贈一聯云舞鶴飛鴻精隸學高山流水悟琴心）詩藁散誰收（詩冊擇尤精者寸許以芷鉄珊曾得一寓目）吟罷看梁月（一作吟隨士梁間月）難禁涕泗流。

高天斷雁秋

地下竟埋長

憶贈孫鐵珊孝、先、工、兄、時掌教順天府

自遊京國學吟謳，屈指睽離十四秋。白髮能傳㨗
驥尾（勉子用心古體，若足千首，曾許代鐫詩集），青雲有路羡龍頭（父子皆是拔貢）。願除
洪郡（一作蘄州）下徐榻，好備剡溪訪戴舟。還擬相看似昔
日，眼中人欲附清流。

當云經榻作齋墓

有懷契友李子錚鐵林

契友二字不省

李子不謀面，于今十數秋。衡門曾樂道，翰苑忽名
流。直省詩才敏，中書字體遒。何時重把袂，別緒話

當云重過張靜菴居
詩未見此作者

從頭（一作山水話前遊）重過張靜庵盤桓兄故居

前此朋歡地，不堪重入門。燈昏人倦夜，月慘客愁村。鹿失蕉與訟，鴻飛雪著痕。回思同一夢，現在酒盈罇。

路經楊餘齋（兆慶）襟弟墓下馬哭弔

友已歸陶土，吾猶哭寢丘。一番經（不料成）死別，益覺（一作悟）

此生浮滿目蓬蒿憐驚心歲月遒只堪魂夢裏山水續前遊

讀情史寓感不知者定許為風情不薄也余意古之女子勝於今之巾幗詩中知己除金梅隱外更無第二人也

天與情多且復癡憐人意味有誰知琴心只合文君解曉事難強沒字碑莫疑定有所指吟者舉一漏萬讀者不可不會心獨遠

曲好還須遇會聽古多聰穎今無靈小青蘇小生同世準擬投詩中雀屏人定鄙蘇小小青不顧居知音之名矣然而身名已足千古何傷雅道耶

感懷 附編詩七律一首

天將蒲柳委蒿萊敢望成梁作棟材吟句好詩吾
願足奈無佳況上心來
卅年歲月坐銷磨一事無成奈命何作兩鬢皤日夜營又
衣食計有何餘力補蹉跎
聰明自覺亦如人其奈無方醫我貧技藝百工都
做得不該頭腦困儒巾

身無拘束（事縛）固逍遥日守（一作手）一編太寂寥貧到顔回猶
勝我（强似）郭田尚足供簞瓢

自嘆蹬蹭數太奇名場利藪枉奔馳稱名身後無
他望補過年來惟有詩。

夢回冷雨灑疏窗風逼寒燈影欲幢懃愧半生成
底事閒愁起伏與心憧

托跡林泉作散民可堪愁苦日纏身天公似勒清

閒福輕易不曾多與人（起三句一改作喜是｜｜｜憂他俗累｜｜｜）居賤食貧甘受阨千能百巧謀生因秉筆陣放詩膽欲下愁城拔酒兵。（巧下脱一拙字）

蹤跡落花逢驟雨情懷秋月蔽浮雲窮愁幸賴詩爲力慣與分憂稍解紛

可畏豈因蘇季子絶交都爲孔方兄世間多少難行事盡是黄金買得成

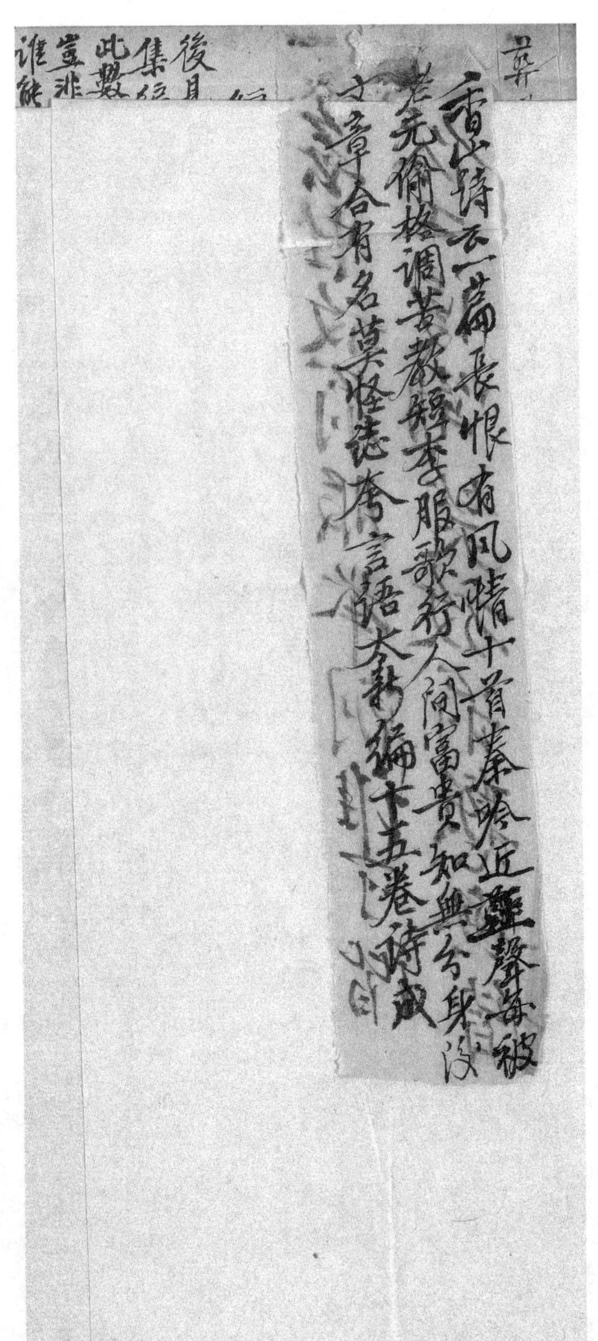
香山詩云一篇長恨有風情十首秦吟近正聲每被老元偷格調苦教短李服歌行人間富貴知無分身後文章合有名莫怪德誇言語大新編十五卷詩成

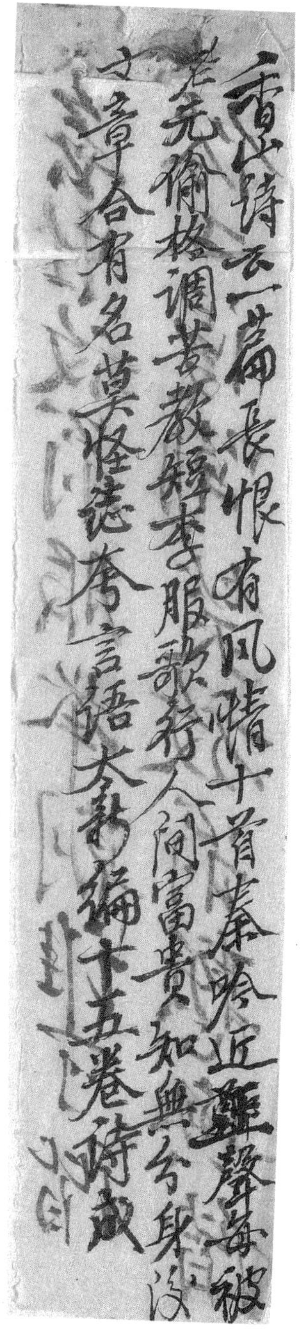
香山詩云一篇長恨有风情十首秦吟近正聲每被
老元偷格調苦教短李服歌行人間富貴知無分身後
文章合有名莫怪恁誇言語大新編十五卷詩成

左籤爲右籤背面。

葬送句太直乎

窮無可訴呼天問憂未能埋斫地歌葬送半生巾一頂不知結局復如何

最愛吟詩寫性靈自删自補自調停恨生不遇倉山老丞盼有誰眼一青

編詩誌感

後見白香山長慶集編詩之韻亦即此數韻分毫不差豈非怪事此等公案誰能斷之存疑可也

近俗有誰攻近體兢將舉業釣科名文章強半規摹就詩句多從拍合成風氣變遷關世運性靈汨沒嘆人情生今反古吾何敢志向是非各意行

清奇澹遠想見張緒當年

看其指摘處於古体詩亦未甚通心

題寄庵主人詩集後

雲煙書院山長盧曰第

二十年來日苦吟，熱腸消盡見冰心。
言由胸臆聲情迸，体雜風騷寄託深。
賈島生涯左郵背，樂天姓字達雞林。
東門室迎八編遠，愧我但以火刷肓。

閒吟　寄庵

夜好好靜坐日長長掩閤湛〻靈虛府養成一味
澗有時把一杯隨意吟一篇未必全無事不離筆
硯間暗羅把心香夜告天願詩酒樂餘年將〻
傲骨貧仍在　剛腸老可捫
有時思報德　從未受誰恩

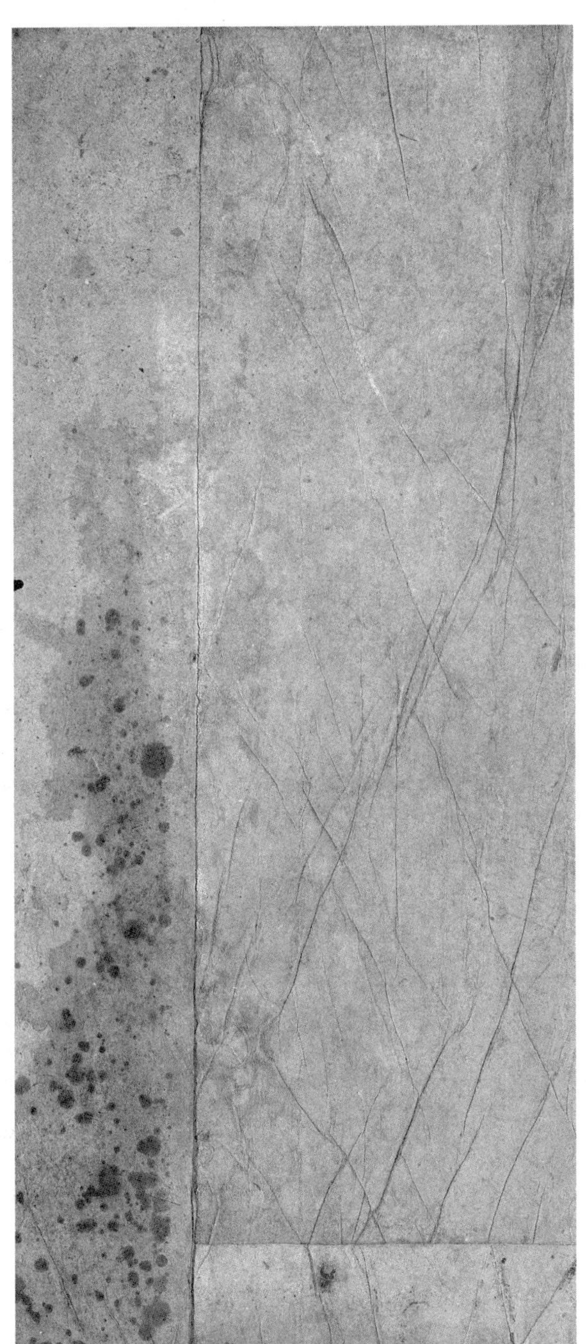

圖書在版編目(CIP)數據

國家圖書館藏清人詩文集稿本叢書. 第五輯/陳紅彦主編.—北京：北京大學出版社，2019.10

ISBN 978-7-301-30817-2

Ⅰ. ①國… Ⅱ. ①陳… Ⅲ. ①中國文學—古典文學—作品綜合集—清代 Ⅳ. ①I214.91

中國版本圖書館CIP數據核字（2019）第215572號

書　　名	國家圖書館藏清人詩文集稿本叢書（第五輯）（全三册） GUOJIA TUSHUGUAN CANG QINGREN SHIWENJI GAOBEN CONGSHU（DIWUJI）（QUANSANCE）
著作責任者	陳紅彦　主編
策劃編輯	馬辛民
責任編輯	王　應
標準書號	ISBN 978-7-301-30817-2
出版發行	北京大學出版社
地　　址	北京市海淀區成府路205號　100871
網　　址	http://www.pup.cn　　新浪微博：@北京大學出版社
電子信箱	dianjiwenhua@163.com
電　　話	郵購部010-62752015　發行部010-62750672　編輯部010-62756694
印 刷 者	北京中科印刷有限公司
經 銷 者	新華書店
	720毫米×1020毫米　16開本　149.5印張　479千字
	2019年10月第1版　2019年10月第1次印刷
定　　價	990.00圓（全三册）